D1832580

चौखटे तोड़ते त्रिक

चौखटे तोड़ते त्रिकोण

राजेन्द्र यादव

वाणी प्रकाशन

वाणी प्रकाशन
4695, 21-ए, दरियागंज, नयी दिल्ली 110 002
शाखा
अशोक राजपथ, पटना 800 004
फ़ोन: +91 11 23273167 फ़ैक्स: +91 11 23275710
www.vaniprakashan.in
vaniprakashan@gmail.com
sales@vaniprakashan.in

CHAUKHATE TORTE TRIKON
by Rajendra Yadav

ISBN : 978-81-7055-119-5
Stories

© लेखकाधीन
संस्करण 1993
आवृत्ति 2017

मूल्य : ₹ 250

इस पुस्तक के किसी भी अंश को किसी भी माध्यम में प्रयोग करने के लिए प्रकाशक से लिखित अनुमति लेना अनिवार्य है।

सिटी प्रेस, दिल्ली-110 095 में मुद्रित

वाणी प्रकाशन का लोगो मक़बूल फ़िदा हुसेन की कूची से

'मनवादी' कहानियों की हिमायत में

यहाँ राजेन्द्र जी की कुछ परिचित और चर्चित कहानियाँ एक रोचक और विचारोत्तेजक शीर्षक के फ़्रेम में एकत्रित हैं।

जिन कहानियों को दुबारा-तिबारा पढ़ते हुए भी आविष्कार का-सा अनुभव होता है और इसकी वजह सिर्फ यह नहीं होती कि बरसों के अन्तराल में हम पिछली बार के पढ़े हुए को भूल गए हैं; बल्कि उन कहानियों की अपनी बुनावट में ही इस तरह बार-बार आविष्कृत होने की क्षमता मौजूद रहती है। इस संग्रह की प्रमुख कहानियाँ—ख़ासतौर से 'प्रतीक्षा' और 'किनारे से किनारे तक'—इसी स्वभाव की कहानियाँ हैं। इनका भीतरी सत्य अपनी संरचना में जटिल और सघन है और कहानियाँ उसे इन बुनियादी विशेषताओं के साथ ही पकड़ने की कोशिश करती हैं। प्याज इस सत्य की बनावट का एक परिचित बिम्ब है। छिलकों का परत-दर-परत ऐसा जमाव जिसके इस तरह जमे होना ही 'प्याज' का होना है। लेकिन प्याज का नसीब करमकल्ले को नहीं मिला। पात के भीतर पात, कल्ले के भीतर कल्ला—कुल मिलाकर रचावट और बुनावट में सघनता और जटिलता तो उतनी ही, या शायद अधिक भी, मगर ले-दे के वही गोभी के पात। किसे नहीं मालूम कि किसी जीते-जागते आदमी को 'कैबेज' कहने का मतलब उसे आदमीयत के लक्षणों से वंचित मानना है।

हिन्दी साहित्य के मौजूदा मौसम में जटिल, सघन वगैरह-वगैरह चीजें कुछ ऐसे ही नसीब की भायी हैं, क्योंकि वहाँ फ़िलहाल 'जनवादी' होने का मतलब अगर प्याज होना है तो 'मनवादी' होने का मतलब पात-गोभी होना! यह बिलकुल अलग बात है कि 'जन' और 'मन' को एक-दूसरे से बिल्कुल अलग कर दिया जाय तो ज्यादातर जनवादी कहानियाँ उस हद के आस-पास भी फटक नहीं पातीं और अगर पाती भी हैं तो इसीलिए कि उनके जनवाद में मनवाद की भीतरी तहें मौजूद रहती हैं।

दोनों का इस तरह जुड़ा होना वास्तव में एक आदर्श और काम्य

स्थिति है। लेकिन दुर्भाग्यवश दोनों के बीच एक विभाजन घटित हो चुका है। अक्सर एक की कसौटी पर दूसरे को कसकर नकारने और धिक्कारने की प्रक्रिया में रचना के साथ अन्याय भी होता रहा है। अन्याय भी एक-तरफा क्योंकि कसौटी प्रायः बहुत स्थूल रूप से जनवादी होती है और मनवादी रचनाओं पर लगाये गए आरोप व्यक्तिवाद और रूपवाद जैसे 'जघन्य अपराधों' की मुद्रा व्यक्त करते हैं जबकि वास्तविकता यह है कि जन का जीवित, स्पंदित अस्तित्व ही 'व्यक्ति' होता है और रूप तथा वस्तु को एक-दूसरे से अलग नहीं किया जा सकता। वैयक्तिक मनोविज्ञान भी एक सामाजिक उत्पादन है, और मनवादी लेखक उसे मूर्त और साकार करके 'वस्तु-सत्य' में बदलता है। कहने का मतलब यह है कि मनवादी रचनाओं का एक जनवादी परिप्रेक्ष्य भी होता है और इसे हमारी आलोचना फ़िलहाल समझ नहीं रही है।

त्रिकोण और चौखटे मूलतः मनवाद के इलाके की चीजें हैं क्योंकि रिश्तों की गुंझलों और गुंजलकों को फैलाने, समेटने, सुलझाने और समझने के लिए सुविधाजनक और व्यावहारिक फ़्रेम का काम करती हैं। अगर गहराई और ऊँचाई वगैरह से भी निपटने और सुलटने का हौसला हो तो इन्हें दिक् और काल के दार्शनिक अमूर्तनों तक बढ़ाया और घटाया जा सकता है; पर यहाँ संकलित कहानियाँ दार्शनिक अमूर्तनों की कहानियाँ नहीं, बुनियादी तौर पर हाड़-मांस के जिन्दा आदमी की उन धड़कनों की कहानियाँ हैं जिनमें वह सबसे ज्यादा असुरक्षित है। मतलब यह नहीं कि जिन्दा आदमी के भीतर से दार्शनिक अमूर्तन निकाले नहीं जा सकते, यह भी नहीं कि दार्शनिक अमूर्तनों की तलाश में कहानी ज़िन्दा आदमी को मुर्दा ही कर डालती है बल्कि सिर्फ यह कि इन कहानियों का स्वभाव ऐसा नहीं है। अपनी बुनावट में ये तह से लेकर सतह तक 'अन्तरंग' को ही बहिर्गत करती हैं लेकिन परिणति में समयहीन और सन्दर्भहीन नहीं हो जातीं। इस बात को थोड़ा और विस्तार और स्पष्टीकरण देना जरूरी है।

बदलाव से गुजरते समाज में बदलाव का कारण तो आर्थिक-राजनैतिक शक्तियाँ ही होती हैं पर साधारण जन को बदलाव का साक्षात्कार अपनी ज़िन्दगी के निजी धरातल पर रिश्तों में आये बदलाव के रूप ही

में होता है। साक्षात्कार के इस बेहद निजी और भीतरी धरातल पर रिश्ते भी बदलते हैं और मन भी। प्यार, दाम्पत्य, परिवार आदि का तन्तुजाल न केवल समीकरणों के स्तर पर कुछ और हो जाता है बल्कि अनुभूति के स्तर पर भी वही नहीं रहता जो पहले था। सामाजिक-गठन की निरन्तर गतिशील प्रक्रिया के बीच बदलाव के वास्तविक स्थान और क्षण यही होते हैं। इन क्षणों का अनुभव निजी ज़िन्दगियों में अलग-अलग होने के कारण ही इन्हें 'व्यक्तिगत' कहा जा सकता है, लेकिन बृहत्तर सामाजिक, ऐतिहासिक शक्तियों द्वारा संचालित होने के कारण समूह के अनेक सदस्यों द्वारा एक साथ अनुभव भी किया जाता है। इस तरह एक-दूसरे से अलग-अलग और एकान्तिक होने के बावजूद यह परिवर्तन अपनी मूल प्रकृति में सामूहिक यानी सामाजिक होता है। साहित्य यहीं से सम्भव होता है।

उधर इनसे जुड़े हुए पुराने मिथक काफी समय तक बरक़रार रहते हैं। इन मिथकों की हैसियत उस समूह के सदस्यों के लिए अपने और दूसरों के आचरण को जाँचने वाली कसौटी की होती है। बदलाव की स्थितियों में मौजूद, उनसे घिरे और उनसे होकर गुजरते हुए; बल्कि इस तरह से बदलाव को खुद अंजाम देते हुए लोग भी अपने आपको, अपने सोच और सरोकार को, अपनी हरकतों को लेकर इन कसौटियों के द्वारा किए गए मूल्यांकन से बच नहीं पाते और प्राय: इस मूल्यांकन से उनकी भावात्मक प्रतिक्रियाएँ और तनाव तय होते हैं। भय, अपराधबोध, अनावश्यक उग्रता आदि निहायत मनवादी-सी प्रतिक्रियाएँ भी इस तरह वस्तुगत स्थितियों के रूप में पहचानी जा सकती हैं।

ये मिथक तब तक नहीं टूटते जब तक उनकी अप्रासंगिकता को पहचाना और नाम नहीं दिया जाता। राजनीतिक और आर्थिक परिवर्तन के लिए जिस समय किसी समाज में ऐसे आन्दोलन खड़े होते हैं जिनमें समाज का बड़ा भारी हिस्सा व्यापक रूप से शामिल होता है और एक प्रचण्ड परिवर्तन की धारा में बहता-सा दिखाई पड़ता है, ऐसे समयों में भी ऐसे मिथकों को तोड़ने और चुनौती देने में न केवल आशंका बल्कि प्रतिरोध की भी स्थिति दिखाई देती है; क्योंकि परम्परा, मर्यादा, धर्म,

संस्कार आदि भिन्न-भिन्न नामों के द्वारा इन्हीं मिथकों के सहारे जन साधारण अपनी जिन्दगी को समझता, तोलता, परखता और अपने फैसले लेते रहने का अभ्यस्त होता है। इन्हीं के द्वारा यह परिवर्तन के साथ तालमेल बिठाता या फिर उसका विरोध करता है और धारा के प्रचण्ड पांव-उखाड़ बहाव में इन्हीं से चिपककर टिकाव और सुरक्षा महसूस करता है। अन्तर्मन की यह भूमिका जिन धरातलों पर सक्रिय दिखाई पड़ती है उनमें परिवर्तन की गति धीमी, प्रायः व्यक्तिगत और व्यक्तियों की संख्या में क्रमश: वृद्धि के हिसाब से सामूहिक हुआ करती हैं। दूसरे शब्दों में, प्रेम, परिवार, दाम्पत्य आदि भावनाओं और संस्थाओं में आने वाले परिवर्तन और उनसे जुड़े फैसले इत्यादि सामाजिक स्थितियों से उपजते हैं लेकिन व्यक्तिगत स्तर पर ही निपटाए और सुलझाए जाते हैं। उनकी यंत्रणा, उससे मुक्ति, उसका रूपान्तर आदि बहुत तिर्यक् रूप में सामाजिक होता है। लेकिन मूलत: होता सामाजिक ही है।

मनवादी रचनाओं के बारे में आमतौर से और राजेन्द्र जी और उनकी इन कहानियों के बारे में खासतौर से इस लम्बी भूमिका की जरूरत है क्योंकि इनका प्राथमिक रूप से उपरोक्त विषयों पर केन्द्रित होना अक्सर इनके रद्द और रफा-दफा कर दिए जाने का बहाना हो सकता है; जबकि वास्तविकता यह है कि मनवादी कहानियों का यदि अपने समय के साथ कोई प्रासंगिक और सार्थक लगाव है तो वेह निश्चित रूप से सम्बन्धों के इन मिथकों की अप्रासंगिकता की पहचान और नामकरण में रूप में ही है। यह दूसरी बात है कि वे बदले में अनैतिकता या मर्यादाहीनता के आरोपों से दूषित की जाती हैं।

प्रस्तुत संकलन की कहानियों के त्रिकोण, प्रेम और दाम्पत्य के परिचित, परम्परागत समीकरणों का टूटना दर्ज करते दिखाई देते हैं। टूटना एक से अधिक स्तरों पर हुआ है। एक तरफ यदि यह टूटना रिश्तों की अन्तर्वस्तु के स्तर पर है तो दूसरी तरफ कहानियों के रचनात्मक विन्यास के स्तर पर। 'पति-पत्नी और वो' के परम्परागत चौखटे में फिट होने वाले त्रिकोण, अगर इन कहानियों में सिर्फ एक धुंधली-सी अनुगूंज बनकर समाये हुए हैं तो इसका कारण प्राय: कहानी के विन्यास में त्रिकोण

का बदला हुआ रूप ही है। एकाध को छोड़कर प्राय: सभी कहानियाँ फ़ोकस के लिए इतने अप्रत्याशित बिन्दुओं का चुनाव करती हैं कि परंपरागत चौखटे का त्रिकोण कहानी के सन्दर्भ में निरर्थक हो उठता है। उदाहरण के लिए 'मजाक' नाम की कहानी को लिया जा सकता है। नमिता, उसके पति बन्दू बाबू और उनकी एक तथाकथित प्रेमिका के त्रिकोण का धुंधला-सा आभास ही कहानी में सूचित है। कहानी की संरचना एक परिस्थिति में तीन प्रतिक्रियाओं का त्रिकोण बनाती है। एक स्तर पर ये तीन भिन्न-भिन्न व्यक्तियों की प्रतिक्रियाएँ हैं और दूसरे स्तर पर केन्द्रीय पात्र शशि की एक ही प्रतिक्रिया में समाई तीन तहें—'कहीं कुछ हो न जाय' की आशंका, 'कुछ हो ही जाय' की उत्तेजना और 'कुछ हो ही गया' तो सब कुछ सँभाल सकने का गर्व। जिस त्रासदी से भय है, उसी की मानो एक प्रच्छन्न कामना भी और उसी त्रासदी की कसौटी पर अपनी क्षमताओं को परख पाने का एक निर्मम क्रूर अभिमान भी।

निहित अभिप्रायों और प्रच्छन्न उद्देश्यों को जिस तरह ये कहानियाँ रेशा-रेशा करके बारीक़ी से खोलती हैं वह पिछले दस-पन्द्रह वर्षों में हिन्दी कहानी में लगभग दुर्लभ हो चुकी-सी चीज है। इस सिलसिले में 'प्रतीक्षा' और 'किनारे से किनारे तक' न सिर्फ़ राजेन्द्र जी की। बल्कि हिन्दी कहानी की मूल्यवान उपलब्धियाँ हैं। 'प्रतीक्षा' की नन्दा के वास्तविक-से प्रतीत होने वाले स्वप्न या कहना चाहिए कि भ्रम—में दाम्पत्य की एक लुप्त होती संभावना को विवाहित प्रेमी के माध्यम से जिलाए रखने का बहाना और छलावा है तो गीता की छलावा या कि भ्रम-सी प्रतीत होने वाली वास्तविकता में पारिवारिक सम्बन्ध-भावना का एक नया समीकरण। 'किनारे से किनारे तक' में एक परिचित त्रिकोणात्मक स्थिति के प्रति एक प्रत्याशित भावनात्मक व्यवहार, एक अप्रत्याशित समापन तक पहुँचकर सच्चरित्रता, एकनिष्ठता, नैतिकता जैसी बनी-बनाई मर्यादाओं के प्रति, एक बदली हुई या कि बदलती हुई दृष्टि का परिचय देता है। नायक पत्नी के विश्वासघात के निश्चित प्रमाण के रूप में 'अपने बेटे' की प्रतिमूर्ति में प्रेमी के बेटे को देखता है और एक अवश, दुर्दम प्रतिहिंसा से व्याकुल होकर बच्चे को हुगली में धकेल देना चाहता है। किनारे से किनारे तक की यात्रा के दौरान उस पर लगभग

काबू कर लेने वाले अचेतन मन के इस अदम्य ज्वार की परिणति उस बच्चे के प्रति एक कोमल करुणा में होती है। पति जिस स्थिति में अपने को फँसा पाता है—अपने फँसे होने को आविष्कृत करता है—उसके निर्णय के सारे सूत्र किन्हीं दूसरों के हाथों में थे, लेकिन सर्वाधिक निर्दोष होने के बावजूद वह सर्वाधिक यन्त्रणा का साक्षी और भोक्ता होने के लिए जिस जगह अभिशप्त है, ठीक उसी जगह अपने साथ इस बच्चे को भी मौजूद पाता है। यन्त्रणा की यह सहभागिता उसको, उसकी नैतिक निगाह को कहीं भीतर से बदलती है।

मन:स्थितियों के सृजन में सम्पन्न होने वाली कहानियाँ प्राय: घटना-हीनता में घटित होती दिखाई देती हैं। इसे इन कथाओं में वस्तुस्थिति का अनुपस्थित होना मान लिया जाता है पर वस्तुतः ऐसा होता नहीं है। इन कथाओं में कथ्य और वर्णन का आपसी सम्बन्ध वैसा नहीं होता जैसाकि घटनाक्रम पर आधारित कहानियों में होता है। घटनाक्रम जिन शब्दों में बयान किया जाता है उनके बदल जाने पर भी कहानी बदलती नहीं। यह लेखक की अपनी क्षमता के अनुसार जड़ या जीवन्त हो सकता है, कहानी के स्तर में घट-बढ़ उपस्थित कर सकता है, पर कहानी होने की असलियत को नकार नहीं पाता। इसके विपरीत वर्णन मन:स्थितियों के सृजन में घटनाक्रम का समकक्ष और स्थानापन्न होता है, केन्द्रापगामी होकर भी केन्द्र का विस्तार होता है और मूल कथ्य के किसी न किसी पक्ष या आयाम का उद्घाटन और अन्यार्थ का आविष्कार तथा साक्षात्कार होता है। घटनाक्रम या वस्तुस्थिति उसमें भले ही स्थूल रूप से प्रत्यक्ष दिखाई न देती हो, प्राय: किसी प्रकाण्ड घटना या दुर्घटना से उत्पन्न नाटकीय तनाव की थरथराहट को इस मानसिक वितान के भीतर मौजूद पाया जा सकता है। इस दृष्टि से प्रत्यक्षत: घटनाहीन होने के बावजूद इस संग्रह की प्राय: सभी कहानियाँ भावात्मक नाटकीयता और घटनात्मकता से सम्पन्न हैं।

इन कहानियों से गुजरते हुए अनायास, अनजाने-अनचाहे भी—सम-कालीन कथा-दृश्य पर से न केवल प्रेम, बल्कि सम्बन्ध मात्र के भावात्मक आधारों का ही विषयवस्तु के रूप में लगभग अनुपस्थित हो जाना रेखांकित होता रहा। प्रेम और दाम्पत्य की जो भी कहानियाँ पिछले

दस-पन्द्रह वर्षों में लिखी गई है वे या तो नई कहानी के जमाने में पाली गई जमीन का ही विस्तार हैं, उनकी बारीकी तक शायद ही कभी, यदाकदा पहुँचती हुई, या फिर रूमानियत के ज्वर में स्खलन मात्र। इन विषयों पर अधिकतर स्त्रियों ने ही कलम उठाई है और कुछ एक अपवादों को छोड़कर प्रायः ये भावात्मक नाटकीयता को अभिव्यक्त करने की बजाय, भावुकता के अतिरेक की शिकार होकर रह गई हैं। जिन्दगी के ये हिस्से एक खास तरह से ज़नाना विषय बनकर रह गए हैं जबकि दरअस्ल जन को खुद उस खास तरह से ज़नाना बने रह जाने की जरूरत लगातार समाप्त होती जा रही है। निश्चय ही यह ज़िन्दगी में आये, किसी मूलभूत परिवर्तन का प्रमाण कम और लेखकों के चुनाव और प्राथमिकताएँ बदल जाने का सबूत अधिक है; क्योंकि ज़िन्दगी में रिश्तों के रूप और समीकरण बदल सकते हैं, बदले हैं पर अगर वे सचमुच गायब ही हो गए हैं तो यही एक बात—उनका गायब हो जाना भी—कहानी का विषय बनने की माँग है। कहीं ऐसा तो नहीं कि इस तरह से अपने चुनाव और प्राथमिकताएँ बदल कर कहानी दरअस्ल अपने समय और समाज की भावधारा के जीते-जागते आदमी के जीवन्त, असुरक्षित कोनों से, उसके सोचने और महसूस करने के तरीकों से छिटककर अलग जा पड़ी है ? मगर है इस भ्रम में कि वह सामाजिक संवेदना को अभिव्यक्त कर रही है या फिर इस तरफ से आँख मूँदकर सोच रही है कि इन चीज़ों ने घटित होना बन्द कर दिया है और परिणामतः ज़िन्दगी में, सामाजिक संस्थाओं में आते हुए मूलभूत बदलावों की तरफ से उत्तरोत्तर बेखबर होती जा रही है। मेरा यह निश्चित विचार है कि जब तक आज की कहानी अपने वक्त की अपनी प्रेमकथा नहीं खोज लेती तब तक हमें आज के आदमी के अन्तरंग का, जिन्दगी में आये वास्तविक बदलाव का सही जायज़ा नहीं मिल सकता···

···या फिर यह कि हिन्दी आलोचना के राजनीतिकरण ने धौंस और धमकी के बूते पर कुछ ऐसा माहौल क़ायम कर दिया है कि इसके चलते कुछ मूल्यवान रचनाकार 'मनवादी' होने के अपराध-बोध में लिखना ही छोड़ बैठे हैं और बरसों से चुप हैं जबकि कुछ अन्यों का लेखन जारी तो है पर अपनी ही संभावनाओं का कैरिकेचर होकर रह गया है फिर भी वे बरसों से बेहिसाब लिखे चले जा रहे हैं।

—अर्चना वर्मा

क्रम

मजाक

कम्बल ओढ़े, साँस के दौरे को उठने से दबाते अंकल सफेद गोमुखी में जल्दी-जल्दी उंगलियाँ चला रहे थे। वे बगुले की तरह गर्दन ताने आलथी-पालथी मारे दीवान पर तने बैठे थे। माला का घेर पूरा करके मानो अपने-आपसे ही बोले—"मजाक-मजाक में मान लो किसी ने कुछ कह ही दिया तो कहीं इस तरह बुरा माना जाता है···?"

लेकिन उनकी बात किसी ने भी नहीं सुनी। उमा ने दूसरे हाथ से अपनी कलाई घुमाकर घड़ी देखी और सामने दीबाल की घड़ी पर निगाह डालकर बोली—"आधे घण्टे से कम तो क्या हुआ होगा ?···शशि, जरा पूछो न···" आगे उससे बोला नहीं गया।

बाहर मूसलाधार बारिश हो रही थी और खिड़की के ऊपर लगी टीन की नालियों से पानी लगातार इस तरह गिर रहा था जैसे किसी ने पारदर्शी काँच की उमेठी हुई सीधी छड़ें खड़ी कर दी हों। खपरैल की टाइलें और खिड़कियों की टीनें इस तरह बज रही थीं जैसे बारात चली जा रही हो। खिड़की के आसपास बौखलाई हुई उमा कभी इधर और कभी उधर घूम रही थी। वह अपनी दोनों हथेलियाँ साबुन से हाथ धोने की तरह मसलती जा रही थी। रह-रहकर रुआँसे स्वर में उसके मुँह से निकल जाता : "हाय राम···जाने क्या होगा अब ? हाय-राम, जाने क्या होने वाला है···" और भयानक मानसिक उत्तेजना से एक-एक मिनट बाद खिड़की के बाहर झाँक लेती। लेकिन वहाँ बारिश में भीगते

पेड़ पिटे कुत्तों-से सहमे खड़े थे। बूंदों की भूरी-भूरी लहराती चादर के पार घाटी की हरियाली उठान में बीरबहूटियों से जड़े मकानों की लाल-लाल छतें दीख जाती थीं। छपक्...छपक्...छपक्। उमा को लगा जैसे बारिश में कोई उनके बँगले की तरफ आ रहा है। वह दौड़कर दरवाजे पर गई। पर्दे उठाकर पहले भीगते शीशों से झांका। कुछ भी दिखाई नहीं देता था। किवाड़ खोले सिर, मुंह या साड़ी पर पड़ती बौछार की चिन्ता न करके देखती रही...छाता लगाए कोई बगल के बँगले की ओर जा रहा था। हारकर किवाड़ भेड़े, भौंहों का पानी पोंछती जल्दी-जल्दी हाथ मलती टेलीफोन की तरफ लौट आई...।

"मिला?" घबराकर डायरेक्टरी के पन्ने पलटती शशि से पूछा।

"दो बार मिला चुकी हूं। लाइन खाली नहीं है।"

"टेलीफोन में आज ऐसी क्या आग लग गई...? वहां नहीं मिलता तो सी० आई० डी० को ही मिला। कहीं तो मिला...पता नहीं इतनी देर में जाने क्या हो जाएगा?"

शशि ने डायल घुमाया, "इनक्वायरी...इनक्वायरी...हलो..." फिर उसका स्वर फट गया। जरा-सा खांसकर बोली, "जाने कहां मर गए सब, कोई बोलता ही नहीं है..."

"बीड़ी पीने गए होंगे...या पास की लड़कियों से गप्पें ठोक रहे होंगे..." अंकल ने कड़वा मुंह बनाकर कहा।

तभी शशि बोल पड़ी, "हल्लो, इनक्वायरी? जरा इण्टेलिजेन्स आफिस का नम्बर दीजिए, जल्दी..." फिर माउथ-पीस पर हाथ लगाकर उमा से कहा, "भाभी, लिखना जरा," हाथ हटा लिया, "हां जी...थ्री-टू-एट-वन। थैंक्यू जी..."

"हाय, मेरे तो हाथ कांप रहे हैं। मुझसे तो लिखा भी नहीं जा रहा।" उमा के हाथ की पेंसिल सचमुच इस तरह हिल रही थी जैसे हाथ लकवे में बेबस कांप रहा हो। शशि ने उसके हाथ से पेंसिल छीन ली, "भाभी, तुम तो सच इस तरह घबरा जाती हो...जरा धीरज रखो ...देखो, भगवान ने चाहा तो कुछ नहीं होगा।..." उमा पल्ला आंखों पर लगाकर आंसू पोंछने लगी।

नम्बर लिखकर उसने फिर डायल घुमाया, "हलो, इण्टेलिजेन्स आफिस ? कौन साहब बोल रहे हैं?···देखिए, मैं नाइन-फाइव-फोर-टू से बोल रही हूँ···मिसेज़ वीरेश्वर वर्मा···देखिए जी, एक बहुत ही अर्जेण्ट केस है···यहाँ से एक साहब अचानक गाड़ी लेकर निकल गए हैं···नहीं जी, नाराज-वाराज नहीं···हल्लो, बस कुछ यों ही सनकी दिमाग के हैं··· कभी-कभी उन्हें होश नहीं रहता कि क्या कर रहे हैं। खत छोड़ गए हैं कि उन्हें खोजने की कोशिश न की जाए···हलो, जी इस लाइन में शायद इस बारिश की वजह से कुछ गड़बड़ी है···जी नहीं, साथ में कुछ भी नहीं है···घड़ी, पर्स, जूते सब उतार गए हैं···सिर्फ सूती कमीज-पतलून में हैं। जी, खत में उन्होंने लिखा है···एक सेकेण्ड प्लीज···" उत्तेजना के मारे शशि सब कुछ भूली जा रही थी···फिर भी गर्व था कि अपना सन्तुलन बनाए हुए है। उसने डायरेक्टरी के नीचे दबा पीला कागज निकालकर टेलीफोन पर पढ़ा : "हाँ जी, लीजिए मैं पढ़े देती हूँ—'मेरी मौत के लिए कोई दोषी नहीं है। मैं अपने-आपको इस संसार में रहने लायक नहीं समझता। मुझे खोजने की कोशिश न की जाए···नमिता का दुबारा विवाह कर दिया जाए'···बस जी, नीचे नाम है।" कुछ देर चुपचाप सुनती रहकर बताया : "खाना खाने के बाद हम लोग यों ही बैठे कैरम-वैरम खेल रहे थे। अचानक वे उठे और भीतर चले गए···हमने समझा यों ही किसी काम से गए होंगे, काफी देर बाद जब नमिता, हाँ जी, उनकी वाइफ, भीतर गई तो देखा कि कपड़े रखे हैं···घड़ी के नीचे यह खत है। पीछे का दरवाजा खुला है। शायद वहाँ से जाकर ड्राइवर को जगाकर चाबी ली और चले गए; हो गया कोई आधेक घण्टा। अभी-अभी मिस्टर वर्मा भी गए हैं। शायद डी॰ आई॰ जी॰ से बातें हुई थीं···जी, होंगे यही कोई बाईस-तेईस साल के। बायीं कनपटी पर घाव का निशान है। ज़रा खुलता हुआ गेहुँआ रंग···बीच से माँग निकालते हैं···जी गाड़ी··· गाड़ी का नम्बर है जी, बी॰ एम॰ जे॰ हाँ जी, बी॰एम॰ जे॰ थ्री-नाइन-सेवेन···मैरून डाज-किंग्जवे है जी···थैंक्यू जी, आप फोन करेंगे न अभी···? ज़रा जल्दी प्लीज···"

शशि ने फोन रखा। कुहनी मेज पर टिकाकर बातें करने से बालों

की लट इधर-उधर कनपटियों पर झूल आई थीं, उन्हें दोनों हाथों से कानों के ऊपर अटकाया। उसे हल्का संतोष हुआ। कितनी सफलता से उसने कितना कठिन काम सरंजाम दे दिया। फिर एकटक अपनी ओर देखती उमा को समझाया : "भाभी, वो कहते हैं, आप बिल्कुल भी मत घबराइए, अगर उन्होंने अब तक कुछ कर नहीं डाला तो शायद अब डरने की जरूरत नहीं है। हाँ, कोई सीरियस बात हो गई हो तो बता दीजिए ···मैं सब चौकियों को फोन किए देता हूँ कि उस नम्बर की गाड़ी अगर अभी तक वहाँ से नहीं गुजरी हो तो रोक ली जाए···"

"गुजर गई होगी तो क्या कर लेगा ?" अधीर होकर लगभग उमा चीख पड़ी। निराशा से गर्दन झटकती हुई बिना जवाब दिए खिड़की की तरफ आ गई। जैसे हाथ जल गए हों, इस तरह दोनों कलाइयों से पंजे झटकारती हुई बोली, "हाय, मेरा तो दिल डूबा जा रहा है···जाने क्या होगा ? किसका मुँह देखा था···मेरा भैया···" वह मुँह पर दोनों हाथ रखकर रोने लगी।

अब सहसा शशि को लगा कि सी० आई० डी० वालों को खत सुनाकर और ये सारी बातें बताकर उसने शायद अच्छा नहीं किया। बाद में दुनियाभर की खींचातानी होगी। पुलिस वाले तंग करेंगे···जाने क्या हो। लेकिन फिर अपने-आपको समझाया कि अगर नहीं बताती तो वे लोग क्यों इतनी दिलचस्पी लेते ? उसने सबको बताकर असली स्थिति भी तो छिपा ली। फिर वह खुद भी जब इन सारी बातों और स्थिति को सोचती तो अपने को बड़ा बौखलाया और नर्वस-सा महसूस करती। उसे स्वयं आश्चर्य हो रहा था कि कैसे यों अपने पर काबू किए हुए है। मुसीबत के वक्त वह आत्म-विश्वास नहीं खोती, इस पर उसे खुशी भी थी। उसने पास जाकर कंधे पर हाथ रखकर समझाया, "भाभी, यों मत घबराओ। भगवान ने चाहा तो सब ठीक हो जाएगा। आखिर शंकर भैया गए हैं, साथ में 'ये' भी हैं। अगर चौकियों से गाड़ी निकल भी गई होगी तो···शायद पुलिस की गाड़ी में ये लोग पीछा करेंगे···"

"लेकिन यह भी तो पता चले कि आखिर गया किधर है ?" बेचैनी से अंकल ने बैठक बदली। दोनों टाँगें मोड़कर बोले और निहायत ही हताश

भाव से ढीली गर्दन झटककर जाँघ पर दूसरा हाथ पटककर कहा, "अरे कोई ऐसी बात थी तो हमसे कहता...अब ये बेचारी...पराये घर की लड़की..." और उन्होंने रुँधे गले में आधी बात छोड़कर नमिता को देखा...

नमिता सोफे पर दोनों पाँव समेटे, हत्थे पर सिर टिकाए इस तरह ढेर हुई बैठी थी कि लगता ही नहीं था कि वहाँ कोई है। बस, एक आसमानी साड़ी जैसे किसी ने लापरवाही से डाल दी हो, और वह जगह-जगह हवा भरने से फूल गई हो...ज़रा-ज़रा-सी देर बाद सबकी निगाहें उसी की ओर उठ जाती थीं कि हाय, इस लड़की के भाग्य में जाने क्या है...अभी एक साल भी तो नहीं हुआ...

"बीबीजी, अमित बाबू की कमीज कहाँ रखी है...?" स्थिति की गम्भीरता से आतंकित बड़े डरते हुए से नौकर ने उमा के पास जाकर पूछा।

उमा को शशि ने कुर्सी पर बैठा दिया था और खुद खिड़की के बाहर तार पर सरकती बूँदों को देखने लगी थी। स्तब्ध उमा अपलक आँखों से पीतल की बड़ी-सी सेण्टर टेबिल पर रखे खिलौनों को घूरे जा रही थी। वह झटके से मुड़ी और दोनों हाथ माथे तक जोड़कर बोली, "भैया, मुझसे कुछ मत पूछो। मुझे कुछ भी नहीं मालूम...जो तुम्हारी समझ में आए सो करो..."

"अमित बाबू रो रहे हैं," अपराधी की तरह नौकर बोला।

"रो रहे हैं तो रोने दो...हमें तंग मत करो...जाओ..." शशि ने घूमकर डाँटा। सोचा, इतने बड़े लड़के की आदत बिगाड़ रखी है।

नौकर के जाते ही जैसे भयानक सन्नाटा छा गया...एकरस बरसते पानी की आवाज भी मानो सुनाई देनी बन्द हो गई थी। लगता था अभी खिड़की से कोई बेतहाशा भागता आता दिखाई देगा...दरवाजे पर ज़ोर से दस्तक पड़ेगी...या अभी इसी क्षण टेलीफोन की घण्टी बजेगी...कोई झपटकर उठाएगा...और फिर एक चीख के साथ टेलीफोन हाथ से छूटकर गिर पड़ेगा। शशि को रह-रहकर आश्चर्य हो रहा था कि इतनी बड़ी घटना हो रही है...एक आदमी आत्महत्या करने गया है...खुद

उसके घर आकर ठहरा हुआ एक निकटस्थ रिश्तेदार, और न वह घबरा रही है, न रो रही है···मानो यह सब कुछ सचमुच हो रहा है, इसका उसे विश्वास ही नहीं होता···

घनन्···घनन्···घनन्·· टेलीफोन बजा तो शशि भूखी चील की तरह टूट पड़ी। अंकल की माला रुक गई। चिहुककर उमा उठ खड़ी हुई। उसने आगे बढ़कर मेज पर दोनों हथेलियाँ टिका दीं। नमिता ने सिर उठाया···जैसे दिल की धड़कन होंठों पर आकर रुक गई हो।

"नाइन-फाइव-फोर-टू···। नहीं जी, रौंग नम्बर···नहीं जी, यहाँ कोई फर्नीचर नहीं बिकता···आप दुबारा डायल कीजिए···" और होंठ कसकर शशि ने जोर से रिसीवर दोनों हाथों से खट से वापस रख दिया। 'हुँ' नाक से हवा निकाली। मन हुआ टेलीफोन को उठाकर पटक दे जोर से जमीन पर।

धनुष की खिची प्रत्यंचा-सा वातावरण ढीला हुआ और छूटी हुई स्प्रिंग-सी अटकी साँस लौटकर आई···जिस टेलीफोन की आशा, नहीं आशंका, कर रहे थे, ये वह नहीं है। नमिता ने फिर सिर हत्थे पर टेक दिया। उसके बिना तेल के धुले बाल बाँह पर बिखर आए। शशि अपनी जगह से उठकर अपने कपड़े समेटती और धीरे-धीरे चलकर नमिता वाले सोफे के दूसरे हत्थे पर बड़े आहिस्ते से बैठ गई। बड़े हौले से उसके रूखे बालों पर हाथ फेरा। घुटे और भीगे स्वर में कहा—'नमिता, घबरा मत दिल कड़ा कर इतनी समझदार होकर अगर तू ऐसे करेगी तो कैसे होगा ? देख, भगवान ने चाहा तो सब ठीक हो जाएगा···" नमिता ने सिर उठाया और मुड़कर जोर से बैठी हुई शशि की जाँघ पर पटक दिया, "मैं क्या करूँ दीदी···?" वह फफक-फफक रोने लगी। शशि सिर्फ उसके हिलते कंधों और रूखे बालों को सहलाती रही, "नहीं, इस तरह हिम्मत नहीं छोड़ते निम्मी···" खुद उसके गालों पर आँसू ढुलक आए। अगर आज वह नमिता की स्थिति में होती तो क्या इसी तरह शान्त बैठी दूसरों को समझाती होती ? मान लो बंटू बाबू की जगह वीरेश्वर ही गए होते···। नमिता ने अपने शरीर का हर भाग ऐसी सावधानी से कपड़ों में छिपा लिया था मानो अपने मनहूस अंग की उँगली दिखाते भी उसे शर्म

आ रही हो···अभागिन···! उमा फिर खिड़की के पास जाकर बरसते पानी को देखने लगी थी। थोड़ी-थोड़ी देर बाद कराहने की-सी आवाज निकालकर अंकल भकुओं की तरह चारों ओर ताक रहे थे। शशि नमिता का एक हाथ अपने हाथों में लेकर उसकी कलाई और उँगलियों को सहलाती, सान्त्वना देती रही···नमिता के नाखून बड़े सुन्दर हैं, जैसे प्याज के भीतर का चमकदार गुलाबी झलक मारता रंग हो···उसकी पतली-पतली काली चूड़ियों पर हाथ फेरते हुए अचानक उसे लगा···हो सकता है···हो सकता है···बात इतनी भयानक थी कि उसे सोचते डर लगता था।

टक्-टक्···टक्-टक्···! लगता था जैसे एक बड़ा भारी पेण्डुलम इस दीवार से उस दीवार तक हिल रहा है और इन सब लोगों को तहखाने में बन्दे करके एक टाइमबम रख दिया गया है—इस तरह सबकी निगाहें और कान टेलीफोन पर लगे थे···जैसे इस बार की 'टक्' के साथ बम फट पड़ेगा···पता नहीं कितनी चाबी और बची है···अगली 'टक्' भी हो पाए या नहीं। घुटन का अजगर वातावरण में बैठा जहरीली साँसें छोड़ रहा था। रह-रहकर फुरहरी दौड़ जाती है, उफ्, जाने क्या होगा···?

भगवान के दरबार में सच्चे दिल से प्रार्थना करना समाप्त करके अंकल ने इतनी देर बाद मानो ध्यान हटाने को फिर अपनी बात दुहराई "मजाक-मजाक में मान लो, किसी ने कुछ कह ही दिया हो तो कहीं इस तरह बुरा माना जाता है। पता नहीं ये आजकल के लड़के भी काहे के बने हैं···जब हम इतने बड़े थे···"

शशि को बड़ी चिनचिनाहट छूट रही थी। अंकल इस वक्त भी अपनी वही बेवकूफी की दकियानूसी बातें किए जा रहे हैं। कितने संकट का क्षण है, वे ज़रा चुप नहीं रह सकते। वे वीरेश्वर के दूर के चाचा हैं, लेकिन वहीं रहते हैं। पेंशन पाते हैं। साँस का रोग है। चेहरा कमजोरी और बुढ़ापे की झुर्रियों से सूखकर छुहारा हो गया है। सिर पर एक-एक इंच के सफेद खड़े बाल और चार दिन की बनी हजामत, बाहर की ओर निकले कान, चिपचिपाती आँखों के साथ चेहरे पर बेवकूफी का भाव

देखकर शशि को अजब-सी अकारण झुंझलाहट होती है। झल्लाकर उसने जवाब दिया, "और कोई मजाक भी हो..."

उमा मुड़ी। उसके चेहरे की रेखाएँ उमड़ती रुलाई और उत्तेजना से अभी भी इस तरह काँप रही थीं जैसे लहरों पर पड़ा कपड़ा कभी सिकुड़ जाता है, कभी सिमिट जाता है। सहारे के लिए खिड़की के खुले किवाड़ को पकड़े हुए उसने कहा, "अच्छे-खासे सभी लोग बैठे खाना खा रहे थे। सभी तरह के मजाक होते हैं। रोज ही होते हैं। जो जिसके जी में आता है बकता है। कोई नई बात तो थी नहीं। वीरेश्वर बाबू ने अगर कोई बात कह भी दी तो..."

पति की बात आते ही शशि ने नमिता का सिर थपकना छोड़कर कहा, "भाभी, तुम तो सुन रही थीं, उन्होंने तो कुछ ऐसा कहा भी नहीं था। सिर्फ इतना ही पूछा था कि मेल हो गया?"

"सो बस, यही तो गजब हो गया..." उमा ने एक हाथ से दूसरे पर ताली बजाई, "बंटू जी को लगा नमिता के सिवा इस बात को घर-भर में फैला ही कौन सकता है?"

"इसमें फैलाने की बात क्या है भाभी? तुम्हीं बताओ, ऐसी बातें कहीं छिपी रहती हैं...? लेकिन हमारे यहाँ तो अजब रीत है न, दुनिया चाहे जान जाए, लेकिन घरवालों के कानों में भनक न पड़े..." शशि ने गर्दन हिलाकर कहा, "यहाँ तुमने बात छिपा ली, और जब कल अखबार में ये सारी बातें बड़े-बड़े हरफों में निकलेंगी तब क्या होगा?"

इस बात का जवाब न देकर उमा ने गहरी साँस ली, "मैं तो उसी वक्त समझ गई थी कि बंटू भैया को वीरेश्वर जी का मजाक चुभ गया है। एकदम चेहरा उतर गया।"

"यों भाभी, कहने को चाहे जो कह लो, उसमें कोई ऐसी बात तो थी नहीं...। होनहार बात, किसी के सिर पड़ गई। नमिता और बंटू बाबू में अबोला चल रहा है, घर में इसे कौन नहीं जानता? नौकर-चाकर तक तो जानते हैं।" अगर कहीं कुछ हो-हवा गया तो सारा दोष उसके पति के सिर मढ़ा जाएगा, इस आशंका से शशि वीरेश्वर का बचाव किए जा रही थी।

बटेर की तरह कभी इधर और कभी उधर की बातें सुनते हुए अंकल बीच में बोल पड़े, "लेकिन, अगर नमिता बी० ए० में एडमीशन लेकर पढ़ने लगे, तो इसमें ऐसी लड़ाई और न बोलने की बात क्या है ?"

शशि झल्ला उठी : "आप समझते तो हैं नहीं अंकल, बीच-बीच में अपनी छौंकते हैं।"

अंकल खिसिया गए। शशि का लहजा और फिर उसका प्रभाव—उमा को बहुत बुरा लगा। मुझे तो अभी समझा रही थी और खुद इस तरह काटने को दौड़ती है। उसने मुलायम स्वर में बताया, "अंकलजी, बात यह नहीं थी। यह तो तय हो ही गया था। यों नमिता बी० ए० करे, इसमें बंटू भैया इतना बुरा क्यों मानते ? कहीं किसी ने इससे यह कह दिया बताते हैं कि—इनकी हरकतें देखते हुए कम से कम मौके पर अपने पाँव पर खड़े होने के लिए बी० ए० तो कर ही लेना चाहिए। पढ़ा तब भी खाऊँगी।—उसे भी जिद आ गई कि सौत भी लाकर बैठाऊँगा और तुझे बी० ए० भी नहीं करने दूंगा। खैर, फिर इस बात पर तो राजी हो गया था…"

'धम-धम' एक-दूसरे को भागकर पकड़ने की कोशिश करते हुए रीना और अमित ने उमा की बात तोड़ दी। दोनों ने पहले भागते हुए कमरे का एक चक्कर लगाया और फिर अमित शशि को आड़ में लेकर पैंतरे बदलने लगा। शशि को लग रहा था जैसे वह अपनी पर्याप्त सफाई नहीं दे पाई है और अंकल के प्रति मुलायम व्यवहार दिखाकर उमा ने उसकी अशिष्टता को और भी उजागर कर दिया है। कड़े हाथों से अमित को भीतर धकेलती हुई बोली : "जाओ, भीतर जाओ। अभी तुम्हें मना किया था न ! हम अपनी परेशानी में मरे जा रहे हैं और तुम्हें हुड़दंग सूझ रहा है।"

'अपनी परेशानी' की बात याद आते ही मानो स्थिति की गम्भीरता फिर नये सिरे से सारे वातावरण पर तारी हो गई। सब अपनी-अपनी बात भूल गए। एक साथ ग्लानि कचोट उठी। ऐसे संकट के गम्भीर अवसर पर भी सब अपना-अपना मोर्चा साध रहे हैं। साथ ही शशि को लगा कि स्थिति की गम्भीरता को ही भुलाए रखने के लिए जान-बूझकर वे

लोग व्यर्थ की बातों में उलझे थे। खुशामद से उमा बोली, "शशि, पूछो न क्या हुआ···?"

शशि का एक कान फोन पर लगा था। उसने धीरे से थपककर नमिता का सिर अपनी जाँघ से उठाया—जैसे कह रही हो, 'नमिता, तुम तो गलत मत समझना।' नमिता अपनी बड़ी-बड़ी रुआँसी लाल-लाल आँखें उठाकर डायल घुमाती शशि की पीठ को देख रही थी।

"हल्लो, पुलिस हेडक्वार्टर ? जी, मैं नाइन-फाइव-फोर-टू से बोल रही हूँ···जी कुछ पता लगा ?···एक साहब गाड़ी लेकर···जी हाँ, जी हाँ, वे ही उनके पीछे गए हैं···डी० आई० जी० उन्हें लेकर खुद गए हैं ? जी···जी। देखिए, जैसे ही खबर मिले, फौरन ही रिंग कीजिए···जी, यहाँ हम लोग तो बहुत ही घबरा रहे हैं···चौकियों पर खबर भेज दी है ? जी बहुत ब-हु-त शुक्रिया···"

फिर टेलीफोन रखकर बताया, "कहते हैं, डी० आई० जी० खुद उन लोगों को बैठाकर जीप में पीछे गए हैं···चौकियों पर कार का नम्बर वगैरा तो सब दे दिए हैं···अभी तक कोई खबर नहीं मिली है···लेकिन जल्दी ही कुछ न कुछ सूचना मिलेगी ही···"

यह पानी है कि आफत, लगातार एकरस बरसे ही चला जा रहा है। शशि के मन में आया कि काश, इस समय एक प्याला कॉफी का मिल जाता, गरम-गरम···लेकिन इस अवसर पर तो ऐसी बात सोचना भी अनुचित है···अजब-अजब तस्वीरें उसके सामने कौंध रही थीं।

अंकल की साँस फिर उभरने लगी थी। उसे दबाने के लिए ठण्डी हाय भरकर हाथ को कलाई से घुमाया और झटका देकर अपने-आपसे बोले, "पागलपने में जाने क्या करे···?"

उमा की ठोढ़ी और निचला होंठ काँप रहे थे। होंठ को दाँतों से समेटकर दबाए हुए उसने दोनों हाथ सामने छाती पर बाँध लिए थे और बाँहों पर उँगलियों को जल्दी-जल्दी चला रही थी—मानो जबर्दस्ती आँसू रोक रही हो···। मुड़कर बोली : "शशि, मुझे तो चक्कर आ रहे हैं। जाने क्या कर डाले ? कहीं गाड़ी ही कुदा दे···या पेड़ों से टक्कर ही मार दे···"

पहला ख्याल शशि को आया कि कम्पनी के चालीस हजार गाड़ी के देते-देते जिन्दगी निकल जाएगी···बीमे और प्रोवीडेण्ट फण्ड दोनों को मिलाकर मुश्किल से आधा हो पाएगा···। उसके दिमाग में फिल्मों और अखबारों में देखी तस्वीरें कौंध गईं···टूटी-फूटी मुड़ी-तुड़ी एक गाड़ी पहाड़ी ढलान पर लुढ़कती हुई औंधी-सीधी किसी पेड़ या चट्टान से अटक कर रुक गई है···और बंटू बाबू विंडस्क्रीन तोड़ते हुए कपड़े के पुतले की तरह खड्ड में गिरते चले जा रहे हैं···दूसरी तस्वीर···पीछे से जीप में पहुँचकर ये लोग देखते हैं कि एक भारी पेड़ से टकराकर गाड़ी चकनाचूर हो गई है। उसके कल-पुर्जे बिखर गए हैं और उसमें आग लग गई है··· धुएँ के बगूलों के साथ शरीर जलने की चिड़ायन्द भी आ रही है··· भीतर जली हुई रबर के ढेर-सा कुछ पड़ा है···शशि के दोनों कन्धों को जैसे किसी बर्फीले हाथ ने पकड़कर झकझोर दिया···सारा शरीर झनझना उठा, उसने एक हाथ की दो उँगलियों से कसकर पलकें दबा लीं और सिर पीछे टेक दिया···पता नहीं जाने क्या खबर आने वाली है···? उधर से भर्राए और घबराए गले से शंकर बाबू या वीरेश्वर कहें : 'शशि···' और हो सकता है कि अगली बात कही जाए या न कही जाए···फिर वह सुहाग की भीख माँगती निगाहों से देखती हुई नमिता के पास उठकर चली जाएगी और फिर उसकी दोनों कलाइयाँ पकड़कर चरर-चरर सारी चूड़ियाँ तोड़ देगी···हो सकता है एकाध चूड़ी खुद भी उसके चुभ जाए, लेकिन ऐसे समय उसका ख्याल ही क्या···? और तब नमिता इतनी जोर से चीख पड़ेगी कि इस घर की छत उड़ जाएगी···तभी अचानक सब देखेंगे कि यह बारिश थम गई है···यह बारिश भी तो आज कैसी मनहूसियत से बरसे जा रही है—जैसे किसी की जान लेकर ही बन्द होगी। कौन जाने शायद पानी इसीलिए बरस रहा हो। उसे याद आया उमा ने कुछ कहा था। पलकें मसलती जैसे नींद से जागी हो, वह बोली, "खैर, गाड़ी-वाड़ी की तो कोई बात नहीं है। बस, बंटू बाबू लौट आएँ।"

टहलती हुई उमा पहले नमिता के पास आई। कुछ देर खड़ी रही। नमिता के सफेदी पुते चेहरे पर बड़ी-बड़ी आँखें ही खुली थीं। वह अपलक, एकटक बल्ब को देखे जा रही थी। बादलों के कारण दिन में भी

बिजली जली थी। आँसुओं की दो धारियाँ गालों से बहकर ठोढ़ी के दोनों ओर होती हुई गोद में रखे उसके हाथों पर गिर रही थीं। फिर उमा ठण्डी साँस छोड़कर टेलीफोन के पास आ गई और ठीक उन्हीं निगाहों से उसे घूरने लगी···जैसे साँप को कील रही हो। अब यह अशुभ नहीं करेगा—अगर मैंने जिन्दगी में कुछ भी अच्छा किया हो तो आज की मेरी यह आत्मा की आवाज सच्ची हो जाए। उसे लगता था जैसे टेलीफोन अब बजा···अब बजा···हर क्षण होता जैसे एक कड़कड़ाती हुई बिजली है जो इन अभिशप्त लोगों की छत पर मंडरा रही है···जाने कब टूट पड़े···जैसे उसे अब टूटना ही है···।

और सचमुच टेलीफोन बजने लगा। कलेजे उछलकर मुँह को आ गए···जाने क्या खबर आई। अंकल का छाती पर लटका सिर झटके से सीधा हो गया। घण्टी ज़रा-सी बजकर चुप हो गई···नहीं, यों ही कोई खराबी होगी। मगर पलभर बाद ही पूरे जोर से बजने लगी, उमा ने उठाया तो शशि ने झपटकर रिसीवर उसके हाथों से छीन लिया। उमा का दिल कमजोर है, कोई ऐसी-वैसी खबर सुनकर जाने क्या हो जाए। उसे फिर गर्व हुआ···अपने साहस से वही तो सारी स्थिति को सँभाले हुए है, वर्ना इन लोगों से कुछ हो पाता ? नमिता की आँखों में जिन्दगी और मौत झूल गई, लगा जैसे इस घण्टी की आवाज भी सामान्य नहीं है··· उसमें कुछ नयापन है।

"क्यों···?" शशि की भौंहें और एक ओर का गाल झुँझलाहट से सिकुड़ गए। वह नाक के स्वर में बोली, "ट्रंक ? कहाँ से ?जबलपुर से ? नहीं जी, यहाँ इस समय कोई नहीं है। आप कैंसिल कर दीजिए···जी, वे हैं नहीं···कहीं बाहर गए हैं···कोई भी नहीं है···एकदम ठीक नहीं है, कब आएँगे···?" गुस्से से उसने फोन रख दिया। दाँत पीसकर बोली, "जितने भी बेकार के फोन हैं सभी को अभी आना है···"

तनी हुई नसें फिर ढीली हुईं। फिर गहरी साँस निकल गई और फिर उमा टहलती हुई खिड़की के पास चली गई···बेचारी नमिता···। शशि को अपनी ही बात खटकी। उसे यों नहीं कहना चाहिए था कि 'उनके आने का एकदम ठीक नहीं है' कुछ और ही कह देती। कह देती, बाहर

गए हैं। कहीं उसकी बात ही सच्ची न हो जाए···जैसे उस दिन झूलते अमित को देखकर उसने सोचा था कि कहीं गिर न जाए, और तभी वह गिर पड़ा था। उसका अच्छा सोचना सच हो या न हो, लेकिन बुरा सोचना अदबदाकर सच हो जाता है। जाने क्यों उसे लग रहा था, जैसे इस सारे काण्ड की जिम्मेदारी उसी पर है···अगर नमिता का सिन्दूर पुँछ गया तो अपनी अदालत में दोषी वही होगी। अजब-सा ख्याल आया, नमिता सिन्दूर लगाए हुए भी है या नहीं···उमा से तो कुछ होगा नहीं—वह तो बेहोश हो जाएगी। चाहे बेहोश हो या न हो, गिरने का बहाना तो करेगी ही। इसलिए उसे यों ही छोड़कर वह नमिता के पास जाएगी। हाँ, बिना घबराए पहले वह टेलीफोन जगह पर रख देगी। नमिता का सिर अपनी छाती से चिपकाकर सान्त्वना देगी। तब दूसरे हाथ में पल्ला लेकर धीरे से उसकी माँग का सिन्दूर पोंछ देगी। (सिन्दूर तो शायद धोबी के यहाँ धुल जाता है।) लेकिन उसे यह भी तो नहीं पता कि पहले सिन्दूर पोंछा जाता है या चूड़ियाँ तोड़ी जाती हैं···? कैसी लगेगी नमिता···? वह उसे एकटक देखती रही···आसमानी साड़ी सफेद बिना किनारे की साड़ी में बदल गई···आँखों के आसपास गोल दायरे खिच आए···कोई साज-सिंगार नहीं···खुले हुए केश···बेचारी की सारी जिन्दगी···! और हो सकता है नमिता उस वेश में और भी खिल उठे···

फिर शशि ने अपने को धिक्कारा···छि: कैसी बातें सोचती है वह ? हो चाहे जो, लेकिन कम-से-कम उसे सोचना तो नहीं ही चाहिए। जाने कैसे नमिता ने जान लिया कि शशि उसे ही देख रही है। एक बार गुलाबी-गुलाबी डोरों वाली आँखों में मुसकराहट उभरी···घबराओ मत, मैं हर स्थिति को स्वीकार करने को तैयार हूँ ! नमिता ने अब अपने-आपको तैयार कर लिया है···शशि को लगा, नमिता उसके मन में उठने वाले हर भाव को पढ़ रही है···क्या सोचेगी ? वह घबरा उठी, उसे पहली बार नमिता पर अफसोस हुआ, तरस आया। वीरेश्वर ने ऐसा मजाक बंटू बाबू से क्यों किया ? सचमुच मजाक में इन्हें कहनी-अनकहनी बात का ध्यान नहीं रहता। यों बात तो इतनी ही थी कि 'हो गया मेल ?' लेकिन उसमें छिपा था, अब मेल हो गया तो फिर तुम गहने और रुपये

बीवी से माँगकर ले जाओगे…फिर उस क्रिश्चियन स्टेनी फ्लेडिल्ला पर उड़ाओगे…और हो सकता है फिर वह किसी होटल या रेस्तराँ में हार या घड़ी पहने मिल जाए और नमिता पहचान ले कि चीज उसकी है… फिर घर पर वही दृश्य उपस्थित हो…इतना सब था उस एक ज़रा-सी मजाक की बात में। बात खुद उसे भी तो खटकी थी। लगा था कि उसे वीरेश्वर को यह सब बताना नहीं चाहिए था…जानती है इनके पेट में बात नहीं पचती, फिर भी…। बंटू बाबू समझते हैं कि नमिता ही सबसे कहती हुई उसके खिलाफ मोर्चा बनाने में लगी है। बेचारी नमि…

तभी सहसा भीतर किसी ने रेडियो खोल दिया तो सब इस तरह चौंक उठे मानो भीषण घुटन में सहसा किसी ने खिड़कियाँ खोल दी हों… मद्रास टेस्ट मैच की कमेण्ट्री आने लगी, अमित होगा। उसे झुंझलाहट आई…इतना बड़ा हो गया, इसे इतना ख्याल नहीं है कि यहाँ इतनी बड़ी घटना होने जा रही है और ऐसे जोर-जोर से रेडियो बजाकर कमेण्ट्री सुन रहा है…धीरे ही सुन ले। मन में आया, जोर से चिल्लाकर रेडियो बन्द करा दे। ध्यान हुआ अगर टेलीफोन आया तो इस शोर के कारण बात भी साफ नहीं सुनाई देगी…और रेडियो की आवाज से ज्यादा तो मौसम की खड़खड़ है…। उमा से उसने खुशामद के स्वर में कहा, "भाभी, इसे ज़रा बन्द करा दो न, अच्छा नहीं लगता…" उमा दूसरे कमरे में चली गई। रेडियो सहसा एकदम ही बन्द हो गया…

अचानक लगा जैसे भीषण शान्ति छा गई हो…बस पानी की टपर-टपर और मेंढ़कों या झींगुरों की आवाजें…बहुत ही असहनीय हो उठा तो शशि उठकर फिर नमिता के पास आ बैठी…यहाँ से, भीतर के कमरे में माथे पर कलाई रखे चित्त लेटी उमा का धड़ दिखाई देता था। किसी को कुछ बोलने को नहीं था—बस थी उस अपरिहार्य की निरुद्विग्न प्रतीक्षा…नमिता के कंधे से लगकर पूछा, "फिर कुछ कहा-सुनी हो गई थी क्या ?"

"नही तो। कसम से दीदी, एक भी बात नहीं हुई।" अंकल दीवार से टिककर आँखें बन्द किए मानो होंठों ही होंठों में प्रार्थना कर रहे हों… काश, इस समय इन ही की प्रार्थना काम आ जाए।

"कुछ कहते थे क्या ?" शशि को अनिच्छापूर्वक मन ही मन स्वीकार करना पड़ रहा था कि उसके पति का मजाक ही इस सबका कारण है।

"कुछ भी नहीं···" गला साफ करके इस बार ज़रा संयत स्वर में नमिता ने सिर घुमाकर कहा। उसके चेहरे से लगा मानो वह जताना चाहती हो कि जितना कमजोर उसे समझा जा रहा है उतनी निरीह और निर्बल वह है नहीं ··अगर कुछ हो भी गया तो वह सहेगी···

और तब फिर घण्टी बजी···दहशत-ज़दा आँखों से नमिता ने इस तरह देखा जैसे टेलीफोन से दो हाथ निकलकर उसकी गर्दन घोंट देंगे··· और शशि फोन को इस तरह देखती रही जैसे युद्ध के मैदान में आराम करते सिपाहियों के बीच अचानक दुश्मन का गोला आ पड़े और चक्कर-घिन्नी की तरह फटने के लिए घूमना शुरू कर दे···निश्चय ही इस बार वही सूचना है जिसकी इतनी देर से राह देख रहे हैं···इस बार की आवाज तो निश्चय ही बड़ी मनहूस-सी है—शशि को लगा जैसे उसकी दाहिनी आँख फड़कने लगी हो···समझ में नहीं आया कि उसे करना क्या है, फिर मन हुआ कि काश, वह दुस्संवाद उसे न सुनाना पड़े। टेलीफोन बजता रहा···उठने की ताकत नहीं थी फिर भी पाँव घसीटती हुई पहुँची···उमा चौखट से टिकी बिना हिले स्तब्ध सुन रही थी···अंकल दोनों हाथ सामने टेककर बन्दर की तरह झुक आए थे ··

"हाँ जी···नाइन-फाइव-फोर-टू, बोल रही हूँ···" रिसीवर कान से लगाते ही लगा कि वह नमिता को आखिरी बार इस वेश में देख रही है··· "जी क्या कहा ? विश्नूपुर चौकी से थ्री-नाइन-सेविन गाड़ी पास हुई है ?—पीछे-पीछे जीप में वे लोग भी हैं···और कोई खबर तो नहीं है ? थैंक्यू जी···बहोत···ब-हो-त शुक्रिया···"

शशि ने टेलीफोन रखा तो एक अद्भुत रोमांच से उसके हाथ काँप रहे थे। चेहरे की तनावट कम हुई और सन्तोष की साँस उभरी। "चलो, पता तो लग गया···? भाभी, अभी तक तो कुछ किया नहीं है।"

मुस्कराहट नमिता के चेहरे पर भी आई। पल्ले से उमा ने आँसू पोंछे, लेकिन लगा इतने बड़े खतरे की सम्भावना का यों समाप्त हो जाना किसी के गले नहीं उतर रहा था···खतरा टल गया है, विश्वास नहीं

होता था। थोड़ी देर चुप्पी रही। लगा, पानी कुछ कम हुआ है।

"असली खतरा तो अभी है···" अंकल ने मानो फिर वातावरण के धनुष की डोरी को खींचकर चढ़ा दिया : "ऊबर-खाबड़ पहाड़ी सड़क है। पानी बरस रहा है, न मालूम कहाँ सड़क कट-फट गई हो या कोई चट्टान ही लुढ़क आई हो···पुलिस की जीप पीछे देखकर जाने बौखलाहट में क्या कर बैठे···? ज़रा-से में बैलेंस बिगड़ जाए, ब्रेक काम न करें और स्टीयरिंग न सँभले···" वे खुद अपने-आपसे बोलते रहे।

और सभी के दिमाग में फिल्म की तरह एक दृश्य घूम गया···तेज बौछार में चर्र-चर्र पानी उछालती आँधी की तरह भागती चली जाती गाड़ी···हर मोड़ पर ब्रेकों की रगड़ कैं-कैं कर उठती है···विण्डस्क्रीन पर लहरों में पानी उतरा चला आ रहा है और पतले-पतले वाइपर जल-सर्पों से मचल रहे है···ड्राइवर की एक आँख आड़े किए हुए शीशे पर लगी है और उसमें पीछे से आती जीप के हिस्से दीख रहे हैं···लौंग-शॉट में एक दृश्य···पहाड़ के मोड़ों पर आँख-मिचौनी खेलती एक लम्बी-सी गाड़ी और पीछा करती जीप···मोड़ पर एक-एक करके दिखती हैं तो चढ़ाव पर दोनों ···सारी घाटी मोटरों की जूं-जूं से गूंज रही है···और फिर सहसा झटके से सारी रील टूट जाती है···अन्तिम सीन ही बस कौंधता रह जाता है··· सड़क के मोड़ पर सँभल न पाने के कारण पानी में फिसलती अपनी पूरी तेजी से छलाँग लगाकर पेड़ों के ऊपर से घाटी में कूदती लम्बी-सी गाड़ी ···और बुरी तरह झटका लेकर रुकती जीप···

शशि अचानक चौंकी। आया आकर पूछ रही थी, "मुन्ना बाबू को ग्लैक्सो दे दें या ओवल्टीन ?" उसके दिमाग में आया, ये नौकर बार-बार बच्चों के बहाने आ-आकर स्थिति का पता लगा रहे हैं। इन्हें भी तो लगा होगा कि आखिर क्या हुआ ? और नौकरों की चालाकी पर उस स्थिति में भी वह मुस्करा पड़ी। नर्मी से आया के संयत चेहरे को गम्भीरता से देखती बोली, "आया, उसे ओवल्टीन पिला दो···" और फिर दिमाग में आए हुए दृश्य को जबर्दस्ती झुठलाकर बोली, "अब तो मेरा मन कहता है—कुछ नहीं होगा। भगवान से मनाओ, कुछ न हो···" और इतनी देर में पहली बार उसने सच्चे दिल से भगवान से प्रार्थना की

कि प्रभो, जैसे भी हो इस बार पति की लाज रख लो···। फिर जो इच्छा हो सो करना···आया चली गई थी। उसके मन में आया, नमिता से प्यार में डाँटकर कहे—यहाँ खड़ी क्या है, जाकर भगवान की प्रार्थना कर बुद्धू, तू नहीं जानती तेरे ऊपर आई कितनी बड़ी मुसीबत को उन्होंने टाल दिया है···। लेकिन अभी यह सब कहना-सोचना ठीक नहीं है। हो सकता है, सारा पाँसा ही पलट जाए···अंकल उमा से कुछ कह रहे थे··· उसने नहीं सुना। यही कह रहे होंगे कि बंटू को पहाड़ पर गाड़ी चलाने का अभ्यास नहीं है।

फिर टेलीफोन बजा। इस बार उधर शंकर थे, "हाँ शंकर भैया, मैं ही हूँ शशि ! पैट्रोल बिल्कुल नहीं बचा था क्या ? तभी···टकराई-वकराई तो नहीं···? खैर, गाड़ी के खरोंचे तो ठीक हो जाएँगे···कुछ और तो नहीं हुआ न ?" आनन्द से उसकी आँखों में आँसू आ गए। फिर भी मजाक में बोली, "थोड़ा पैट्रोल और डलवा दो ना, ज़रा और रेस हो जाए···! आएँ तो बंटू बाबू यहाँ···भाभी तो अपने भैया को जब तक आँखों से नहीं देख लेंगी···उन्हें चैन नहीं पड़ेगा।" फिर खुद उसने टेलीफोन पटका और बच्चों की तरह ताली बजाती उछल पड़ी···ऊपर की ओर हाथ जोड़कर अंकल रो पड़े···

और सब जैसे गहरे पानी के दमघोटू तले से उभरकर ऊपर आ गए ···मानो इतनी देर में पहली बार साँस ली। उमा धम से धरती पर बैठ गई—जैसे मीलों की चढ़ाई पैदल करके आई है···ओस-लदे फूल-सी नमिता मुस्कराई···मानो वह पहले से जानती था कि कुछ भी नहीं होगा। एक क्षण को सब कुछ रुक गया। फिर शशि बोल पड़ी, "आने दे आज बंटू बाबू को, ऐसे आड़े हाथों लूंगी कि याद रखेंगे। पूछूंगी, ऐसा मजाक भी किस काम का ? हमारे तो बस प्राण निकाल लिए···" हँसकर कहा, "भाभी, तुम्हें दिल का दौरा नहीं पड़ा ? मैं तो डर रही थी कि कहीं तुम्हें दौरा पड़ गया तो ऐसे में सँभालना भी मुश्किल पड़ जाएगा···!"

फिर सब एक-दूसरे से अधिक आवेश में, बिना दूसरे की बात सुने बताते रहे कि इस बीच में किस-किसने क्या-क्या सोचा···उमा ने कितने का प्रसाद बोला था और जैसे सबको एकदम विश्वास था कि कुछ भी

नहीं होगा···। ऊपर से शोर और खुशी थी लेकिन भीतर पहले से भी अधिक उदासी और घना सन्नाटा छा गया था···लग रहा था जैसे उनके साथ गहरा धोखा किया गया है···मानो दिनभर की तैयारी के बाद कोई दुनियाभर की मुसीबतें उठाकर खेल देखने पहुँचे और वहाँ जाकर पता चले कि खेल तो स्थगित हो गया···।

प्रतीक्षा

बहुत बार एक ही अवस्था से गुजर चुकने पर लोग उसके अभ्यस्त हो जाते हैं, लेकिन गीता के साथ ऐसा नहीं है और प्रतीक्षा करना आज भी उसके लिए जिन्दगी की सबसे विकट यातना है। प्रतीक्षा को लेकर वह दो भागों में बँट गई है—एक भाग निश्चित और निरुद्विग्न भाव से प्रतीक्षा करता है और दूसरा नस-नस को तड़का देने वाले तनाव में हर आहट पर चौंक-चौंक उठता है। इस बीच उससे कुछ नहीं होता और वह कभी घर की सफाई करने लगती है और कभी किताबें-कागज इस तरह फैलाकर बैठ जाती है कि उन सबको समेटते-समेटते ही वह समय बीत जाए। जब सारे तरीके नाकाम हो जाते हैं तो वह बिस्तर पर जाकर चित लेट जाती है और तकिया मुँह पर रखकर बेहोश-सी पड़ी रहती है, कान नीचे लगे रहते हैं कि अब दरवाजे पर खड़-खड़ होगी।

इतना समझाकर कह दिया था नन्दा से, "देखो, मैं तुम्हारे लिए बैठी रहूँगी, बाहर से कुछ खाकर मत आना और मुझे ज्यादा देर तक भूखों मत मारना। सुना, हर्ष, देर नहीं···"

वह ऊपर दरवाजे पर खड़ी थी और वे सीढ़ी के बीच मोड़ पर थे। हर्ष ने नन्दा की कमर पर हाथ रखकर अगली सीढ़ी उतरते हुए ऊपर देखा, "अरे दीदी, तुम फिकर मत करो ! मैं इसे ज्यादा देर नहीं लगाने दूंगा···। कोई बात है भला कि तुम भूखी बैठी रहो और यह वहाँ शो-केसों में साड़ियाँ देखती रहे ? अच्छा, टा-टा !" उसने सिगरेट वाला हाथ सिर

के ऊपर हिलाया।

हर्ष की इस शैतानी पर नन्दा मुस्कराई, दो उँगलियाँ होंठों से लगाईं और एक फ्लाइंग किस गीता की ओर उछालकर सीढ़ियाँ उतर गई।

"दुष्ट !" गीता के मुंह से निकला। यह हर्ष बातें बनाने में तो इतना तेज है कि बस ! वह देर तक उस जगह को ही मुग्ध-भाव से देखती रही और मुस्कराती रही। सीढ़ी पर से सैंडिलों और जूतों की मिली-जुली आवाज नीचे फर्श पर पहुंच गई, दरवाजे का लैच खुला और खटके से बन्द हो गया। खुशबू का बादल वहाँ मँडराता रहा।

पिछले तीन-चार दिनों से रोज यही हो रहा है—दरवाजा खटके से बन्द होता है तो दोनों की बातों और पाँवों की आवाज को फीतों की तरह काटकर नेपथ्य में फेंक देता है। पतली-सी गली में पदचाप दूर होती जाती है, तब एकदम सड़क का शोरगुल, ट्रामों की चिचियाहट और टनटन और बसों की घों-घों तथा कण्डक्टरों की घण्टियाँ सुनाई देने लगती हैं। और अचानक चौंककर गीता पाती है कि वह मुंह पोंछना छोड़कर, तौलिया हाथ में लिए ही दरवाजे पर खड़ी है। और तभी से उसकी प्रतीक्षा शुरू हो जाती है।

अब तो ऐसा लगता है, जैसे वर्षों से यही क्रम हो। कितनी जल्दी यह हर्ष उसके सामने खुल गया है, वरना उसे याद है, पहली बार उसकी हिम्मत गीता के सामने सिगरेट पीने की नहीं पड़ी थी। और अब ? अब तो वह गीता के सामने ही नन्दा को पकड़कर चूम लेता है। उसकी दोनों चोटियाँ पकड़कर अपनी ओर मोड़ता है और आलिंगन में बाँध लेता है। और ताजा-ताजा गुसलखाने से नहाकर निकली, अलगनी पर कपड़े फैलाती नन्दा यों गीता की ओर पलकें उठाकर मुस्कराती है, जैसे किसी रहस्य की ओर संकेत कर रही हो, या शायद चुनौती दे रही हो···। अब तो नन्दा जितनी देर जागती है, बस गुनगुनाती रहती है, खुद नहीं गाती तो उसके कमरे से रेडियो सीलोन के गाने आते हैं और उसके साथ वह अकसर स्वर मिलाती रहती है—जाने कितने गाने याद हैं इस कम-बख्त को, शायद कलकत्ता की सारी हिन्दी-अंग्रेजी फिल्में देख डाली हैं इन दिनों।

जब से यह हर्ष आया है, नन्दा तो जैसे बौरा उठी है। वह इस धरती पर नहीं, समय और काल से ऊपर कहीं हवा में चलती है। अब उसे ध्यान कहाँ कि कोई गीता भी है। जब वह चला जाएगा तो फिर वही—'गीता दी, गीता दी' करती आगे-पीछे घूमेगी। कितनी जल्दी रंग बदलती है यह लड़की, एक मिनट नहीं लगता ! कब जाएगा यह हर्ष ? जाने कितने दिनों की छुट्टियाँ लेकर आया है। अभी दो-चार दिन जाने का कोई सिलसिला नजर नहीं आता। हर्ष को होटल से यहाँ लाकर तो उसने अपनी ही तकलीफ बढ़ा ली। ये लोग सामने रहते हैं तो ऊपर से बहुत खुश रहती है, इनकी हरकतों, मजाकों पर हँसती है और खुद भी कभी-कभी छेड़ देती है। लेकिन भीतर कहीं एक अवसाद गाढ़ा होता चला जाता है। ईर्ष्या नहीं होती, जैसी मिस रेमंड के समय हुई थी। मिस रेमंड के समय तो उसके भीतर कोई शेरनी की तरह खूँखार हो उठा था। हर्ष और नन्दा को साथ देखकर उसे अच्छा भी लगता है और कहीं असमर्थता का हीनताबोध भी कोंचता रहता है···

कितने बज गए ? गीता ने इस तरह मेज पर रखी घड़ी को चौंककर देखा, जैसे इतनी देर समय की बात को भूल गई थी, हालाँकि कलाई से खोलकर घड़ी उसने इसलिए सामने रख दी थी कि समय का ज्ञान होता रहे। पौने दस। मेज पर रखे खाने को देखकर उसने सोचा, सारा खाना ठण्डा हो गया। कितनी देर तक चलता है सिनेमा कि अभी तक इन लोगों का पता ही नहीं है। कहीं लेक-वेक पर भटक रहे होंगे कमर में हाथ डाले। इन लोगों के जाते ही गीता खाना बनाने में जुट गई थी और अभी आधे घण्टे पहले ही उसने सारा सामान मेज पर लगाया था। खोका की माँ को भी इसीलिए अभी तक रोके थी कि वे आ जाएँ तो बर्तन साफ कर जाए, वर्ना फिर कल आठ बजे तक भिनकते रहेंगे। आखिर कब तक रुकती वह ? खोका की माँ ने भी पूछा था, "यह बाबू कब जाएगा ? बहुत सिगरेट पीता है, जिधर देखो, उधर राख ही बिखरी रहती है। कौन है यह इसका ?" बिना दिलचस्पी दिखाए उसने बात समाप्त करा दी, "होता कौन, आदमी है उसका। मनाने आया है। ऊपर रसोई के बर्तन और मसाले की सिल तो कम से कम धो जाओ···बर्तन

सुबह धुल जाएँगे।"

डाइनिंग-टेबल पर ही किताब खोलकर गीता अपने को उलझाए रखने की कोशिश करती रही। ऊपर लटके बल्ब की रोशनी में चीनी के बर्तन और सफेद प्लास्टिक का कवर आँखों को चौंधिया दे रहे थे, अभी पोंछा गया फर्श चमचमा रहा था। और अन्दर के कमरे में श्रृंगार-मेज के सामने लगा आधा बिस्तरा खुले दरवाजे से दिखाई देता था और आधा श्रृंगार-मेज के शीशे में इसी शीशे की गवाही में इसी बिस्तरे पर उसे सारी रात जागना था। उसे खुद अपने पर बेहद आश्चर्य होता है कि कैसे उसने इस सारी स्थिति को असहाय भाव से स्वीकार कर लिया है। और दोनों के इस सारे उच्छृंखल व्यवहार को सह ही नहीं लेती, बल्कि इस सारी अपमानजनक स्थिति को गले उतारे बैठी है? भयानक बात तो यह है कि उसे कोई शिकायत भी नहीं है। बाद में भले ही क्रोध आता रहे, लेकिन सामने रहते हैं तो ऐसा लगता है, जैसे दोनों छोटे-छोटे बच्चे हों और उनकी देख-भाल, खाने-पीने की चिन्ता उसे ही करनी हो।

उसे पता है, जब दोनों आएँगे तो किस तरह एक-दूसरे को देरी के लिए जिम्मेदार ठहराते हुए प्रवेश करेंगे, टैक्सी न मिलने या बसों की भीड़ का बहाना बनाएँगे—और कुछ नहीं तो यही कह देंगे कि बहुत बारिश हो रही थी। यह कलकत्ता इतना बड़ा शहर है कि इसके एक हिस्से में बारिश होती है और दूसरे में उसकी खबर भी नहीं होती। फिर किधर मेज पर हर्ष बैठेगा? जब वे मिचराकर खाना खाएँगे तो गीता मजाक करेगी, "आज फिर खा आए हो न?" और दोनों अपराधियों की तरह एक-दूसरे को देखकर मुस्करा उठेंगे। अपना खाना भूलकर गीता मुग्ध-भाव से उन्हें ही देखती रहेगी। इन दोनों को एक साथ देखकर, या कल्पना करके उसका मन अजब वात्सल्य से भीग उठता है। दोनों उसके लिए प्रसन्न-भाव का एक ही प्रतीक बन जाते हैं और उस क्षण, मन का स्थायी पाप-बोध अपने आप कहीं खो जाता है। तब उसके मन में कहीं भी तो नहीं आता कि यह वही नन्दा है, जिसके लिए उसने अपने सारे रिश्तेदारों से दुश्मनी मोल ली है, इधर-उधर बदनामी उठाई है, और जिसे लेकर हमेशा उसे लगता है कि वह एक निरीह लड़की की जिन्दगी

की कीमत पर सुख के कुछ झूठे क्षण बटोरने की कोशिश कर रही है।

मिसेज कुन्ती मेहरा ने पहली बार जब उसका जिक्र किया था, "दीदी, एक बेचारी अकेली लड़की है। यहाँ कहीं किसी के यहाँ पड़ी है। बड़ी तकलीफ है वहाँ। एक फर्म में टाइपिस्ट है। आप तो आजकल अकेली ही हैं न, एक कमरे में रही आएगी। आपका भी साथ हो जाएगा। नहीं-नहीं, कतई डिस्टर्ब नहीं करेगी। वह तो खुद इतनी सीधी और दुःखी है कि किसी से ज्यादा बोलती ही नहीं!" इस सिफारिश के बाद जब गीता ने नन्दा को देखा था तो सचमुच वह बड़ी असहाय और सीधी लगी थी। नाक-नक्श अच्छे थे, और रंग साफ था। लेकिन इसके सारे व्यवहार में एक ऐसा रूखापन और दृढ़ता थी जो चरित्र का गुण कम और छोटी जगह रहने और आत्मकेन्द्रित होने का परिणाम ज्यादा थी। साड़ी का पल्ला कमर से नीचे नहीं जाता था और कस-कसकर बाल बाँधती थी और समझती थी कि यह स्मार्टनेस है…। कैसी कठिनाई और तरकीबों से गीता ने उसकी रुचियों में परिवर्तन किया था! खुद चाहे सफेद और सादे कपड़े ही पहने, लेकिन चाहती थी कि नन्दा जब उसके साथ चले तो लोगों की निगाहें एक बार तो हटें ही नहीं। गीता के स्वभाव में सबसे पहली बार अन्तर-विरोध तभी आया—अपने अनचाहे, मन में एक चोर आ बैठा और उसकी सादगी की सनक पहली बार नन्दा के कारण टूटी और आज वही नन्दा है, स्लीवलेस काला ब्लाउज, मोरपंखी बंगलौरी साड़ी, चप्पलों को छूता हुआ बाँह पर फैला पल्ला, साड़ी के ऊपर झूलती मोटे-मोटे सफेद दानों वाले मोतियों की माला और रोमन अंक आठ के आकार का ढीला जूड़ा…क्या फिगर और क्या ग्रेस! फिर आजकल तो हर्ष से सटकर चलते हुए, सपनों में उमंगती नन्दा के पाँव हवा के पाँवड़ों पर मचलते रहते हैं। हल्की लिपस्टिक वाले होंठों से छुलाकर जब उसने उँगलियाँ गीता की ओर बढ़ाई थीं तो गीता के मन में कुछ ऐंठने लगा था, और एक क्षण को तब उसे हर्ष की उपस्थिति असह्य लगी थी।

खड़ड़-खड़ड़-खड़ड़…नीचे दरवाजे पर खड़खड़ाहट हुई तो झटके से गीता सीधी हो गई—आ गए शायद! अरे, सामने रखी किताब का,

जाने कितनी देर से, वही पन्ना खुला है ! किताब बन्द की और मेज पकड़े कुरसी से उठ प्रतीक्षा करने लगी कि अब दरवाजे का लैच खुलेगा, या अगर चाबी नन्दा ऊपर ही भूल गई हो तो घण्टी बजाएगी। मन में आया कि नीचे जाकर खुद ही दरवाजा खोल दे। उठी, सीढ़ी के पास आते-आते फिर खड़खड़ाहट हुई। अरे यह तो नीचे वाली गाय है। हाँ, उसी ने सींग हिलाये होंगे। जाने किसकी गाय है, सारे दिन बस यहीं डटी रहती है और दरवाजे के सामने ही गीला-गन्दा किया करती है। हर बार आते-जाते इसे भगाया जाता है, लेकिन फिर वहीं। एक तो यों ही बरसात के कारण सँकरी गली में फिसलन रहती है, फिर यह और। नन्दा को इससे जाने क्यों बहुत डर लगता है। जब भी वह गीता के साथ आती है, वह हमेशा गीता को ही गाय के सामने करके आड़ में चलती है, साड़ी बचाती पाँव जमाती। "दीदी, किसी से कहकर इसे हटवाओ न यहाँ से ! जब पास से जाओ तभी सींग हिलाती है···" नन्दा शिकायत करती है।

उसके बढ़ते पाँव वहीं ठिठक गए। और हाँ, अगर वे लोग ही होते तो बोस बाबू का कुत्ता जो भूँकता। कोई आए या जाए, एक बार तो इस पिद्दीराम को जरूर ही भूँकना। नहीं, वे लोग नहीं हैं। रात में तो टैक्सी के मीटर की घण्टी भी सुनाई दे जाती है। अब गीता की समझ में ही न आया कि दरवाजे पर चली जाए और दरवाजा खोलकर चौखटे में खड़ी-खड़ी वहीं इन्तजार करे या फिर किताब पढ़ने की कोशिश करे। लेकिन वह अनिश्चित कदमों से नन्दा के कमरे की ओर चली आई। दरवाजा आधा भिड़ा था और खुला हिस्सा हैंडलूम के चारखानों वाले भारी परदे से ढँका था। कहीं ऐसा तो नहीं है कि दोनों आज आएँ ही नहीं और उसे पहले की तरह परेशानी उठानी पड़े दुनिया-भर की ! अपनी इस आशंका पर अचानक ही गीता को ऐसा विश्वास हो गया कि वह परदा हटाकर कमरे में आ गई। स्विच दबाया तो कमरा रोशनी से भर उठा—नहीं, सभी कुछ ज्यों का त्यों है, उसी तरह बिखरा और उसी तरह अव्यवस्थित। उसे अपने पर हँसी भी आई, अगर वे लोग कुछ ले भी जाते तो उसके सामने से ही तो ले जाते। मगर नन्दा पहली ही बार क्या ले गई थी ? यों ही चली गई। हाँ, उसने उन्हें सीढ़ी पर जब विदा

किया था, तभी कुछ लग सकता था। इस नन्दा को वह डेढ़-दो साल में भी सुव्यवस्थित ढंग से रहना नहीं सिखा पाई है। उसने इधर-उधर देखा। तौलिया के स्टैण्ड पर वही साड़ी-ब्लाउज और पेटीकोटों का ढेर है, नीचे उलटी-सीधी चप्पलों की लाइन है, हर्ष के सूटकेस पर गीला तौलिया और दो पर्स पड़े हैं, एक नई साड़ी आधी खुली रेडियो पर झूल रही है, चूड़ियों, टाप्स और प्लास्टिक की मालाओं से भरी अटैची बिस्तर पर मुँह बाए पड़ी है। आजकल नन्दा गीता के कमरे की ड्रेसिंग-टेबल इस्तेमाल नहीं करती, दीवार से लटके लम्बे शीशे के नीचे अपनी दो सन्दूकें रख ली हैं और एक पर सारा श्रृंगार का सामान बिखरा है, लाल चोंच निकाले लिपस्टिक पड़ी है और कंधे में बालों का गुच्छा फँसा है··· अगर हर्ष से शादी हो गई तो कैसे यह घर को सँभाल सकेगी ? नौकरानी को अपने कमरे में झाँकने नहीं देती। वह तो पाँचवें-छठे गीता खुद ही जिद करके सँभाल जाती है उसका कमरा।

सचमुच क्या हर्ष से शादी हो जाएगी नन्दा की ? दीवारों की ओर असहाय भाव से देखती गीता उस स्थिति की कल्पना करने लगी, जब तीन कमरों के इस इतने बड़े फ्लैट में नन्दा नहीं होगी। आज तो जहाँ-तहाँ कलेण्डरों की खूटियों पर हैंगरों में लटके हर्ष के बुशर्ट और कमीज झूल रहे हैं। जंगले की चटखनी पर एक हैंगर फँसाया हुआ है, उस पर हर्ष के मोजे और नन्दा की ब्रेसरी हैं। नन्दा कैसी रच-रचकर घण्टों गुसलखाने में हर्ष के कपड़े धोती है और फिर बेदाग इस्त्री करती है ! कभी हर्ष के लिए चाय ला रही है, कभी नाश्ता, कभी उसका शेविंग सामान धोने खुद उठाए आ रही है, कभी बटन लगाने सुई लिये जा रही है। इसका बस चले, तो हर्ष के लिए नहाने का पानी भी यहीं ले आया करे। सबकी आँखों से बचाकर वह 'अपने हर्ष' को अपने तक ही रखना चाहती है। वह तो गीता इतनी सब छूट देने का वचन देकर न लाई होती तो नन्दा आसानी से होटल छोड़कर थोड़े ही आती ! इसी का नतीजा है कि नन्दा शेर है। सारे-सारे दिन उसकी सूरत देखने के लिए गीता तरसती रहती है। आजकल आठ से पहले तो आँख ही नहीं खुलती और दिन यहाँ हो जाता है पाँच बजे। फिर जैसे-तैसे नहा-धोकर आफिस भाग जाती है।

दोपहर का खाना तो हर्ष के साथ तय ही है—दोनों वहीं कहीं बाहर खा लेते हैं, साँझ को फिर या तो वहीं से कहीं कोई प्रोग्राम बन जाता है या अगर यहाँ आ गए तो थोड़ी देर चाय पर गीता की मुलाकात हो जाती है। वस्तुत: नन्दा इस समय आती कपड़े इत्यादि बदलने के लिए ही है। इसके बाद दोनों फिर निकल जाते हैं। और गीता के पास छूट जाता है पाउडर और सेण्ट की खुशबू का बादल, एक छोटा-सा वाक्य—"अच्छा, दीदी, टा-टा !" सीढ़ियों पर उतरना, लैच का खटका, गली की पदचाप और फिर लोगों का शोर, मोटरों के हॉर्न और एक बेचैन प्रतीक्षा···

हर्ष ने तो एकाध बार कहा भी है, लेकिन नन्दा ने कभी भी नहीं कहा कि चलो दीदी, आज तुम भी हमारे साथ चली चलो सिनेमा या घूमने। हाँ, होटल वाली घटना से पहले जरूर ले गई थी वह खाना खिलाने स्काई रूम में, सो भी हर्ष से मिलना था इसलिए। उसके लिए भी खुद गीता ने ही कहा था, "इतने गीत गाती है हर्ष के, अपने हर्ष से मिलाएगी नहीं, नन्दन !" अब जब से हर्ष होटल से यहाँ आ गया है, तब से तो जैसे उसके अस्तित्व को ही भूल गई है। गीता अपने को टटोलने की कोशिश करती है कि इसमें क्या गलती उसी की है ? दोनों चाहे जैसे रहें, लेकिन रहें यहीं—यह सोचकर उसने जो छूट दे दी थी, वह क्या कुछ गलत हो गया ? फिर अपने को समझाती है कि अगर इतनी छूट नहीं देती तो निश्चय ही नन्दा फिर होटल में चली जाती। इन दिनों होश में है वह अपने ? पागल हो रही है, पागल ! जाने कैसे दफ्तर में काम करती होगी ! खैर, अब दो-चार दिनों की ही बात है। आखिर हर्ष जाएगा तो सही अपने काम पर, यहीं तो बैठा नहीं रहेगा। तब समझ लूँगी मुनिया को !

इस सारी झुंझलाहट, बेचैनी के खून के खूंट के बावजूद हर्ष और नन्दा का उन्मुक्त व्यवहार और तन्मय विसर्जन देखकर कहीं बहुत गहरे उसे एक तृप्ति जैसी क्यों होती है, यह गीता की समझ में न पहले दिन आया था, न आज आता है···

जिस रात गीता दोनों को टैक्सी पर होटल से ले आई, उसकी अगली

सुबह की ही तो बात है। चाय का पानी खौल-खौलकर भाप बनता रहा और सुबह आठ बजे तक दोनों में से कोई नहीं उठा। वह बेचैन-सी इधर से उधर घूमती एक-एक काम करती रही, मनाती रही कि खोका की माँ न आ जाए। सारी रात उसे नींद नहीं आई थी, नन्दा के बिना आती ही नहीं है। नन्दा के कमरे का दरवाजा बन्द नहीं था, यों ही आधे दरवाजे पर पर्दा पड़ा था। हारकर दो-एक बार किवाड़ पर बाहर से खट-खट भी किया, "अरे नन्दा उठो, भाई, हम चाय पीने को बैठे हैं।" भीतर से बस, हल्की कुनमुनाहट और छीना-झपटी की एक आवाज-सी ही आई। फिर तीसरी बार नन्दा ने भीतर से ही कहा, "दीदी, यहीं दे दो न, प्लीज !" हमेशा बिस्तर पर लेटे-लेटे ही जैसे वह कहती है इस वाक्य को, ठीक उसी तरह लेटी होगी—गीता ने अनुमान लगाया। रोज की तरह ही गीता ने जवाब दिया, "हम तो तेरी सेवा लिखाकर आए हैं न, लाते हैं वहीं।" यों भी आज तो वह उसका हर कहना मानने को मजबूर थी न ! दोनों हाथों में प्याले उठाए, उसने एक पाँव से भिड़े किवाड़ खोले और पीठ पर पर्दा लेकर भीतर आ गई तो झटके से हर्ष उठ बैठा और मसहरी के पल्ले ऊपर फेंककर हड़बड़ाता हुआ खड़ा होने लगा। वह नहीं चाहता था कि गीता यों उसे देखे। चारपाई से पाँव लटकाकर जल्दी-जल्दी वह चप्पलें तलाश कर ही रहा था कि लेटे-लेटे ही अँगड़ाई लेकर बदन तोड़ती नन्दा ने एकदम करवट बदलकर हर्ष की कमर में बाँहें डालकर और उसे फिर बैठा लिया। गीता ने सुना भी, उसकी बाँह छुड़ाकर फिर उठने की कोशिश करते हुए हर्ष ने फुसफुसाकर कहा भी था, "अरे-अरे नन्दी, गीता दी आ रही हैं !" तब बन्द आँखों, अपनी पकड़ और भी कसकर बैठाए रखे ही अलसाए स्वर में नन्दा इतराकर बोली, "तो क्यां ओं गया ? उनें पता नहीं हैं क्यां ? अमारी दीदी बहुत ग्रेंट हैं। इन बातों पर ध्यान नहीं देतीं !" डरी-डरी निगाह गीता के चेहरे पर टिकाए ही हर्ष झेंपा-सा बैठा रहा। जान-बूझकर व्यस्त बनी गीता प्यालों को घूरती ही आगे आ गई थी। स्थिति को दर-गुजर करके उसने भरसक स्वाभाविक लहजे में कहा था, "लो, चाय तो ले लो।" उसने बिना सिर उठाए ही देखने की कोशिश की थी, हर्ष ने कमीज और नन्दा

की साड़ी का तहमद पहना था, और नन्दा सिर्फ ब्लाउज और पेटीकोट में थी। उसने अब सरककर अपना सिर हर्ष की जाँघ पर रख दिया था और सिरहाने के तकिये से लेकर पाटी तक उसके घने, मुलायम, सुनहरे बाल बिखर आए थे। तब गीता को अपने-आपको सँभाले रखना मुश्किल हो गया था। यह नन्दा की रोज की आदत है। जब वे दोनों सोती हैं, तब ही नीचे दूधवाला दरवाजा खटखटाता रहता है और उठती हुई गीता की कमर बाँहों में कसकर नन्दा उसकी गोद में सिर रखकर लेटी, जिद्दी बच्चे की तरह उसे उठने नहीं देती, इसी तरह तकिये और पाटी पर उसके सुनहरे, मुलायम और घने और महीन-महीन बाल बिखरे रहते हैं। उन पर दुलार से हाथ फेरती वह खुशामद से कहती रहती है, "अब उठने दे नन्दन, देख दूधवाला गालियाँ दे रहा होगा। चला जाएगा तो तुझे चाय कहाँ से पिलाऊँगी ?" लेकिन इस तरह लेटी नन्दा के केशों पर हाथ फेरने में बड़ी तृप्ति मिलती है, और यह भी उसे पता है कि नन्दा को खुद बड़ा अच्छा लगता है। अब यों नन्दा के केशों को बिखरा देखकर उसके हाथों में वही अभ्यस्त कुलबुलाहट होने लगी···शायद हर्ष को नहीं मालूम कि नन्दा को, सुबह अपने केशों का दुलार कितना प्रीतिकर है !

खुद उसे बहुत झेंप लग रही थी। जल्दी से हर्ष के बड़े हाथों में दोनों प्याले देकर लौटने लगी, तभी नन्दा ने पुकारा, "अरे दीदी, सुनो तो सही !" गीता ठिठक गई तो हर्ष की गोद से बिना सिर उठाए ही, खुमारी-भरी आँखें खोलने की कोशिश करते हुए कहा, "दीदी, तुम्हें सचमुच बुरा लग रहा है क्या ? तुम्हें मेरी कसम, दीदी, इधर देखो न ! नहीं देखोगी तो हम समझेंगे, तुम्हें अच्छा नहीं लग रहा !" गीता ने बरबस उसकी ओर गरदन मोड़कर देखा तो उसके गालों पर अनजाने ही हँसी उमड़ आई, "तेरी किस-किस बात का बुरा मानूँगी ?" शायद उसके स्वर में शिकायत भी थी।

"तो आप भी अपनी चाय यहीं ले आइए न, दीदी !" हर्ष अब तक स्वस्थ हो गया था। इस बार वह बोला।

"हाँ-हाँ, गीता दी !" नन्दा ने भी खुशामद की, "अपने नन्दन का कहना नहीं मानोगी ?"

"बड़ी कहना मनवाने वाली आई !" गीता ने नाराजी का भाव दिखाकर जवाब दिया, "अभी खोका की माँ आती होगी, सो ?"

लेकिन जब वह बाहर अकेली बैठी-बैठी किचन में चाय पी रही थी तब भी यही सवाल उसके मन में था कि वह इस 'अनाचार' का विरोध क्यों नहीं कर पा रही थी? उलटे उसे एक तृप्त सार्थकता की अनुभूति क्यों होती है कि वह किसी तन्मय सुख की साक्षी है ? अपनी उपस्थिति में भी उनके बेझिझक और अन्तरंग व्यवहार को देखकर उदारता का यह संतोष क्यों होता है कि वह किसी की चरम प्रसन्नता में बाधक नहीं है ? तब से वह रोज अपने-आपसे पूछती रहती है कि उसके अहं और अधिकार ने कैसे उसे आज्ञा दे दी है कि अपने ही घर में अपने को इतना नगण्य बनाकर रहे ? क्यों नन्दा उसकी इतनी बड़ी कमजोरी बन गई कि चाहे जैसे वह रहे, लेकिन रहे उसकी आँखों के सामने ही ? हर्ष क्या है, दो-चार दिन और है···हमेशा एक आशंका से उसका दिल धड़कता रहता है कि कहीं कोई पूछ न बैठे—गीता, तुम तो आचार के मामले में ऐसी सख्त हो, तुम्हें तो सड़क चलती लड़कियों का हँसना-मुस्कराना तक पसन्द नहीं है। टीचरों, लड़कियों के फैशन को रोकने के लिए तुमने तो जाने कितने नियम बना दिए हैं, और तुम्हीं यह सब···कोई देखे तो क्या कहे ?···यह सवाल उससे किसी ने नहीं किया, एक दिन नन्दा के अण्डरवियर का पिछला हुक लगाते समय खुद उसने ही कहा था, "नन्दा तेरे लिए, देख, मुझे कितना झुकना पड़ा है। इसीलिए मैंने घर पर किसी को भी बुलाना बन्द कर दिया है।"

उलटकर नन्दा उसके गले में झूल गई, "दीदी, यू आर सो लार्ज हार्टेड !" गीता की आँखों में आँसू भर आए, "हाँ, यों ही शब्दों में बहकाती रहो, गाँठ से तो कुछ जाता नहीं है !" वह रूठ गई।···हर्ष और नन्दा को साथ देखकर उसे एक गुदगुदाता सन्तोष हुआ है। वह हर्ष या नन्दा, दोनों में से या तो किसी एक के साथ तादात्म्य कर लेती है या ऊँचाई पर खड़ी होकर इन बच्चों के खेल पर खुश होती है। लेकिन बाद में अक्सर उस पर एक टूटापन छाया रहता है। नन्दा का यों गुनगुनाते हुए नृत्य की तालों पर घर-भर में घूमना, उसकी रग-रग से छलकती मुग्ध

तृप्ति की वारुणी, उसका यों सपनों में डूबे हुए हमेशा खोए-खोए ढंग से मुस्कराना···सब कुछ अपने लिए बड़ा अपमानजनक और असमर्थता का ज्वलंत प्रमाण-पत्र लगता है ! मन पर एक भीगे कम्बल जैसा बोझ लिपटता चला जाता है और अकेले फालतू होने की चिरंतन भावना फिर आत्मा पर छाने लगती है ! वही ठोस अँधेरे जैसा डिप्रेशन, जो नन्दा के आने से पहले उसका रात-दिन का साथ था और उसे आत्महत्या के लिए उकसाया करता था और जिसे अपने भीतर महसूस करके उसकी समझ में ही नहीं आता था कि अपने इस शरीर और जीवन का क्या करे ? क्यों करे ? तब केवल रोना आता था और घुटन बढ़ती जाती थी। इन दिनों भी उसे वही सब अनुभूति फिर होने लगी है और लगता है, जैसे अतीत और भविष्य दो काली-काली दीवारें हैं जो एक-दूसरी के पास आती-जाती हैं और उसे बीच में लेकर भींचने लगती हैं और इन ठोस दीवारों के पार उसे कुछ भी नहीं दीखता !

कैसी भयानक स्थिति है कि उसकी नन्दा को हर्ष ने छीन लिया है और उसे न गुस्सा है, न ईर्ष्या ! बस, चुपचाप पराजय की स्वीकृति है। इस पर शायद नन्दा को भी दया आती है। उसे भी कहीं यही डर था कि दीदी कहीं वैसा ही कुछ तूफान न खड़ा कर दें, जैसा मिस रेमंड के समय किया था। उस दिन तो पता नहीं गीता पर कैसा भूत सवार था और वह अपने होश-हवास खो बैठी थी ! वैसी ही चुनौती वह हर्ष के समय क्यों नहीं अपने भीतर महसूस करती ?

नन्दा उन दिनों रेमण्ड से बहुत घनिष्ठ हो गई थी और अकसर ही साड़ी पहनकर अपने को मुड़-मुड़कर देखती हुई गीता से पूछा करती थी कि, "दीदी, अगर मैं स्कर्ट पहनने लगूँ तो कैसी लगूँ ?" कभी पूछती, "अच्छा, दीदी, ये लम्बे बाल झंझट नहीं होते ? कटवा लूं तो कैसी आसानी हो जाए ? लिया और ब्रश करके झट चल दिए !" गीता रोज सुबह उससे तय करती—नन्दा, जल्दी आ जाना। आज मिस्टर-मिसेज विश्वास के साथ खाना खाने जाना है···या—आज चलो, फाइन आर्ट्स एक्जीबीशन में हो आएँ···या आज अमुक कॉलेज का उत्सव है···आज तो मन ही नहीं लग रहा, यों ही लेक घूमेंगे या सिनेमा देखने चलेंगे···

नन्दा रोज भली लड़की की तरह वायदा कर लेती, "नहीं, दीदी, आज मैं एकदम ठीक टाइम पर आ जाऊँगी। प्रॉमिस दीदी, रोज थोड़े ही…!" लेकिन रोज ही गीता साफ-सफेद, कपड़े पहने अपने मन के कपड़े नन्दा के लिए निकाले इधर से उधर घूमती, हर आहट पर खिड़की से झाँक-झाँककर देखती और गुस्से में चीजें इधर से उधर बिखराती रहती। कभी नौ बजे, कभी दस बजे अपराधी की तरह दबी-सी घण्टी बजती या लैच खटर-खटर—दीदी, सच, आज क्या बताऊँ, मिस रेमण्ड ने ऐसा मजबूर कर दिया कि…बस पीछे ही पड़ गई। और पहले न्यू मार्केट में अपने कार्डीगन देखती रही, फिर उन्हें मैलोडी-रूम जाना था…फिर जरा-सी देर हम लोगों ने क्वालिटी में कॉफी…या—यह रेमण्ड तो ऐसी पीछे पड़ जाती है कि…'डिसनेकार्टून्स' का आखिरी दिन था। मेरा तो हँसते-हँसते बुरा हाल हो गया…तुम होतीं तो तुम भी…लेकिन गीता की अपने-आपको घूरती आँखें देखकर उसकी जबान लड़खड़ा जाती और वह चुप हो जाती। करवट बदल कर गीता चुप-चुप रोने लगती तो नन्दा खुशामद करती, "तुम्हें मेरी कसम, दीदी, इस बार माफ कर दो!" फिर दो-एक दिन तक अबोला चलता। एकाध दिन नन्दा समय से आती और फिर वही क्रम! गीता ने अपनी बदनामी की चिन्ता किए बिना उन दिनों मैनेजिंग कमेटी से अपने यहाँ ही उसकी नौकरी की बात करनी शुरू कर दी। क्या करे बी० ए० फेल थी, नहीं तो अपने आप ही लगा लेती। तब अपनी आँखों के आगे ही रहती। नन्दा, अब रोज रेमण्ड के साथ ही उसके घर जाने लगी थी और उसने डान्स सीखना प्रारम्भ कर दिया था। वहीं प्रैक्टिस होती। आते-आते रोज नौ, साढ़े-नौ बज जाते। रास्ता भी तो लम्बा था। पहले तीन नम्बर बस पकड़कर हाजरा मोड़ आओ। गीता मिसेज कुन्ती मेहरा से शिकायत करती, "और तो कुछ नहीं है, मुझे यही डर है कि इन किरण्टनियों के चक्कर में पड़कर गलत रास्ते पर चलने लगेगी। जानती हो, बड़े-बड़े होटलों और डान्स की दुनिया उसने अभी तक सिनेमाओं में ही देखी है, सो बड़ा आकर्षण है, उसी तरफ लपकती है। लड़की खूबसूरत है, बीस लोग चारा डालेंगे। आज यह रेमण्ड है, कल कोई और होगा। इन स्टेनों, ऑपरेटरों

का कोई भरोसा है ? मुझे तो डर है, कहीं पीने-पिलाने न लगी हो। अभी 'स्टेट्समैन' में आया था, रिपनस्ट्रीट में कोई अंग्रेज बुढ़िया यों ही सीधी-सादी लड़कियों को पहले तो ये सारी रंगीनियाँ दिखाकर पीने का चस्का लगा देती, फिर नये-नये ग्राहक फाँसकर धन्धा चलाती···अकेली लड़की है, मुझे तो अपनी बेटी जैसी लगती है इसीलिए ··" लेकिन यह सब कहने की हिम्मत उसकी नन्दा से नहीं होती।

हाँ, उस दिन रविबार को दोनों में खूब कहा-सुनी हो गई थी। गीता ने साफ कह दिया था, "नन्दा, हम लोग शरीफ मुहल्ले में रहते हैं। यह देर-देर से लौटना, यह दुनिया-भर में भटकना, यहाँ चलना मुश्किल है। मुझे शान्ति से जीवन बिताने की इच्छा है। तुम्हें भी यहाँ अच्छा नहीं लगता होगा। अच्छा हो, तुम मिस रेमण्ड के यहाँ चली जाओ···"

नन्दा ने उद्धत ढंग से ठोड़ी ऊँची करके जवाब दिया, "गीता दीदी, मैं किसी का अहसान नहीं लेती !···रहती हूँ तो खाने-रहने का पैसा देती हूँ। मैं किससे मिलूँ-जुलूँ, यह तय करने का हक मेरे पास ही रहने दो !···अच्छा हो हम लोग अपने-अपने अधिकारों की सीमाएँ समझ लें।"

अवाक् ! कापियों पर नम्बर देती गीता का हाथ जहाँ का तहाँ रुक गया। उसके कान तमतमा आए ! वह आँखें फाड़े नन्दा को देखती रह गई। नन्दा उसी तरह पफ से पाउडर गर्दन और पीठ पर लगाती रही। गीता ने उद्वेग लीलकर कहा, "नन्दा, तुम आजकल लिण्ड्से स्ट्रीट, न्यू मार्केट और पार्क स्ट्रीट की दुनिया की चकाचौंध में हो न, सो, पैसे से हिसाब-किताब करने की बातें कर रही हो। तुम्हें इसलिए नहीं रखा था कि इस फ्लैट का किराया मेरे लिए भारी पड़ता था और तुमसे हिस्सा बाँटना चाहती थी। रखा इसलिए था, कि तुम मिसेज मेहरा के साथ मिमियाती आई थीं—दूसरों के यहाँ कब तक पड़ी रहूँ, एक तो वहाँ जगह नहीं है, फिर मुझे लेकर दोनों मियाँ-बीवी में झगड़ा होता है ! मैंने भी सोचा था कि सीधी लड़की है, एक कमरे में रही आएगी। घर पर कोई नहीं है सो, बाहर आकर नौकरी करनी पड़ रही है। कोई घरेलू-सी जगह चाहती है। आज तुम्हारे पर निकल···"

"बहुत-बहुत शुक्रिया, दीदी ! जब तक जीऊँगी तब तक तुम्हारा अहसान मानूंगी ! मुसीबत में थी, तुम्हारे पास आ गई थी।" नन्दा का गला भर्रा आया था।

छोड़कर जाने को कहने पर रुलाई गीता को भी आने लगी थी। उँगली पर पल्ला लेकर आँखें पोंछती घुटे स्वर में बोली, "मैं तो तेरी ही भलाई के लिए कह रही हूँ, नन्दा।"

इस बार शीशे में देखती नन्दा व्यंग्य से मुस्कराई—दीदी उसका कहाँ और कितना भला चाहती है, उसे पता है। हुँ, ऐसे ही बन्धनों में रहना था तो बिलासपुर से यहाँ आने की जरूरत ही क्या थी ? भला चाहने के नाम पर ही तो चाची भी…

अगले दिनभर गीता का मन नहीं लगा। दोनों में नाराजी और अबोला, झगड़े बहुत बार हुए हैं, लेकिन रहने की बात को लेकर किसी ने दोनों में से कुछ नहीं कहा कभी। ज़रा-सी देर बाद वह पछताती रही कि उसे इतनी सख्त बातें नहीं कहनी चाहिए थीं। छोटी और घुटी जगह से आई है, सो इस नई और खुली जिन्दगी का आकर्षण रोक नहीं पाती। थोड़ा बहक-भटककर यहीं लौटेगी, जाएगी कहाँ ? लेकिन अब तो गीता की समझ में ही नहीं आता कि नन्दा अगर इस घर से चली जाए तो वह अकेली रहेगी कैसे? क्यों उसे लौटने की जल्दी होगी, किसके बिखरे कपड़े समेटा करेगी और भुनभुनाते हुए किसके पैसे-क्लिप सँभालकर रखा करेगी ? किसे अनुरोध से बच्चों की तरह मुंह में कौर दे-देकर खिलाएगी और…और सबसे बड़ी बात कि उसके बिना गीता को रात में नींद कैसे आएगी ? बिस्तर पर अकेले सोने की कल्पना से ही उसे डर लगता है, अकेले होने की आशंका ही उसका दिल धड़का देती है।

उसे लगता रहा कि वह सिर्फ अपनी तरफ से लोगों से प्यार करती आई है, दूसरों ने कभी बदले में बराबर का प्यार नहीं दिया। जाने किससे सुना था कि प्यार हमेशा होता ही इकतरफा है। घनिष्ठ और दीर्घजीवी मैत्री या प्यार में दोनों पक्ष कभी एक-दूसरे को समान भाव से प्यार नहीं करते, बल्कि एक व्यक्ति ही करता है। यों, जब मन होता है तो नन्दा दिखावा बहुत करती है, लेकिन प्यार कभी भी वह नहीं कर

पाई। और इसके लिए गीता अपनी सगी भाभी से लड़ पड़ी। कितनी उम्मीद थी भाभी को कि गीता उनके पिण्टू को गोद ले लेगी…

खैर, आज वह नन्दा से जाकर माफी माँग लेगी। गलती उसकी है, इतनी सख्त बातें उसे नहीं कहनी चाहिए थीं। मन होता कि सीधी उठकर चली जाए, हालाँकि पता था, नन्दा तो साँझ को ही लौटेगी। उसके आफिस में फोन करने को हाथ उठा, लेकिन फिर याद आ गया कि कल मैनेजिंग कमेटी की मीटिंग है। उसमें कुछ ऐसे महत्त्वपूर्ण निर्णय लिए जाने थे कि सारे दिन सामने कुर्सी पर मिसेज दे बैठी-बैठी रिपोर्ट तैयार कराने में मदद करती रहीं और वह खुद ऑडीटर को कभी यह और कभी वह कागज ला-लाकर देती रही। क्लर्क और मिसेज दे के सामने वह नन्दा से बातें नहीं करना चाहती थी, यों ही उसे और नन्दा को लेकर दुनिया-भर की अफवाहें हैं। पर मिसेज दे तो वैसे ही…ऑडीटर तो, खैर बाहर का आदमी है…। जितनी जल्दी चाहती थी उतनी ही देर हो गई, स्कूल की बस से ही घर आई। दस बज रहे थे। उतरकर पागलों की तरह गली में भागी। ऊपर खिड़कियों में अँधेरा था। नन्दा होती है तो डर के मारे सारी बत्तियाँ जलाए रखती है। उत्तेजना से काँपते हाथों से ताली लगाकर लैच खोला। स्विच दबाया तो सामने ही जमीन पर चिट पड़ी थी—मैं आपकी आज्ञानुसार जा रही हूँ, दीदी। कोई पत्र आए तो नीचे के पते पर रिडायरेक्ट कर देना। अपने हिसाब के पैसे तनखाह मिलते ही पहुँचा दूंगी।

नीचे मिस रेमण्ड का, इकबालपुर का पता था।

गीता उलटे पाँव लौट आई। सँकरी जगह में अभी ड्राइवर बस मोड़ रहा था। गीता ने पुकार कर कहा, "सुनो, बिहारीसिंह, रुको। तुम्हें पता है यह इकबालपुर रोड किधर है?" एक क्षण सोचकर जब तक बिहारी सिंह ने बताया कि कहीं मोमिनपुर के आसपास है, तब तक दरवाजा खोल गीता बस में आ गई, "चलो, रास्ते में किसी से पूछ लेते हैं।"

सामने बिहारीसिंह और गीता को देखा तो नन्दा धक्-से रह गई। उसे कुछ भी नहीं सूझा। गीता ने बिना किसी भी ओर देखे, सख्त आवाज

में पूछा, "तेरा सामान कहाँ है ?" फिर एक ओर रखे सूटकेस और सोफे पर रखे बैग इत्यादि की ओर इशारा करके कहा, "बिहारीसिंह, ये सब बस में रख दो···!" अब तक बाथरूम से कोई और महिला भी बाहर निकल आई थी और इन तीनों को आश्चर्य से देख रही थी। गीता ने अभ्यस्त, अधिकार-भरे स्वर में कड़ककर कहा, "नन्दा, चलो, बस में बैठो ! उठो !" आवाज में जाने क्या दुर्निवार था कि नन्दा मंत्रबद्ध की तरह आगे-आगे चली आई। उसे आगे बस में चढ़ाकर गीता बैठी। दूसरी ओर बिहारीसिंह, बीच में नन्दा।

सामान रखकर बिहारीसिंह चला गया तो भीतर की चटखनी चढ़ाई और सीधी नन्दा के कमरे में आ गई। दोनों हथेलियों में कनपटियाँ लिये बैठी नन्दा ने जब तक आहट से सिर उठाया, तब तक चप्पल हाथ में लिए गीता उस पर झपट पड़ी थी। इसके बाद गीता पागलों की तरह बकती रही और मारती रही, "तू मेरे पैसों का हिसाब करेगी ? मैंने कभी कुछ लिया है तुझसे, हरामजादी ? तेरे लिए मैंने सारी दुनिया से बदनामी ली···सारे जान-पहचान वालों से लड़ी और तुझे यों चली जाने दूं ? मैं तेरी बोटी-बोटी नहीं नोंच लूँगी ? मैं मर जाऊँगी तो जहाँ तेरा मन हो वहाँ चली जाना···" पहले तो नन्दा ने विरोध किया; लेकिन उस उन्मत्त क्रोध के सामने उसके पाँव उखड़ गए। पिटती रही और रो-रोकर प्रार्थना करती रही, "मैं मर जाऊँगी···! दीदी! तुम्हारे हाथ जोड़ती हूँ···। अब कभी ऐसा नहीं करूँगी···! मुझे माफ कर दो, दीदी···!" नंदा कुहनियों से चोट बचाती रही और रोती रही—बिलकुल छोटी बच्ची की तरह पिटती और रोती रही। जब थककर गीता ने चप्पल एक तरफ फेंक दी और धम् से कटे पेड़ की तरह हाँफती हुई जमीन पर गिर गई तो खुद हिचकियाँ ले-लेकर रो रही थी, उसकी बाँहों में नन्दा का ढीला शरीर था और वह पागलों की तरह उसका गला, कनपटियाँ, होंठ और बाँहें चूमे जा रही थी, "नन्दन ! नन्दन···नन्दन···मेरी नन्दन ! मुझे माफ कर दे, रानी···! मैं तेरे बिना रह नहीं सकती, नन्दन ! तू जो कहेगी वही करूँगी ! तू जैसे चाहे रह, तू जहाँ चाहे रह, मगर मुझे यों छोड़कर मत जा ! तेरे बिना मेरा कौन है जिन्दगी में नन्दन, बता ?

मैं जहर खा लूंगी···!" सारी रात उससे लिपटी गीता माफी माँगती और रोती रही।

उस रात की अपनी विह्वलता और चिरौरियाँ याद करते हुए गीता की आँखों से इस समय भी आँसू ढुलककर गालों पर बह आए। जाने कब वह नन्दा के कमरे से आकर फिर खाने की मेज पर बैठ गई थी और बन्द किताब की जिल्द के अक्षरों पर लिखने की तरह उँगली फिरा रही थी। आध घण्टा और राह देखेगी, नहीं आएँगे तो अन्दर से चटकनी लगाकर सो जाएगी। जाएँ भाड़ में दोनों।

उसे डर था कि कहीं उस घटना के बाद दोनों के बीच कोई दीवार न खिंच जाए। लेकिन सुखद आश्चर्य का यह अनुभव उनके लिए नया ही था कि दोनों इसके बाद और भी प्रगाढ़ और अभिन्न हो गई थीं! गीता ने नन्दा को पन्द्रह दिनों की छुट्टियाँ दिलायीं और दोनों हफ्ते-भर को पुरी चली गईं।

हर रोज सूर्योदय देखना अगले दिन पर टल जाता, क्योंकि लाख कोशिशों के बावजूद सुबह जल्दी आँखें ही नहीं खुलती थीं! हाँ, सारे दिन भटकतीं। दो-तीन दिन जगन्नाथ मन्दिर की धुन रही। वहाँ की मूर्तियाँ देख-देखकर दोनों गूढ़ संकेत से एक-दूसरी की ओर मुस्करातीं। या फिर पानी के बिल्कुल पास-पास समुद्र के किनारे-किनारे रेत में, दोनों हाथ में हाथ पकड़े दूर तक भटकती रहतीं, चप्पलें हाथों में ले लेतीं और पिंडलियों पर लहरों की गुदगुदाहट का रोमांच मुक्त खिलखिलाहटों में किलकार उठता, "अरे दीदी, मुझे पकड़ो!" देर तक रेती में लेटी रहतीं। उस घटना का जिक्र दोनों में से जान-बूझकर किसी ने नहीं किया, दोनों उसे भूल गई थीं।

उस दिन नौ बजे की सुनसान चाँदनी थी और दोनों अपने होटल के सामने ही लहरों से ज़रा हटकर कुहनियों के बल औंधी लेटी, मुट्ठियों में रेत भर-भरकर पानी की धार की तरह छोड़ रही थीं। लहरों की झागदार तहें, बालू पर सफ़ेद झाग लीपती लौट जातीं और सागर में कभी यहाँ और कभी वहाँ एक छहराहट के साथ, पानी के पहाड़ टकरा-

कर बिखर जाते। बार-बार गीता का चश्मा गीली-गीली फुहारों से धुँधलाकर चिपचिपा हो उठता था। सागर की गरज एक अजस्र उन्माद तन-मन में जगा रही थी।

बड़ी देर की चुप्पी के बाद गीता ने लाड़ से पूछा, "तेरी चाची तुझे बहुत मारती थी न, नन्दन ?"

"हाँ। तुम्हें कैसे मालूम ?" नन्दा ने अनमने भाव से गहरी साँस ली ?

"योंही," फिर गीता चित लेट गई। आसमान को ताकते हुए बहुत स्वाभाविक ढंग से बोली, "उस दिन तेरे मुंह से कई बार निकला था—चाची, तेरे हाथ जोड़ूँ, अब नहीं करूंगी।"

नन्दा के गालों पर आँसू ढुलक आए। बड़ी देर होंठ फड़कते रहे, फिर उद्वेग लीलकर बोली, "मैंने बहुत दुःख देखा है, गीता दीदी। सौतेली माँ के व्यवहार से बचाने के लिए बाबूजी ने चाचाजी के यहाँ भेज दिया था। सो, वहाँ···" उसने फिर एक गहरी साँस ली।

रोती नन्दा को खींचकर गीता ने उसका सिर छाती पर रख लिया और देर तक उसकी कनपटी सहलाती रही। खुद उसकी आँखों से भी आँसू गिरते रहे।

"छाती पर जो दाग है न, जिसे मैं फोड़ा बताती हूँ, वह चाची का ही दिया हुआ है। मैंने सोचा था कि हर्ष के साथ कहीं चली जाऊंगी, या यों ही कहीं भी जहाँ मन होगा निकल जाऊँगी। मैंने शायद यह बात चचेरी बहन से कह दी, उसने अपनी माँ से जा पिरोया और उसके बाद तो, दीदी, बस यही समझो कि हफ्ता-भर पड़ी-पड़ी कराहती रही। गरम कलछी से निशान बना दिया—ला, तेरी जवानी निकालूं !"

गीता का सहलाता हाथ उसे धीरज बंधाता रहा और वह रुक-रुककर कहती रही, "तुम्हें नहीं लगता, दीदी, कि कुछ लोग शुरू से ही किस्मत में दुःख लिखाकर लाते हैं···? उनके लिए अतीत और भविष्य में एक सुनसान अँधियारे के सिवा कुछ नहीं होता और उन्हें जिन्दगी में कुछ भी नहीं मिलता !"

तब गीता को लगा कि यह उसकी छाती पर सिर रखे नन्दा नहीं, स्वयं उसके भीतर से कोई बोल रहा है। नन्दा बताए जा रही थी,

"कॉलेज में ये मुझसे दो क्लास आगे थे। एक ड्रामे में हम दोनों का साथ-साथ परिचय हो गया। फिर मित्रता गहरी होती चली गई। हर्ष ने मुझे पहले ही बता दिया था कि उनकी शादी हो चुकी है और एम० कॉम० के बाद, बाकी रस्में हो जाएँगी। लेकिन जाने कैसा पागलपन था—मैंने कहा, मैं तुम्हें शादी के लिए नहीं प्यार करती !···अब तो उनके एक बच्चा भी है, लेकिन मुझे लगता ही नहीं है, दीदी, कि हर्ष मेरा नहीं है।"

गीता ने मन ही मन कहा—इसीलिए तो तू मिस रेमण्ड के साथ चली गई थी न ! हर्ष के साथ उसके प्यार को बहुत बार सुन चुकी थी और जानती थी कि नन्दा के पास किसी एच० खन्ना के पत्र आते हैं। जब भी वह नन्दा के प्रति एक आप्लावनकारी प्यार अनुभव करती, साँप की जीभ जैसी एक आशंका लपलपाया करती—कहीं एक हर्ष है जो उसकी नन्दा को उससे छीन ले जाएगा। हर्ष के प्रति नन्दा की प्यार-भरी बातें सुनकर वह गहराई में बहुत उदास हो आती थी, लेकिन आज सागर के इस सीले वातावरण में नन्दा के प्यार में सचमुच कुछ उदात्त और गम्भीर लग रहा था।

नन्दा कह रही थी, "आज वे दिल्ली के किसी बैंक में हैं।···लेकिन लन्दन में भी रहें तो भी मुझे नहीं लगता कि मैं उनसे कहीं दूर रह रही हूँ।···मैं तुमसे सच कहती हूँ, दीदी, वहाँ हर्ष और यहाँ तुम न होतीं तो शायद···शायद मैं मिट्टी का तेल छिड़ककर···" तब गीता ने उसके मुँह पर हाथ रखकर उसे रोक दिया। भीतर यह भी लगता रहा कि ये सब बातें चाहे दिखावटी न हों, लेकिन इनमें क्षणिक भावुकता तो है ही। फिर भी वह भीग उठी, "ऐसा क्यों बोलती है, नन्दन ? तूने मुझे बचा लिया है। वर्ना पता नहीं···पता नहीं···" घूंट सटककर वह फिर कहने लगी—जान-पहचान और परिवार में जिनके भी कोई छोटा-बड़ा बच्चा है, सभी सोचते थे कि मैं उसे गोद ले लूंगी और अपना सारा प्रोविडेण्ट फण्ट और इन्श्योरेन्स उसके नाम कर जाऊँगी।···मैं इस स्वार्थी पैंतरे-बाजी से तंग आ चुकी थी, नन्दन।·· अब तो तेरे बिना कुछ भी अच्छा नहीं लगता। मेरा अपना है ही कौन ? एक भाई था, आज पागलखाने में पड़ा है। बहुत बड़े अफसर बाप की बेटी थी, सो ट्यूटर को पापा ने बोरे

में बन्द करके नौकरों से पिटवाया था और मैं कमरे में बन्द सिर्फ किवाड़ पीटती रही थी। उसकी घुटी-घुटी आवाज आज कभी-कभी सुनाई देती है कि—गीता, मैं तुम्हें लेने आऊँगा···मेरी राह देखना···और उसी के प्रतिरोधस्वरूप कभी बाप का कहना नहीं माना। बस, पढ़ती रही, पढ़ती रही और राह देखती रही···और अब तो लगता है कि राह देखना मेरा स्वभाव बन गया है।···मुझे लगता ही नहीं है कि वह नहीं है और उसकी राह देखना बेकार है।···नहीं, प्यार-व्यार भावुकता की बातें नहीं हैं। सच बात तो यह है कि राह देख-देखकर जब ऊब गई तो पाया कि जिन्दगी मुझे छोड़कर बहुत आगे बढ़ गई है, और मेरा सारा उत्साह ही चुक गया है !···पैंतीस की हो गई तो लगने लगा कि शायद फिर से राह देखने लगी हूँ; लेकिन किसकी राह देखने लगी हूँ, यह पता नहीं।··· आजकल कभी-कभी लगता है कि शायद तेरी ही।" चश्मा उतारकर रेत पर रखा और आँखों पर बाँह रखकर, फूट-फूटकर रोने लगी। हिचकियों में ही बोली, "अब तो उम्र हो गई है, नन्दन, मेरी तो बेटी, प्रिया, बन्धु, स्वामी जो भी कुछ है सो तू ही है। ··किसी दिन मर जाऊँ तो सब कुछ लेकर बस जाना कहीं अपने हर्ष के साथ।" आत्मकरुणा के आँसू उनकी आँखों से बहते रहे, "सभी कुछ तेरा है।"

"दीदी, ऐसा मत कहो, दीदी !" नन्दा और ऊपर सरक आई और बार-बार गीता के होंठ, पलकें और कान की लवों को अपने होंठों से छूती रही। चाँदनी में आँसुओं के चमकते गालों और बन्द पलकों को देखकर एक पल को उसे लगा कि शायद मर जाने पर गीता ऐसी ही लगेगी। विचार को बलात् पीछे धकेल वह कहती रही, "मैं कहीं नहीं जाऊँगी, दीदी···।"

सागर में ज्वार आने लगा था और लहरें अब रेत पर और आगे-आगे सरकती आ रही थीं। एक बड़ी-सी लहर का पानी जब अपनी सीमा से लुढ़कता-लुढ़कता इनके नीचे तक की रेत को भिगोता आगे निकल गया तो कपड़े झाड़ती दोनों उठ खड़ी हुईं।

उस रात नन्दा के निर्वस्त्र, समर्पित शरीर को अपनी उत्तेजित साँसों और उन्मत्त बाँहों में जकड़े, उसके दाहिने वक्ष के रुपये के बराबर दाग

पर होंठ रखे, गीता पागलों की तरह बस यही कहती रही, "नन्दन, मुझे छोड़कर मत जाना ?···मैं तेरे बिना मर जाऊँगी, नन्दन !"

बाद में मन का पाप-बोध भले ही ग्लानि और आत्म-भर्त्सना बनकर चूहों की तरह आत्मा को कुतरता रहे, लेकिन उस क्षण न गीता को होश रहता है और न नन्दा को। नन्दा तो ऐसी पागल हो जाती है कि नोचने-काटने लगती है।

रात को जब भी नन्दा की नींद खुली, उसने पाया : गीता, तकिये पर फैले उसके केशों, कन्धों और पीठ पर हाथ फेर रही है, या शायद इसी से उसकी आँखें खुल जाती थीं। देर तक वह यों ही पड़ी, निश्चेष्ट छत ताकती रहती और बाहर सागर गरजता रहता। फिर धीरे-धीरे नींद आ जाती। सुबह अँधेरा छँटने से पहले फिर उसकी आँखें खुलीं। उसने अलसाकर गीता से लिपटते हुए पूछा, "तुम्हें नींद नहीं आई न आज रात-भर, दीदी ?"

"पता नहीं क्या हो गया है···बस, मन करता है तुझे यों ही लिटाए रहूँ और तुझे देखती तेरे केशों, गालों को छूती रहूँ···लगता है कि कोई तुझे मुझसे छीन लेगा !"

नन्दा ने कुछ नहीं कहा। हल्की ऊब जागी। फिर कुछ सोचती-सी बोली, "तुम्हें एक बात पता है, दीदी ?"

"क्या, नन्दन ?" जैसे हर बार नन्दन नाम के उच्चारण से वह अपना प्यार उस पर उँडेल देना चाहती थी।

"मुझे एक बार मिसेज मेहरा ने बताया था," नन्दा कहने लगी, "तुम्हारे कॉलेज में आजकल एक चर्चा बहुत जोर पकड़ रही है कि···कि मैं तुम्हारी बेटी हूँ।"

"सो तो है ही !" दुलार-भरे स्वर में गीता ने कहा।

"ऊँह, यों नहीं ! यों कि, तुम किसी को प्यार करती थीं, मैं उसी की निशानी हूँ। पहले तुम मुझे कहीं होस्टल में रखकर पढ़ाती रहीं, और अब बुला लिया है। बहुत जल्दी कहीं न कहीं अपने कालेज में लेने की फिराक में हो···" नन्दा उसकी हर प्रतिक्रिया को भाँपती बोलती रही।

"मुझे पता है," गीता ने गहरी साँस ली, "इसीलिए तो तुझे अभी

तक कॉलेज में नहीं बुलाया न, वर्ना तुझे एक दिन भी उस फर्म में टाइपिस्ट का काम करने देती ? वह कोई भले आदमियों की जगह है ?"

नन्दा फिर अपनी बात पर लौट आई, "यह बात सच है, दीदी ?"

दर्द से हँसी गीता, "सच होती तो तुझे पता नहीं होता ? तुझसे कुछ छिपाया है ?" गीता भावुक हो उठी, "हाँ, सच होती तो मेरी लड़की होती तेरी ही बराबर···या तीन-चार साल छोटी होती···हम लोग आखिरी बार मिले थे उन्तालीस में। उसी साल लड़ाई शुरू हो गई थी। ··समझ ले, लड़की बीस-बाईस साल की हो गई होती।" ···और सहसा ही जब गीता ने दूसरी ओर करवट बदल ली तो उसे लगा, जैसे गीता सुबक रही है। वह उसकी पीठ पर लदकर कन्धे से उसे अपनी ओर मोड़ती बोली, "गीता दी !···दीदी ! देखो दीदी मेरी कसम है तुम्हें !"

"मुझे अच्छा नहीं लगता, नन्दा।···मुझे वो सब बातें याद आती हैं तो बहुत-बहुत बुरा लगता है !···" गीता रोती रही।

"मैं तो हूँ, दीदी, तुम्हारी बेटी, तुम्हारी छोटी बहन, तुम्हारी··· नन्दन !" नन्दा बड़ी बहन और माँ की तरह गीता को समझाती रही, और उसे ऐसा लगता रहा कि कहीं खुद उसका भविष्य भी तो ऐसा ही होने नहीं जा रहा है ? मुँह से बोलती रही, "दीदी, मैं तुम्हें छोड़कर कभी—कभी नहीं जाऊँगी।" वह दोनों बाँहों में गीता का, खिचड़ी बालों वाला सिर बाँधे थपथपाती रही, जैसे छोटी बच्ची को गिर जाने पर प्यार कर रही हो। और उस सात्त्विक अनुभूति की गहराई से कहीं कोई हिसाब लगाता रहा—दस हज़ार का बीमा है, कम से कम दस-बाहर हजार प्रोविडेण्ट फण्ड होगा, पन्द्रह-बीस बैंक में भी होगा ही। खर्चा ही क्या है दीदी का ? नौकर है ही नहीं, खाना-पीना भी कोई खास नहीं है। सफेद कपड़े पहनती हैं। फिर अब वह थोड़ा-बहुत खुद भी बचाएगी और एक दिन जाकर रोब से हर्ष से कहेगी—लो, ये पचास हज़ार और फ़ैक्टरी-फार्म जो भी खोलना हो, खोलो। चलो, हम लोग जिन्दगी को नये सिरे से शुरू करें या चलो, थोड़े से शेयर खरीद लो, और किसी छोटी-सी जगह चलकर एक मकान ले लेते हैं···और उस

सुख की कल्पना से नन्दा की आँखें भर आईं।

गीता समझाने लगी, "तू क्यों रोती है, पगली, मेरे दुःख से ?"

सुबह उठी तो गीता को वह सब कुछ ऐसा लगा, जैसे सपने में हुआ था। दोनों बालकनी में आ खड़ी हुईं। दोनों केवल ब्रेसरी पहने थीं और ऊपर से साड़ियों को कसकर अपने कन्धों पर चारों ओर लपेटे थीं। आज धुन्ध थी, इसलिए सागर से ज़रा ऊपर, सूरज, रोशनी का गोल चकत्ता-भर दीखता था। सागर उसी तरह गरज-मचल रहा था, और कल जहाँ तक लहरें चली आई थीं वहाँ तक रेत धुल गई थी, और किनारों पर सूखे झागों की सफेद किनारी अभी तक बनी थी। धुली रेत पर कौवों के पंजे कपड़े की सींवन की तरह इधर से उधर चले गए थे। एक ओर लकड़ी की डोंगी उलटी पड़ी थी।

बालकनी पर कुहनियाँ टेके ही गीता ने कन्धे से साड़ी का ज़रा-सा पल्ला हटाकर, हँसकर कहा, "देख, कितने जोर से काट लिया है, निशान बन गया है। उस वक्त होश नहीं रहता ?"

नन्दा झेंप गई। फिर भी हँसकर दुष्टतापूर्वक होंठों में ज़रा-सी जीभ निकाल कर मुँह बिराया और दूर हो मछुओं को एक डण्डे पर जाल लादे, ले जाते देखती रही। होटल के दरवाजे पर खड़े एक रिक्शे वाले से लम्बी टोपी और लंगोटी लगाए एकदम नंगा मछुआ बात कर रहा था। दूर वैसी ही टोपियाँ लगाए दो काले-काले मछुए एक परिवार को हाथ पकड़-पकड़कर लहरों में अन्दर ले जाकर नहला रहे थे। एक साहब किनारे पर बैठे-बैठे दोनों हाथों से अपने सिर पर पानी डाल रहे थे। जब लहर आती तो वह डरकर पीछे भाग जाते थे। उसने सोचा, कभी हर्ष के साथ आएगी तो बिना मछुओं के हाथ हकड़े, हर्ष से ज़िद करेगी कि वह उसे अन्दर जाकर नहलाए। तब मचलकर कहा, "चलो, दीदी, हम लोग भी नहाएँ।"

लौटकर आई तो फिर वही दिनचर्या शुरू हो गई। हाँ, नन्दा, अब कभी देर से नहीं आती और दोनों नित नई जगह घूमने का प्रोग्राम बनातीं

या घर पर ही कॉलेज और दफ्तर की गप्पें लड़ातीं। वह फिर आते समय नन्दा के लिए रजनीगंधा और बेले के जूड़े लाने लगी।

एक दिन नन्दा ने बताया, "गीता दीदी, हर्ष आ रहे हैं परसों, यहाँ अपने दफ्तर के किसी काम से।"

"यहीं ?"

"नहीं, होटल में ही ठहरेंगे। लिखा है कि साँझ से किसी भी दिन कोई प्रोग्राम मत रखना।" पहली बार नन्दा को लग रहा था कि उसके और हर्ष के मिलने के समय पार्श्व-संगीत की तरह चाची का भय नहीं होगा। वे लोग उन्मुक्त भाव से मिल सकेंगे। वह खुशामद और लाड़ से बोली, "मुझे देर हो जाया करेगी, दीदी, तुम बुरा मत मानना। क्या है, दो-चार दिनों की ही तो बात है।"

गीता ने प्यार से उसकी चिबुक उठाकर कहा, "पागल, मैं तेरी भावनाओं को नहीं जानती ? लेकिन हमें मिलाएगी तो सही न ?" और उदासी का एक बादल भीतर गहराने लगा।

"अरे, जरूर, जरूर !" नन्दा का अंग-अंग खिला पड़ रहा था और प्रतीक्षा से नस-नस तड़की जा रही थी। परसों तक कैसे राह देखेगी ? मन होता है, अभी से जाकर स्टेशन पर बैठ जाए !

"लेकिन देख नन्दन, रात को ज्यादा देर मत किया करना।···हम लोग अकेली दो औरतें इस जगह रहती हैं। यों ही लोगों को बड़ी हम लोगों की चिन्ता है। वे इसकी खबर रखते हैं कि कौन आता है, कौन जाता है। फिर अब मुझसे राह नहीं देखी जाती, भाई !"

"तो तुम समझती हो कि मैं सारी रात बाहर रहूँगी ? मुझे खुद ही तुम्हारी चिन्ता रहेगी !" गीता की शृंगार मेज पर नन्दा प्लास्टिक के ब्रुश से बाल सुलझा रही थी···होंठों में टिका क्लिप बात करने से हिल-कर नीचे टपक पड़ा।

पहली बार हर्ष को गीता ने देखा था क्वालिटी में। उसने ही खाने पर बुलाया था।

"आप वहीं ठहरते न ! नन्दा, कम से कम हर्ष को घर पर एक

बार खाना खाने तो बुलाओ !" जैसी औपचारिक बातों के बीच रेस्तराँ के उस अँधेरे-उजाले में गीता हर्ष को तौल रही थी। बाईं तरफ माँग निकालकर एक्टरों की तरह बाहर की ओर निकले बाल, आधे फ्रेमवाला चश्मा, क्रीम कलर सिल्क की कमीज और काली बो। काफी साफ रंग, नाक के पास एक छोटा-सा मस्सा और कमीज के बटन-होल से झाँकता काले चश्मे का फ्रेम। गीता को लगा जैसे हर्ष अपने को सँवरा दिखाने के प्रति बहुत अधिक सचेष्ट है। वह सोचने लगी कि अगर वह नन्दा की उमर में ऐसे आदमी से मिलती तो उसे पसन्द करती या नहीं ? अब तीस के आस-पास होगा, उस समय तो पच्चीस का रहा होगा। यह सोचकर उसे अच्छा नहीं लग रहा था कि मिस रेमण्ड के मुकाबले हर्ष भारी प्रतिद्वन्द्वी है। और जब-जब वह नन्दा को मुग्ध मयूरी की तरह हर्ष के मुँह का शब्द-शब्द, हर हरकत, हर मुद्रा को आत्मसात करते देखती तो मन का बोझ और भी भारी लगता।

हर्ष बता रहा था, "इसका तो हर पत्र दीदी ही दीदी से भरा होता है। जब आपकी प्रशंसा करने बैठती है तो पन्नों की गिनती भूल जाती है। हमारी दीदी यों ख्याल रखती हैं, हमारी दीदी हमें यों प्यार करती हैं···हम उनके साथ यों पुरी घूमने गए थे···मैं तो जाने कब से सोच रहा था कि एक बार दीदी से मिल तो लें।"

"यह ? इसकी किसी बात का विश्वास मत कर लेना, हर्ष। यह बड़ी तोता-चश्म है, ऐसी निगाहें पलटती है कि बस !···लेकिन हाँ, सारे दिन बस तुम्हारा ही गाना गाती रहती है !" पहले तो मन में आया कि मिस रेमण्ड वाली बात की शिकायत हर्ष से कर दे; लेकिन अपनी प्रशंसा से वह गद्गद हो आई। उसे सचमुच ऐसा लग रहा था, जैसे वह बहुत बड़ी है और नन्दा उसकी बेटी है और वह हर्ष के रूप में नन्दा के भावी पति से इण्टरव्यू ले रही है कि वह उसे सुखी रख सकेगा या नहीं ? उसने पास बैठी नन्दा को बाँहों में भींचकर कहा, "तुम्हारे पीछे तो पागल है। परसों से छत्तीस बार मुझे साड़ियाँ और जूड़े दिखा रही है। आज जाकर तुम इसका कमरा देखो, सारी चीजें करीने से लगाई हैं, वरना ये और व्यवस्था ! आज रजनीगंधा के गुच्छे भरे हैं गुलदस्तों में !···दीदी, इस

ब्लाउज की फिटिंग ज्यादा अच्छी है या उस चाकलेटी···हर्ष को ब्रिक-कलर बहुत पसन्द है···" नन्दा उसकी उँगलियाँ मरोड़ती रही और गीता मुस्कराकरकराहती हुई हर्ष को बताती रही। उसे हर्ष का यों धूप के चश्मे के फ्रेम को बटनहोल में लगाना बिल्कुल पसन्द नहीं आया। यह क्या कॉलेज में पढ़ने वाले लड़कों का टेस्ट है!

नन्दा सिन्दूरी हो उठी थी और बार-बार सिर झटकाकर अपनी नाराजी जाहिर कर रही थी। जब कुछ और न सूझा तो काँपते हाथों से काँटा पकड़े मेजपोश के सफेद कपड़ों पर सीधी-सीधी धारियाँ बनाने लगी, "दीदी, बस, बस, प्लीज!" नन्दा का यह झेंपता और शरमाता रूप गीता को एकदम नया लग रहा था। उसे लग रहा था कि यह वह नन्दा नहीं है, जिसे इतने समय से वह जानती है।

एक बार निहाल होकर हर्ष ने नन्दा के चेहरे को भरपूर देखा, फिर प्यार से उसके काँटेवाले हाथ पर हाथ रखकर बोला, "नहीं दीदी, लड़की बहुत सीधी है। आपको तो पूजती है।" गीता और नन्दा की निगाहों ने मिलकर उस क्षण क्या आदान-प्रदान कर लिया, यह हर्ष को नहीं पता। वह तो अपने प्रवाह में बोलता रहा, "मैं तो यही सोच-सोचकर बहुत परेशान था कि इतनी बड़ी नई जगह में यह रहेगी कैसे? इसके बिलासपुर रहने के पक्ष में तो मैं शुरू से ही नहीं था। इसकी भी जिद थी और मैं भी समझता था कि इसे बाहर ही जाना चाहिए। इसकी फर्म की दिल्ली ब्रांच से मैंने कह-सुनकर इसकी नौकरी का इन्तजाम तो करा दिया, लेकिन समझ में नहीं आता कि कैसे सब करेगी यह यहाँ अकेली! दिल्ली रखना सम्भव होता तो मैं इसे एक दिन को भी बाहर जाने देता? एक दोस्त के यहाँ रहने का इन्तजाम किया तो और तरह की उलझनें आ गईं। जवान सुन्दर लड़की को देखकर कौन बीवी अपने यहाँ खतरा बुलाना चाहेगी? मैं तो खुद ही आने की सोच रहा था। तभी वहाँ कुन्ती भाभी से मुलाकात हो गई। वह बोली कि मैं जाते ही इन्तजाम कर दूँगी। शायद उनके दिमाग में आपका ही खयाल रहा होगा, तब चैन की साँस आई।"

हर्ष इस लहजे और अधिकार से नन्दा के बारे में बातें कर रहा है,

जैसे पत्नी के बारे में ही बातें कर रहा हो। यानी इन लोगों में आपस में इस हद तक बात तय है। गीता के मन में आया, काश, वह पुरुष होती और नन्दा के बारे में ऐसी ही संजीदगी और चिन्ता से बातें करती! उसने दबी-सी साँस ली।

"बस, कुन्ती भाभी मिल गई तो साल-भर आने का नाम ही नहीं!" नन्दा शिकायत कर रही थी। 'जवान और सुन्दर लड़की' पर वह सकुचाकर नीचे देखने लगी थी।

"ओफ्फोह! कल से इस कदर समझा रहा हूँ और फिर वही··· तेरा दिमाग है या कुत्ते की पूंछ?" हर्ष ने गीता की ओर देखकर पूछा, "आप ही बताइए, दीदी, कहीं भी जाना इतना आसान है? फिर हमारे यहाँ तो एक शेरनी भी बैठी है।"

"हाँ, वही मैं तुमसे पूछना चाहती थी!" गीता ऊपर से बुजुर्गी और भीतर से स्थिति टटोलने के लिए पूछने लगी, "इस तरह आखिर चलेगा कब तक? तुमने भी तो कुछ न कुछ सोचा ही होगा न!"

बैरा सूप की प्लेटें लगाने लगा तो हर्ष एक ओर झुककर उसके लिए जगह बनाता पूछ बैठा, "सिगरेट पी लूं, दीदी?"

"हाँ-हाँ, पियो न!" हालाँकि उसे सिगरेट का धुआँ अच्छा नहीं लगता था।

"बस्स?" नन्दा चिढ़ाकर आँखें नचाती बोली, "जब से इशारे कर-करके पूछ रहे हैं और मैं कहे जा रही हूँ कि पी लो। दीदी के सामने छिपाने में क्या है।"

पीछे सीट पर रखे कोट की जेब से सिगरेट निकाली, "नहीं, मैंने सोचा कि शायद आपको आपत्ति हो। इसने मुझे बहुत डरा दिया है कि दीदी बहुत सख्त प्रिंसिपल्स की प्रिंसिपल हैं। इनके कॉलेज में टीचर्स तक रेशमी साड़ियाँ पहनकर नहीं आ सकतीं; उलटे-सीधे बाल बनाना, खुली बाँहों के ब्लाउज, सेण्ट, पाउडर इस्तेमाल करने की सख्त मुमानियत है!" और इतनी देर का मुँह में रुका धुआँ उसने होंठों की दुष्ट मुस्कराहट के साथ नन्दा की ओर उड़ा दिया।

"क्या करते हैं?" नन्दा हाथ से धुआँ हटाती पीछे सोफे की पीठ

से जा टिकी। गीता ने उसकी ओर देखा, उसे लगा, नन्दा बहुत ओवर-एक्टिंग कर रही है। उसे उसका आँखें मटकाना, मुस्कराना और इतराना सब बहुत बनावटी लगा। हलके अफ़सोस से बोली, "हाँ, हूँ तो सही, लेकिन इसकी वजह से वह सख्ती चल कहाँ पाती है?"

फिर अचानक गीता सुस्त हो आई। वह किसी गलत चीज की गवाह है, किसी गलत बात में सहयोग दे रही है। यों ही चेहरे पर धुआँ छोड़ने की आदत 'मास्टर साहब' को भी थी। जितनी ही वह झुँझलाती, पापा से शिकायत करने की धमकी देती, उतनी ही दुष्ट जिद के साथ वे बार-बार धुआँ आँखों पर फेंकते। शायद सभी पुरुषों की यही आदत होती है।

"लो, दीदी, शुरू करो" जब नन्दा ने कन्धे से उसे हिलाया तो वह चौंककर अपने में लौट आई। गोल चम्मच से सूप का एक घूंट लेकर नमक देखा···। अब क्या नन्दा भी जिन्दगी से चली जाएगी? उसे याद आ गया, "तुमने मेरी बात का जवाब नहीं दिया, हर्ष?"

"वही तो सोच रहा हूँ, दीदी, कि क्या जवाब दूं?" मेज पर रखे हाथ की उँगलियों में सिगरेट धुआँ देती रही और हर्ष दूसरे हाथ से सूप का क्रीम चम्मच से घोलता रहा, "यह सच है दीदी, कि मैं नन्दा के बिना नहीं रह सकता। तुम्हें पता है, हम लोगों का परिचय कॉलेज के एक नाटक से हुआ था और उसमें मुझे कुछ इसी तरह के डायलॉग बोलने पड़े थे। तब शायद खयाल भी नहीं था कि इसी नाटक के डायलॉग एक दिन जिन्दगी के डायलॉग हो जाएँगे। उसमें एक वाक्य था—तुम मेरी जिन्दगी की एक सच्चाई, एक ऐसा हिस्सा बन गई हो जिसे मैं अब और झुठला नहीं सकता···! लेकिन परेशानी है मेरी वाइफ को लेकर···अगर यह मेरी जिन्दगी में चार महीने पहले भी आई होती तो हम लोगों को आप शायद किसी और रूप में देखतीं। उसे किसी दूसरी औरत के लिए कोई दया नहीं है। बारहों महीने बीमार रहती है, लेकिन बेहद जिद्दी है और हर पत्नी की तरह यही ठाने बैठी है कि मुझे ठीक रास्ते पर लगाकर ही छोड़ेगी। उसके पूजा-पाठ, लड़ाई-झगड़े मुझे एक दिन सद्बुद्धि देंगे और मैं इसे मन से निकाल दूंगा और मेरे मन के विकार शान्त हो जाएँगे। लेकिन तुम बताओ, वह कैसे मन में शान्ति महसूस करे, जिसे

पता है कि कोई उसकी राह में जिन्दगी के सबसे सुनहरे दिन एक-एक करके घुलाए दे रहा है ? वह मुझे सारा का सारा अपने लिए ही रखना चाहती है और मैं अपने आपको सारा उसे दे सकने में असमर्थ हूँ, क्योंकि मेरी आधी जिन्दगी यहाँ है।" गीता ने देखा कि हर्ष के चेहरे पर दर्द उभर आया है। वह कुछ देर रुककर कह रहा था, "हर पल मैंने यही कोशिश की है कि कही कोई रास्ता निकाल लूँ, वह मेरी तकलीफ न समझे तो शायद उसे इसी पर दया आ जाए। सच कहता हूँ आपसे, दीदी, इन दिनों बहुत ईमानदारी से उसे अपने-आपको सारा दे देने की कोशिश की है, जो कुछ उसने कहा है, किया है—लेकिन लगता है, यह दुहरी जिन्दगी अब मुझसे चलेगी नहीं। उसने भी देख लिया है कि वह मुझे सारा नहीं पा सकती ! तो अब उसे सारा छोड़ना होगा—शी विल हैव टु लूज मी होल ! बस, यही राह देख रहा हूँ कि कौन-सा ऐसा तरीका हो सकता है कि मैं उससे अपने-आपको वापस लेकर नन्दा को सौंप दूं। मैं तो मना रहा हूँ कि उसकी बीमारी ही···"

तभी बैरा आ गया ! गीता ने हर्ष की अगली बात की राह देखी, लेकिन भीतर हलका-सा क्रूर संतोष हुआ—हर्ष की बातों में हर गैर-ईमानदार आदमी की शब्दावली और लहजा है···अभी नन्दा को उससे कोई नहीं ले जाएगा, वह गीता के पास ही रहेगी।

नन्दा हर्ष के चेहरे को मुग्ध देखती रही और सोचती रही कि हर्ष राह देख रहा है कि अपने को सम्पूर्ण वापस लेकर उसके पास आ जाएगा और वह सोचती है कि गीता के सम्पूर्ण को पाकर···वह बेमालूम-सी मुस्कराई।

गीता ने हँसकर बात को बहुत हल्का स्तर दे दिया, "कहीं इसके लिए भी आगे जाकर यही मत मनाने लगना !" तीनों धीरे से हँसे और इसी तरह की दो-एक बातों के बाद बातें फिर हँसी-परिहास पर आ गईं और हर्ष अपने उस नाटक की घटना सुनाने लगा, जिसमें नायिका की किसी बात का बुरा मानकर नायक उसे भला-बुरा कहने लगता है, उसके वर्ग और वंश की शान में भी कुछ ऐसा कहता है कि नायिका चाँटा मार देती है। हर्ष हँसकर बताने लगा, "दीदी, इसने ऐसे जोर से तमाचा मारा

कि मेरा तो सिर भन्ना गया। बाद में जब शिकायत की तो बोलती है कि पीछे के दर्शकों को कैसे सुनाई देता ?"

जब बाहर हर्ष आगे जाकर पान बनवाने लगा तो नन्दा ने पास आकर बड़े डरते-डरते कहा, "दीदी, हर्ष कहते हैं कि मैं पीछे आ जाऊँ। उन्हें मुझसे कुछ बातें करनी हैं।"

"बातें तो ठीक हैं, लेकिन इन्हें एक बार अपने यहाँ भी तो बुलाओ!" गीता उसके ब्लाउज की बाँह के एक छूटे हुए डोरे को खींचकर तोड़ती हुई समझदारी से मुस्कराई।

पान लाते हुए हर्ष ने उसकी बात सुन ली थी, "वो मैं खुद आ जाऊँगा। जब तक मिला नहीं था तभी तक की बात थी।"

सामने से जाती टैक्सी को हाथ उठाकर नन्दा ने रोक लिया और तत्परता से बोली, "दीदी, तुम्हें अकेले जाते डर तो नहीं लगेगा ?"

"लगेगा तो, तू चल छोड़ने।" गीता ने हर्ष के हाथ से लेकर दो पान मुँह में रखे और उलाहने से नन्दा को देखा तो हर्ष ने पूछा, "चलो, छोड़ आते हैं दीदी को, क्या है!"

"अरे, नहीं-नहीं! मैं तो नन्दा से कह रही थी। बहुत हमदर्दी दिखा रही थी न!" फिर टैक्सी की ओर बढ़ते हुए कहा, "यहाँ रोज अकेले ही तो जाना पड़ता है!" उसके स्वर में शिकायत नहीं थी। अचानक ही वह बहुत उदार और प्रसन्न हो आई थी। हर्ष टैक्सी का दरवाजा खोले खड़ा था।

"नन्दा को कुछ देर हो जाए तो माइण्ड मत करना, दीदी," उसने दरवाजा बन्द करके धीरे से कहा।

"लेकिन उससे अकेले नहीं आया जाएगा। उसे पहुँचाकर आना।" बन्द दरवाजे का शीशा उतारते हुए उसने हर्ष की ओर देखा, तो उसकी आँखों में अनचाहे ही एक परिहास चमक आया, "पौने दस बजे हैं··· घण्टे-भर से ज्यादा देर नहीं···और सुनो, नो बेवकूफी।" तब टैक्सी झटके से चल पड़ी। पहले सोचा, जाने सरदारजी ने क्या समझा होगा! फिर खयाल आया कि सारी बातें इतने सांकेतिक ढंग से हो रही थीं कि कुछ भी समझ में नहीं आया होगा। वह रास्ते-भर रेस्तराँ की बातों पर

मुस्कराती रही।

उस रात हर कार का हॉर्न, हर घर्राटा उसे टैक्सी जैसा लगता और हर आहट चप्पलों और जूतों की आवाज। वह रात-भर करवटें बदलती रही, पहरेदार लाठी से फर्श ठोंक-ठोंककर चक्कर लगाता रहा, स्टेशन की सीटी और लेट तथा अर्ली चलने वाली ट्रामों और बसों का शोर उसकी बेचैनी बढ़ाता रहा और दोनों में से कोई नहीं आया। रेस्तराँ का परिहास-भर वातावरण और मन की उदारता शीघ्र ही समाप्त हो गई और प्रतीक्षा का तनाव अब झुँझलाहट बन गया। बार-बार मन में आता था कि उस दिन की तरह जाए और झोंटा पकड़कर घसीट लाए उस कुतिया को! यार से चिपकी पड़ी होगी···! झूठा, धोखेबाज आदमी! आएगी तो रोती हुई मेरे ही पास। तब कहूँगी, यहाँ जगह नहीं है···! लेकिन इस बार उसे खींचकर लाने की हिम्मत नहीं पड़ती थी। हर्ष और रेमण्ड में फर्क है। हर्ष के सामने नन्दा को दाँव पर लगाएगी तो हो सकता है हार जाना पड़े···सारी रात मुँह पर तकिया रखे, नीचे वह और ऊपर बत्ती दोनों जलती रहीं और सुबह इसी निर्णय पर वह पहुँची कि हर्ष की पत्नी की तरह सारे को पाने की जिद में हो सकता है एक दिन उस सारे से ही हाथ धोना पड़े, इसलिए बुद्धिमानी इसी में है कि गम खा जाए और थोड़ी-सी छूट दे दे, और हर्ष जिन्दगी-भर तो यहाँ रहेगा नहीं—चार दिन, छः दिन···दो हफ्ते। फिर उसके भी तो बाल-बच्चे हैं, नौकरी है। कुछ हो, हर्ष पुरुष है और उससे जुआ नहीं खेला जा सकता···नहीं खेलना चाहिए।

अगले दिन, सारे कॉलेज टाइम में उससे कुछ भी नहीं कया गया और सिर-दर्द का बहाना करके वह माथा पकड़े सोचती रही और जब रह पाना असम्भव हो गया तो रात को जाकर प्यार-दुलार से नन्दा और हर्ष की खुशामद करके दोनों को अपने यहाँ ही ले आई। वह दोनों की स्वतन्त्रता में कोई बाधा नहीं पहुँचाएगी। गुस्सा तो ऐसा आ रहा था कि इस मतलबी लड़की का सिर दीवार से दे मारे। कैसी जल्दी यह अपने सारे वायदे-वचन भूल जाती है! जाकर होटल में रहने लगी, जैसे सदा

से यहीं रहती हो और यहीं रहना है···।

और गीता देखती कि कैसी तन्मयता से नन्दा गुसलखाने में हर्ष के कपड़े धोती है, कमीज-बुशशर्ट प्रेस करती है; या अन्दर से राखदानी लाकर कूड़े के टीन में सिगरेट के टुकड़े और राख झाड़ती है, तो ऐसी जिम्मेदारी और व्यस्तता का भाव मुंह पर रहता है मानो वह वर्षों से उसकी पत्नी की जिम्मेदारी निभाती चली आ रही है। कभी उसके कपड़ों पर तो नन्दा ने यों अपनी ओर से स्त्री नहीं की, उसके तो सिर में तेल भी लगाना होता है तो ऐसा भाव दिखाती है, जैसे जाने कहाँ की बेगार करनी पड़ रही हो···। उलटे गीता ही है जो नहाने जाती है तो उसके छोटे-मोटे कपड़े धो लाती है, अपने कपड़ों के साथ उसके कपड़े तहाकर रख देती है, धोबी का हिसाब रखती है···

भौं-भौं-भौं ! इस बार बाबू बोस का कुत्ता भूंका तो गीता झटके से जाग्रतावस्था में लौट आई। उसे खयाल ही नहीं आया कि कब वह कुर्सी से उठकर बिस्तरे पर आ लेटी थी, चश्मा सिरहाने रख लिया था और जाने कब तकिया उसके मुँह पर आ गया था। उसने तकिया फिर अपनी जगह रखा और टटोलकर चश्मा उठाया और कुहनियों के बल आधी उठी ही उत्सुक हो आई कि नीचे का लैच खड़के और वह झटपट खाने की मेज पर पहुँच जाए ताकि लगे कि वह पढ़ने में व्यस्थ थी। कहीं ऐसा तो नहीं है कि वह नीचे की चटखनी लगा आई हो। नहीं खुलेगा तो अपने-आप ही घण्टी बजाएँगे और कुहनियों के बल उठी हुई वह यों ही अधर में लटकी-सी कान नीचे लगाए, गर्दन मोड़े शीशे में देखती रही। एक क्षण एक भ्रम-सा उसके मन में आया कि यह कुहनियों के बल उठकर उसे गौर से देखती, शीशे के अन्दर लेटी गीता असली है या यह बाहर चारपाई पर पड़ी ? और अपना यह भ्रम उसे बिजली के झटके की तरह ऊपर से नीचे तक ऐसा आक्रान्त कर गया कि पल-भर के लिए वह इस बत्तियों-जलते अकेले फ्लैट में घबरा-सी उठी—शायद···शायद दरवाजा खुलने की आहट में यों आधी उठी, शीशे से झाँकती गीता ही असली है ··परछाइं तो यह है जो बाहर लेटी है···

एक कमजोर लड़की की कहानी

भूमिका

पाठको, इसमें मैंने सुखान्त और दुःखान्त दोनों प्रकार की रुचि रखने वालों के लिए कहानी कही है। आपमें से बहुतों ने सच्ची लगन से अपनी किसी पड़ोसिन लड़की से अवश्य ही प्रेम किया होगा, और बहुत सम्भावना है—बहुत क्या निश्चय ही—उस लड़की की शादी आपके देखते-देखते दूसरे के साथ हो गई होगी। तब आप रोए होंगे, मन ही मन घुले होंगे और अक्सर आत्महत्या की बात सोचा करते होंगे। लेकिन फिर सभी कुछ ठीक हो गया होगा। आप अपनी जिन्दगी के संघर्षों में, नौकरी की तलाश में या आफिस की फाइलों में खो गए होंगे, लड़की अपने पति के साथ बच्चे पैदा करने में लगी होगी। और दोनों उस बात को, 'बचपन की बात' कहकर भूल गए होंगे। बड़े होकर आप सख्त निगरानी रखते होंगे कि कहीं आपका लड़का भी किसी लड़की से बचपन का यही खेल न खेलने लगे, और आपकी भूतपूर्व प्रेमिका अपनी लड़की को हमेशा अपनी आँखों के आगे रखती होगी कि कहीं वह आप जैसे किसी पड़ोसी लड़के के चक्कर में न उलझ जाए और उसे 'जीवन-सर्वस्व' न समझने लगे, जैसा स्वयं उसने कभी आपको समझा था।

खैर, मैं कहानी यहाँ से शुरू करना चाहता हूँ कि प्रेमिका की शादी को हुए बहुत थोड़ा, लगभग दो-तीन साल का समय बीता है। प्रेमी, सुविधा के लिए उसका नाम प्रमोद मानिए, एक प्रसिद्ध नेता बनकर

उसी नगर में आया हुआ है जिसमें प्रेमिका रहती है, लेकिन ठहरा वहाँ नहीं है। फिर भी व्यस्तता में से थोड़ा समय निकालकर, जैसे भी हो, उसका इरादा उससे मिल आने का अवश्य है। वह बैठा सन्ध्या की कार्यकारिणी में पढ़ने के लिए आवश्यक रिपोर्ट तैयार कर रहा है। मन ही मन प्रतीक्षा कर रहा है कि जिस अधिवेशन में वह आया हुआ है उसके संयोजक से जो उसने कुछ आँकड़े माँगे थे, वे अभी तक क्यों नहीं आए। उसने उनके पास एक स्वयंसेवक भेजा था और इस समय वह उसी की राह देख रहा है। सुबह के दस बजे हैं, वह पलंग पर बैठा हुआ ही लिख रहा है। अभी चाय पीकर चुका है। खाली प्याला पास में रखा है। सामने का दरवाजा बरामदे में खुला है। बरामदे में दरवाजे तक धूप की एक चौड़ी पट्टी आई हुई है। समय जाड़े का है। एक ऊनी शाल उसके कन्धों पर लापरवाही से पड़ा है। हाथ में फाउंटेनपेन खुला है और उसे पीछे से हल्के-हल्के दाँतों पर ठोककर वह कुछ सोच रहा है। बस, कहानी शुरू करने के लिए इतना ही काफी है, शेष कहानी के दौरान में आता चलेगा।

कहानी दूसरे महायुद्ध से पहले की है।

कुआँ और गूंजती आवाज

'हूं, तो आपने मुझे जहर देने के लिए बुलाया है ? मैं आऊँगा। यह जहर भी तो देखें।' प्रमोद ने मन-ही-मन कहा और हाथ का पत्र मोड़कर जेब में रखने लगा। रखते-रखते फिर एक बार उड़ती निगाह डाली। उसके चिरपरिचित अक्षरों में केवल यही लिखा था और हर अक्षर में किसी की अलकों की भीनी-भीनी गन्ध थी :

"प्रमोद भैया,

आप यहाँ आए हुए हैं, फिर भी आपने हमारे यहाँ आने की आवश्यकता नहीं समझी। यह तो आपको उचित नहीं है। क्या सन्ध्या को ठीक आठ बजे हमारे यहाँ खाने पर आएँगे ? सच, हम लोग बहुत प्रतीक्षा करेंगे। हाँ, एक बात है, आपसे छिपाना नहीं चाहती। आज का भोजन मैं अपने ही हाथों से बनाऊँगी। वह विशेष रूप से आपके लिए ही होगा,

क्योंकि उसमें पोटाशियम साइनाइड मिला होगा। मजाक इसमें जरा भी नहीं है। लेकिन वह आपको खाना ही है। विशेष क्या ? आप आठ बजे आ ही रहे हैं। आ रहे हैं न ?

आपकी
सविता"

साथ का पत्र संयोजकजी का था, जिसमें कागज देर से भेजने के लिए क्षमा-याचना की गई थी, क्योंकि जो सज्जन इन कागजों को रख गए थे वे अभी तक नहीं आए थे। एक साथ दोनों पत्रों को उसने बड़ी लापरवाही से मेज के एक कोने में फूलदान से टिकाकर खड़ा कर दिया और स्वयं उस रिपोर्ट में उलझ गया। दो घण्टे तक सब कुछ भूलकर वह रिपोर्ट लिखता रहा।

काम समाप्त करके जब उसने सिर ऊपर उठाया और एक थकी साँस ली, तो अनजाने ही उसके होंठों से निकल गया, "तो तुम जहर खिलाओगी सविता ! अच्छी बात है।" और स्मृतियों की फुहार में हँस पड़ा। पीछे दीवार से पीठ टिकाकर सहारा लिया और गुनगुनाने लगा, "अमृत हो जाएगा विष भी पिला दो हाथ से अपने।" अतीत की गुंजलिका धीरे-धीरे खुलने लगी, खुलती चली गई—वह बुदबुदाया, "अब कौन-सा जहर रह गया है कि···"

"सचमुच, शर्म तो आपको आ नहीं रही होगी ?"

"किस बात की ?"

"किस बात की ?" उसने चिढ़कर मुँह बनाते हुए दोहराया, "बड़े आए हमें अपनी झूठी कॉफी पिलाने वाले। पहले शीशे में जाकर अपना मुँह तो देखिए। हम नहीं पीते।" वह ठुनक उठी, "पता है, मैं ब्राह्मण की बेटी हूँ, अपनी हैसियत से रहा कीजिए।"

"बहुत बक-बक मत कर, खोपड़ी तोड़ दूँगा। घर में क्या घुस आने देते हैं—यहाँ आकर रोब झाड़ने लगी। अरे पुरखों ने भी देखी होगी कॉफी वहाँ ? वहाँ तो तुलसी का जुशांदा उबालते हैं।"

"नहीं जी, हमें कॉफी क्यों देखने को मिलेगी ! हिन्दुस्तान के सारे

कॉफी के बगीचे तो आपके हैं न। आप ही तो एक इंगलैंड से नये लौटकर आए हैं न ! बड़े आए चलकर हमको कॉफी पिलाने।" मुँह बिचकाकर वह बोली।

"इंगलैंड से नहीं आए तो तेरी तरह घर में ही बैठकर पढ़े हैं ? पता है, आप बैरिस्टर से बातें कर रही हैं इस समय, बाहर से ही चपरासी भगा दिया करेगा।"

"जी हाँ, बहुत बैरिस्टर देखे हैं, आते हैं तो बड़ा रोब और शान रखते हैं, फिर तो झाड़ू ही लगाते बनता है, सड़कों पर।" वह खिलखिलाकर हँस पड़ी।

"अच्छा बक-बक मत कर, कॉफी पीती है कि नहीं, ठंडी किए डाल रही है।"

"फिर वही रट, कह दिया है कि हे लन्दन-पलट बैरिस्टर प्रमोद जी ! आप इस समय लन्दन के किसी क्लब में, किसी मेम के साथ नहीं बैठे हैं कि एक-दूसरे की तन्दुरुस्ती पी जा रही है, जूठी शराब और कॉफी चल रही है। आप इस प्रसिद्ध तीर्थ-नगरी में अपने घर में हैं और कुमारी सविता शर्मा, समझे, शर्मा से बात कर रहे हैं। यह तो कहिए मैं आपके यहाँ का पानी तक भी पी लेती हूँ, हमारी जाति का कोई सुने तो निकाल बाहर करे—कायस्थों के यहाँ का पानी ? राम-राम !" उसने कानों पर हाथ रख लिये।

"तो मुझे भी जिद है कि आज तुझे कॉफी पिलाकर ही छोड़ूंगा, बैरिस्टरी मैंने पढ़ी है, छाँट आप रही हैं।"

प्रमोद ने झपटकर उसकी बाँह पकड़ ली और अपना प्याला उठाकर उसके मुँह में लगाकर गुर्राया, "पी···पी···नहीं तो फैलती है···"

"भैया यह बात ठीक नहीं है, मैं भाभी को आवाज देती हूँ फिर··· भाभी।" वह नाराजगी से बोली, "कॉफी-वॉफी हम नहीं पीते, हमें स्वाद नहीं आता। हुक्के का-सा पानी, अरे···मानो···।"

"स्वाद नहीं आता ? सारी दुनिया कॉफी पीती है, इन्हें अनोखा ही स्वाद नहीं आता।" बाँह छोड़कर प्रमोद ने गर्दन पकड़ ली, और दूसरे हाथ का प्याला खट से उसके होंठों से लगा दिया। सविता के होंठ जल गए

और दो घूंट मुंह में भर गई। एकदम वह सटक गई। सारा मुंह लाल हो उठा, गले की नसें उभर आईं और आँखों में पानी भर आया। उसने दोनों हाथों से प्याला पकड़कर इस तरह साँस ली जैसे डूब जाने पर उभरकर साँस ली हो। प्रमोद ने कप हटा लिया।

"ले, अब रो भाभी से जाकर कि मेरा धर्म नष्ट कर दिया, न जाने क्या पिला दिया।" उद्दण्ड स्वर में वह बोला, फिर कॉफी के प्याले को अपने होंठों की ओर बढ़ाया।

सविता का गला जल गया था और दोनों हाथों से अभी तक उसने गला पकड़ रखा था।

"तुझे तो सीधे मुँह कभी कुछ करने को कहे ही नहीं। बस गरदन पकड़ी और काम करा लिया।" बात समाप्त करके उसने फिर प्याला अपने होंठों की तरफ, जहाँ कुटिल मुस्कराहट नाच रही थी, बढ़ाया।

"तुम्हारी भी आज बाबूजी से शिकायत नहीं की तो मेरा नाम नहीं। लन्दन से लौटकर आए हैं, इस मारे यहाँ आदर करते-करते मरे जाते हैं, और आप साहब हैं कि किसी को बदते ही नहीं अपने सामने। हमारा सारा गला जल गया। अरे, अब उसे क्यों पीते हैं, मेरे मुँह से निकल आई थी··· हाय-हाय, कैसे गन्दे हैं!" छिः-छिः! घिन से दोनों हाथ झटककर वह बोली, "भैया, सच, तुम तो जब से पढ़-लिखकर आए हो, बिल्कुल म्लेच्छ हो गए हो, और लेके अपनी जूठी कॉफी पिला दी। भैया, सच बात है कि ऐसे तुम मेरा धर्म नष्ट करोगे तो मैं यहाँ झाँकूंगी भी नहीं, समझे?" उसने ऐसा भाव दिखाया जैसे कॉफी उसके पेट से वापस उमड़ी आ रही हो।

"झाँकने को कौन मैं तेरे हाथ-पाँव जोड़ने गया था कि हे सवितारानी जी, आपके बिना हमारा घर सूना पड़ा है, आप चलिए नहीं तो मुहूर्त निकला जा रहा है।"

"हाय! कोई सुने तो क्या कहे? जाने क्या-क्या बके जा रहे हो! भैया, हमें ये बातें अच्छी नहीं लगतीं। तुम्हें तो कुछ शरम-लिहाज है नहीं। जब से आए हो, जो मुँह पर आता है बक देते हो, एक तो अपनी जूठी-सच्ची चीज खिलाकर हमारा धर्म नष्ट कर दो और ऊपर से ये सब

कहनी-अनकहनी कहो।"

"बड़ी आई धरम-करम की रट लगाने वाली ! धरम की बच्ची, धरम तो तेरा तभी नष्ट हो गया जब तू जान-बूझकर यहाँ आई।" फिर एक ओर मुँह फेरकर जैसे किसी अनुपस्थित व्यक्ति को सम्बोधित करके बोला, "भैया, इन ब्राह्मणों की माया ये ही जानें। बाप-भाइयों ने हमारी बिरादरी वालों को भड़काकर जात से निकाल दिया, लड़का इंगलैंड हो आया है, और बेटी है कि चौबीस घंटे बस हमारी ही छाती पर सवार रहती है, न पढ़ने देती है न लिखने।" फिर एकदम उसकी ओर मुँह करके बोला, "अच्छा, आप भागिए यहाँ से, वरना फिर मैं बुलाता हूँ पंडित जी को। खबरदार, फिर जो कभी यहाँ आई—बस, वहीं बैठी अपनी खिड़की से झाँका कर, समझी ? वैसे तो 'जूठी-जूठी' की रट लगा दी, पिलाया तो एक घूंट में आधा कप खाली कर दिया।"

"हाय, झूठ की हद हो गई है भैया, सच। एक तो हमारे होंठ जला दिए, नहीं तो मैं एक घूंट नहीं पीती।"

"पी तो सही। अच्छा बता, कैसी लगी हमारी जूठी कॉफी ?" उसने ललककर पूछा।

"कड़वी जहर, थू-थू, जाने मांस-मछली क्या-क्या खाते हैं !" सविता ने ऐसा मुँह बनाया जैसे नीम की पत्तियाँ चबा ली हों।

"आहा, हमें तो बड़ी मीठी लग रही है, अमृत जैसी। भई वाह, क्या कहने हैं।" बाकी कॉफी को आनन्द से एक ही घूंट में पीते हुए वह बोला।

"तो आओ, थोड़ा और थूक दूं उसमें। जरा और मीठी हो जाएगी।" धृष्टता से वह बोली।

"थूकना क्या, तुमने तो छू दिया होंठों से बस, उसमें शहद घुल गया।" उसी तरह उसने उत्तर दिया।

"तो बस, मैं भाभी से कहे आती हूँ, आज से चीनी-बूरा घर में जरा भी नहीं आएगा। मैं कुल्ला करके पानी रख दूंगी, दूध-चाय सब में वही पड़ेगा।"

दूर बरामदे में आती भाभी की झलक प्रमोद को मिल गई। वह

झटककर सीधा बैठ गया, इधर-उधर पड़ी किताबें सामने खिसकाकर ठीक कर लीं। एक मुक्का सविता की पीठ में मारकर बोला, "बड़ी आप स्वर्ग की देवी चली आ रही हैं कि हमारे खाने में थूकेंगी। अपना मुँह तो देख, महीने-भर से दाँत साफ नहीं किए हैं, तमाम बदबू आ रही है। चली आई मटकती हुई, 'अमें पड़ा दो।' फिर ऊपर से यह कि हम आपके खाने-पीने में थूकेंगे।"

"हाय राम रे, मार डाला!" सविता दुहरी हो गई।

पाठको, मुझे लगता है कि यह कहानी बहुत हल्की और बचकानी चल रही है, इसलिए इसे थोड़ा गम्भीर रंग देना जरूरी है।

तभी भाभी ने प्रवेश किया, "क्यों मारे डाले रहे हो लालाजी, पराई लड़की को? सारी दुनिया में घूम आए, यह आदत नहीं छोड़ी। अरे, अब तो कुछ ढंग सीखा होता। अभी कुछ हो गया तो उसके बाप-भाई जान लेने आ जाएँगे, वैसे ही हमें तो काले पानी की सजा है।"

"तो यह हमारे खाने-पीने में थूकने को क्यों कह रही थी?" नकिया-कर अपराधी की तरह वह बोला।

"मैं कहाँ कह रही थी···?" मेज के पास से हटकर सविता भाभी से सटकर खड़ी हो गई और भुनभुनाते हुए बोली, "खुद ही तो मुझे···"

"अच्छा, तू नहीं कह रही थी कि आप तभी शुद्ध हो सकते हैं जब गोमूत्र पिएँ, गोबर खाएँ, और एक ब्राह्मण-कन्या से सात दिन अपने खाने की हर चीज में रोज थुकवा लिया करें···?"

"मैंने कब कहा?" उसने भाभी का हाथ अपनी पीठ पर ले जाकर अपने हाथ से टटोलकर वह जगह, जहाँ मुक्का पड़ा था, दिखलाते हुए कहा, "देखो कैसी जगह उछल आई है!"

"हाय, सच्ची लालाजी कुछ तो सोचा करो। बेचारी के गोला बन गया है। अभी कहीं हड्डी-पसली टूट जाती तो कहीं शादी-ब्याह भी नहीं होता···" भाभी ने सहानुभूति से कहा। वे गम्भीर थीं।

"अरे भाभी, सच, तुम भी किसकी बातों में आ गईं? यह बहुत चालाक है। इसके जरा भी नहीं लगी होगी, तभी तो इसने इतना हल्ला

मचा रखा है। हल्ला मचाना तो इसके पूरे खानदान का काम है ही। एक तो अपना सारा समय नष्ट करके इन्हें, साहबजादी को, पढ़ाओ, इनका काम देखो, ऊपर से ये हमारी एक-न-एक उल्टी-सीधी बातें बना-कर भिड़ाएँगी। जाओ, हम नहीं पढ़ाते। ले जाओ अपनी किताब-कापियाँ सब···" उसने सविता की किताब-कापियाँ मेज से नीचे फेंक दीं।

तभी दरवाजे पर नौकर ने आकर बताया, "बहूजी, छोटे बाबूजी ने बुलाया है।"

"अरे हाँ, लालाजी, मैं तो भूल ही गई—तुम्हारे भाई साहब ने तुम्हें बुलाया है। बाबूजी भी वहीं बैठे हैं। इस बचपने को छोड़ो, जरा जल्दी चलो, कुछ जरूरी काम है।" भाभी जल्दी से चली गईं।

"बच गए बच्चूजी, अभी आटे-दाल का भाव मालूम पड़ जाता। कह देती, अपनी जूठी कॉफी पिलाते हैं।" वह हँसकर बोली।

प्रमोद ने नहीं सुना। उसके चेहरे का सारा उल्लास और बचपन गायब हो चुके थे, बोझीली छाया उसकी भौंहों पर उतर आई थी, जैसे कोई भारी चिन्ता, फिक्र और परेशानियों का पहाड़ उस पर टूटने को है। वह खुद ही बड़बड़ाया, "उंह, एक बार कह दिया, दस बार कह दिया, अब पता नहीं क्यों हर बार पेशी होती है! जिन्दगी सारी तलख कर दी।" वह टाई की गाँठ ठीक करता-करता चिन्तामग्न-सा चल दिया। पर जैसे कुछ याद आ गया और दो कदम लौटकर अचानक दरवाजे पर ही धीरे से बोला, "कापी देख लेना।" और वह बाहर निकल गया।

नीचे पड़ी हुई किताब-कापियाँ सविता ने समेट लीं। फिर वह उसी कुर्सी पर बैठ गई जिस पर अभी प्रमोद बैठा था। किताब पास खोल ली और इधर-उधर सावधानी से देखकर कापी खोलकर उस पर झुक गई कापी में जल्दी-जल्दी में लिखा था :

"सविता मेरी,

इधर घरवालों ने बहुत-बहुत परेशान कर डाला है। फिर से बिरा दरी में मिलने की बस यही तरकीब इन लोगों की समझ में आ रही कि जल्दी से जल्दी मेरी शादी कर दें, ताकि उनका दल मजबूत हो

जाए। उनके साथ तब फिर एक घराना और होगा। मुझे सिर्फ एक ही झिझक है कि मेरे विलायत जाने की वजह से ही यह सब मुसीबत आई है। भाई साहब और बाबूजी पीछे पड़े हैं कि दो-दो छोटी बहिनें हैं, इन सबका कैसे करोगे ? बिरादरी से अलग होकर कैसे और कब तक चलेगा ? लेकिन···लेकिन मैं जानता हूँ कि शादी मेरी होगी बस एक के साथ, नहीं तो नहीं होगी। आजीवन योंही रहूँगा। तुम मेरा साथ दो तो मैं यम से भी नहीं डरता। तुम मेरी प्रेरणा हो, दिग्दर्शक यन्त्र हो, शक्ति हो। शक्ति को लेकर ही तो शिव शिव हैं, और उनमें साहस है कि वे कालकूट पचा सकें। मैं भी यह सारा विष हँसते-हँसते पी जाऊँगा। तुम जहाँ भी रहोगी, मेरे सपनों में सुरक्षित रहोगी, मेरी वाणी में मुखरित रहोगी। सविता, तुम मेरी पूर्णता हो, और अपनी पूर्णता को पाकर ही मैं शेष जगत की शोषित जनता की अपूर्णता का निदान खोज सकूंगा, एक सधे हुए सन्तुलित जहाज की तरह इन लहरों और आँधियों में अपने मार्ग की ओर बढ़ सकूंगा, वरना कॉर्क की तरह यहाँ से वहाँ, अपनी ही अपूर्णता में भ्रान्त फिरने से क्या लाभ ? अच्छा हो, आदमी एक किनारे पर बैठा रहे। और यही निश्चय मैंने सूचित कर दिया है उन लोगों को कि शादी या तो मैं जहाँ चाहूँगा वहाँ होगी, नहीं तो समय पड़ने पर एक लम्बा चीवर मैं तैयार करा लूंगा, भिक्षापात्र हाथ में और सारी धरती पैरों पर। तुम बताओ मैं क्या करूँ ? मेरा तो दिमाग खराब हो गया।

— तुम्हारा ही—प्र०"

सविता पत्र पढ़ चुकी तभी लीला ने आकर कहा, "सविता जीजी; भाभी बुला रही हैं।"

"क्यों, अभी तो वे यहाँ से ही गई हैं ?"

"हाँ, कुछ काम है। शायद बैठक में कोई आया है, नाश्ता भिजवाना है। आप जरा तैयारी करा दें।"

"अच्छा ?" लीला चली गई तो सविता ने कागज फाड़कर ब्लाउज में रख लिया और चौके में आ गई। रसोई में भाभी प्लेटें फैलाकर नाश्ता रख रही थीं, सविता को देखते ही बोलीं, "सविता, जरा ये सेब

काटकर इनमें लगा दो। मार हल्ला मचा दिया, चार बार भेज चुके हैं नौकर को—नाश्ता भेजो, नाश्ता भेजो। जरा जल्दी से ये नाश्ते की तश्तरियाँ तैयार कर ले बिटिया मेरी।"

सविता नाश्ता लगाने लगी, भाभी ने चाय केटली में भरी और नौकर जब दो बार में उठाकर सारा नाश्ता ले गया, तो एक थकी साँस लेकर धम् से वे दीवार के सहारे बैठ गईं।

"आज तो सच, बहुत थक गई, सविता।" फिर बात बदलकर कहा, "और कहो, तुम्हारे यहाँ क्या हो रहा है ? बहुत दिन से मौसी को लाईं नहीं तुम।"

"कौन आ गए हैं ये, जो इनकी इतनी खातिरदारी हो रही है ?" सविता ने पहली बात पूछी।

"कुछ नहीं है सविता। हमारा तो सारा घर परेशान है। बाबूजी, तुम्हारे भाई साहब, अम्माजी, सभी एक सिरे से पागल हैं। पता नहीं, लालाजी क्या चाहते हैं ?"

सविता मन ही मन चौंकी, फिर भी भोलेपन से पूछा, "क्यों ?"

"अरे, क्यों क्या ! जब से इंगलैंड से होकर आए हैं, सारी तो बिरादरी खार खाए बैठी है। सब कुछ हमारा उठना-बैठना, हुक्का-पानी बन्द कर दिया है और लालाजी हैं कि अपनी जिद पर अड़े हैं। कुछ समझ में नहीं आता। अब तुम्हीं सोचो, दो-दो छोटी बहिनें हैं, उन्हें कहाँ देंगे ? यों ही चलते-फिरते के हाथ तो पकड़ा नहीं देंगे। उनकी इच्छा जरूर हो जाएगी, लेकिन देख लेना, सारा घर बरबाद हो जाएगा। अम्माँ तो शर्तिया ज़हर खा लेंगी।" उनकी आँखों में आँसू आ गए।

दोनों थोड़ी देर चुप रहीं। फिर जैसे बड़े झिझकते हुए भाभी बोलीं, "एक काम करोगी सविता ?" सविता ने प्रश्नचिह्न-भरी आँखों से उधर देखा।

"तुम न समझा देखो जरा। सच रानी, हमारा घर बन जाएगा।" अनुनय से वे बोलीं।

"मेरी भी कहाँ मानते हैं वे ? दो घूँसे मारेंगे, तीन मील दूर जाकर गिरूँगी।" असमंजस में वह बोली।

"तुम्हारे पैरों पड़ती हूँ, तुम समझा दो। देखो, और किसी के बस की बात नहीं है। अब भी तुम देख लो जाकर बैठक में, आदमी आया है। ऐसा-ऐसा पीछे पड़ रहा है, लेकिन कहे जा रहे हैं कि मैं तो संन्यासी हो जाऊँगा।"

भाभी के अनुरोध से कातर होकर, या न जाने क्यों, सविता रुआँसी हो आई और घुटे स्वर में बोली, "देखो, मैं कहूँगी तो, लेकिन देख लेना, मानेंगे नहीं, मुझे तो बिलकुल बच्ची समझते हैं।"

भाभी ने इस बार जरा ध्यान से उसके चेहरे को देखा और एक बहुत ही महीन मुस्कराहट की रेखा उनके उदास बायें गाल और होंठों के बीच में झलकी और तत्क्षण ही अदृश हो गई—लड़की सबको बेवकूफ समझती है। दोनों चुप हो गईं—भाभी बैठी उसके चेहरे के उतार-चढ़ाव का तटस्थ अध्ययन करती रहीं।

उसे दिया गया काम कितना कठिन है, इसे सविता ने उस समय तक नहीं जाना जब तक वह प्रमोद के सामने न आई। अगर वह उसे समझा नहीं पाती तो भाभी कहेंगी—यह समझा सकती थी, लेकिन जानबूझकर ही इसने चाहा नहीं; और अगर समझा लेती है तो ? फिर अन्धकार, महान अन्धकार की अथाह गहराइयों में वह खो जाएगी···।

"आपसे कुछ जरूरी बात कहनी है।" भाभी के पास से आकर वह चुपचाप गुमसुम उसकी मेज पर आकर बैठी रही थी। सामने यों ही किताब-कापियाँ खोल ली थीं, लेकिन पता नहीं क्यों, बार-बार आँखों में आँसू भर आते थे। फिर भी उसने दृढ़ निश्चय कर लिया था कि यहाँ नहीं रोना। रोना घर जाकर है कि मन का सारा गुबार निकल जाए; जी भरकर रोना है। जब प्रमोद आया, तो वह चुपचाप कुर्सी से उठकर मेज से सटकर खड़ी हो गई, और काँपती अँगुलियों वाले हाथों से किताब-काँपियाँ टटोलने लगी, जैसे उन्हें समेटना चाह रही हो। प्रमोद एक कुहनी मेज पर टेककर उस पर अपना सिर टेके कुछ गम्भीरता से सोच रहा था, शायद बाहर कुछ ऐसी ही बात हो गई थी।

"कहिए, अब आप भी अपनी जरूरी बात कह डालिए। जितनी भी जरूरी बातें हैं, सब आज ही मेरे सिर पर थोप देना सब कोई, बचने

न पाए ।" उसने तलखी से कहा ।

वह अपनी बात कहने के लिए साहस इकट्ठा कर रही थी, लेकिन इस बात से पहले उसने पलकें ऊँची करके प्रमोद को देखा तो उसकी ठोड़ी और होंठ काँप रहे थे जैसे खाल के भीतर सैकड़ों सुइयाँ एक साथ उठ-गिर रही हों । वह एक क्षण चुपचाप खड़ी रही, फिर जरा सकुचाकर बोली, "तो मैं चलती हूँ ।" वह मुड़ पड़ी ।

"अरे, उस जरूरी बात का क्या हुआ ?" चौंककर उसने पूछा ।

सविता की चाल एक क्षण को ठिठकी । बिना मुड़े ही उसने कहा, "नहीं, कुछ नहीं ।"

"रुको ।" प्रमोद और जोर से बोला और एक ही झटके में उसके पास आ गया । उसकी बाँह पकड़कर रोकते हुए कहा, "बोलो···।"

वह कुछ नहीं बोली, दूसरे हाथ से उसकी कसी अँगुलियों को बाँह से हटाकर छुड़ाने का प्रयत्न करती रही । उसने गरदन दूसरी ओर मोड़ ली ।

"भैया···!" उसने कहा और अगले शब्द जैसे प्रयत्न करने पर भी उसके गले से निकले नहीं । वह एकदम अपना सिर प्रमोद के कन्धे पर रखकर फफक पड़ी ।

चिन्तित-चकित प्रमोद स्तब्ध रह गया, सिर्फ एक शंका उसके दिमाग में गूँजती रही—कोई आ जाए तो ? उसकी समझ में इस अप्रत्याशित विस्फोट का कारण नहीं आया । फिर भी उसने सान्त्वना के लिए सिर और बालों पर हाथ फेरकर थरथराते गले से कहा, "अब बोले न···"

"तुम मान क्यों नहीं जाते···"

प्रमोद जैसे ऊपर से नीचे तक सन्न रह गया । उसने उसके फैले बालों को पकड़कर अपने कन्धे से चिपका सिर उठाया । बड़ी कठिनाई से उसने कहा, "तुम···तुम सविता···यी टू बूट्स ?" सविता का सिर वहीं आ चिपका ।

दोनों थोड़ी देर चुपचाप खड़े रहे । फिर प्रमोद ने निरुद्विग्न स्वर में कहा, "अच्छा सविता, अब तुम जाओ ।"

सविता नहीं गई ।

"कुछ और जरूरी बात ?" हलके व्यंग्य से प्रमोद ने एक क्षण रुक-कर पूछा, "तुमसे भाभी ने कहा है न ? तुम चाहती हो, घरवालों की बोली पर मैं नीलाम की तरह बिकूं ?"

करुण याचना-भरे स्वर में सविता इतना ही कह सकी, "तुम मुझे गलत समझ रहे हो।"

"अभी तक जरूर ऐसी बात थी, अब तो गलत समझने का कोई कारण नहीं रह गया।" अपने उद्वेग को अधिकार में रखने की उसमें जितनी भी ताकत थी, उससे वह अपने को इस समय संयत रखे था। स्वर को बहुत स्वाभाविक बनाकर कहा, "मैं तुम्हें काफी मजबूत समझता था, खैर...।"

सविता अपराधी की तरह चौखट में लगे किवाड़ों को रोके रखने वाले गुटके को खोल-बन्द कर रही थी।

"लो, देखो...।" उसका हाथ पकड़कर प्रमोद उसे भीतर ले आया और अपने कपड़े टाँगने की आलमारी खोलकर उसने बड़ा-सा चैस्टर उतारकर एक ओर गिरा दिया। उसके नीचे एक रुद्राक्ष की माला और खद्दर का लम्बा-चौड़ा चोगा झूल रहा था। पहले तो विस्मित-उत्सुक सविता उसे देखती रही—नासमझ की तरह खुली आँखों से, फिर एक-दम दीवार से बाँह टिकाकर फूट-फूटकर रो पड़ी।

प्रमोद ने अधलेटे ही जैसे तन्द्रा से जागकर देखा और दुहराया, "उँह, जहर देगी। मैं भी तो देखूं कैसा जहर देगी, कमजोर लड़की !" फिर उसे सहसा याद आया कि कार्यकारिणी की मीटिंग में कुछ बातें तय हो चुकने के बाद शायद घण्टे-आधा घण्टे बाद ही खुला अधिवेशन है। जो चीजें कार्यकारिणी में तय होंगी, उनको जरा प्रभावशाली ढंग से रखकर डेलीगेटों से वोट भी तो लेने हैं। अब जो भी हो, वहाँ तो जाना ही है, चाहे दस मिनट का समय निकालकर ही सही। उसने अपने अलसाए मन में जरा-सा साहस इकट्ठा किया और समय देखने के लिए फिर फूलदान से टिके रखे उस लिफाफे को उठा लिया। हलका हरा लिफाफा—वह उसे अधमुंदी आँखों से देखता रहा। स्मृतियों के शहद में डूबी मुस्कान

तितली की तरह उसके होंठों पर खेलती रही। फिर भीतर का कागज और वही पुराने चिरपरिचित अक्षरों को बाहर निकालने के लिए छूते हुए उसे ऐसा लगा जैसे वह सजीव है। दो तह किया हुआ एक छोटा-सा लम्बा, लिफाफे के ही रंग का कागज और उस पर सविता के होंठों की तरह रह-रहकर कल्पना में आने वाली फड़फड़ाहट की याद दिलाने वाले अक्षर—सुन्दर इन्हें न कहा जा सके, लेकिन कितने अधिक मुखर कि हर अक्षर जैसे अभी बोल पड़ेगा और इन अक्षरों ने उससे क्या-क्या नहीं बोला है? उसने कोने पर, जहाँ कागज को पकड़ रखा था वहाँ देखा : रोमन अक्षरों में लिखा (हर अक्षर एम्बॉस किया हुआ था, 'लोकेश भारद्वाज, डी० एम-सी०, प्रोफेसर ऑफ फिजिक्स' उसके बाद कॉलेज का नाम।···वह धीरे-धीरे डूब गया···

दोराहा, भँवर और दिग्भ्रान्त

लोकेश भारद्वाज डी० एम-सी०
प्रोफेसर ऑफ फिजिक्स

नेम-प्लेट देखकर स्वयंसेवक साइकिल से उतर पड़ा और कोठी का फाटक खोलने को उसने हाथ बढ़ाया ही था कि भीतर से एक चाइना पपी किस्म का छोटा-सा, बड़े-बड़े बालों वाला कुत्ता भौंकता लपका। दोपहर के समय खाना-वाना खाकर सविता छोटी-सी बेंत की कुर्सी पर धूप की ओर पीठ किए, और दोनों पाँव कुर्सी पर ऊपर समेटकर रखे, झुकी हुई, जरा अलसाई-अलसाई-सी नेलकटर से नाखून काट चुकने के बाद उन्हें गोल घिस रही थी। पता नहीं किस पार्टी में जाने के समय लगाई गई पॉलिश अब छूटकर लाल धब्बों-सी रह गई थी। आज नई पॉलिश लगा ली जाए या इसे भी छुड़ा डाला जाए—सविता अभी घिसते-घिसते यही सोच रही थी। उसे मालूम था कि गालों से ढलकते हुए आँसू उसके नथुनों को छूकर सूखे-सूखे होंठों पर बड़ा खारा-खारा स्वाद पैदा करते हैं, फिर उसकी चूड़ियों, पाँव के अँगूठों और नाखून घिसते हाथ की अँगुलियों पर टपक पड़ते हैं। पत्र भेज चुकने के बाद वह इसके सिवा कुछ भी सोच ही नहीं पाती थी कि प्रमोद ने कैसी उत्सुकता से

पत्र लिया होगा, किस ढंग से खोला होगा और पढ़कर कैसे मुँह बिचकाया होगा। प्रमोद के विषय में वह इतना कुछ जानती है कि किस समय वह क्या करेगा, इस बात का एक-एक चित्र वह साधिकार सोच सकती है। पत्र पढ़कर विद्रूप से टेढ़े हुए होंठों, व्यंग्य से हँसती निगाहों को तो सचमुच वह अपने सामने इतनी साफ और साकार देख सकती है कि यदि हाथ बढ़ाए तो छू ले। लेकिन उसी व्यंग्य पर झुंझलाकर कुढ़ जाती है। कभी किसी बात को गम्भीरता से लेना तो सीखा ही नहीं है। हमेशा वही बचपना, चाहे कोई कैसी सी महत्त्वपूर्ण बात क्यों न हो। तभी कुत्ते के भौंकने से उसका ध्यान टूटा और चौंककर पल्ले से आँखों और मुँह को पोंछा। नेलकटर हाथ में लिये ही फाटक तक आई तो स्वयंसेवक ने नाम पूछकर बाहर से ही लिफाफा बढ़ाकर दे दिया। लिफाफा हाथ में लेते ही वह समझ गई कि वह प्रमोद का है। उसके मन में आया, भगवान करे, मना कर दिया हो—बहुत व्यस्त हूँ, इसलिए आने में असमर्थ हूँ।—लेकिन पता नहीं कैसे लिफाफा हाथ में लेते ही वह समझ गई, वह आ रहा है, इस बात की स्वीकृति ही इसमें है। मालूम नहीं यह क्या रहस्य है कि प्रमोद की हर बात को इतनी अच्छी और सच्ची तरह समझ गई है कि किस बात से उसके भीतर क्या और किस तरह की प्रतिक्रिया होगी, फिर वह क्या करेगा! अपने इस प्रकार के विचित्र रूप से विकसित प्रतिभा-ज्ञान पर उसे हमेशा ही आश्चर्य और अधिकारपूर्ण प्रसन्नता हुई है। लिफाफा लेते ही जब उसने ऊपर केवल 'सविता' लिखा देखा तो जैसे उसकी आँखों के आगे वे लिखते हुए हाथ, कलम और कागज की पकड़, लिखने से पहले प्रमोद के मन में 'श्रीमती' लिखने में या बाद में 'भारद्वाज' लगाने में जो द्वन्द्व हुआ होगा—सब जैसे बिलकुल···बिलकुल स्पष्ट रूप से मूर्त हो उठे, और गर्व के क्षणों में उसे लगा जैसे प्रमोद के आँसुओं में घुटे अन्तिम शब्द नये अधिकार और नई शक्ति के साथ जागकर उसके कानों में गूँज उठे हैं···'अच्छी बात है, जो तुम्हारा मन हो सो करो; जहाँ चाहो, रहो; लेकिन याद रखना, तुम्हारी आत्मा चिरकुमारी है, और उसका किसी के साथ विवाह नहीं हो सकता। उस पर तो मेरा और केवल मेरा

अधिकार है।' इन शब्दों की गूंज से प्राण रोमांचित और गद्गद हो उठे। उसका मन हुआ कि वह धीरे से बुदबुदा उठे, 'हाँ प्रमोद, उस पर सिर्फ तुम्हारा ही तो अधिकार है।' इतना महान और इतना पवित्र एक है जो उसके भ्रू-भंग पर सचमुच पहाड़ खोदकर नहर बना सकता है, इस अनुभूति के आह्लाद से उसकी आँखों में आँसू उफन आए। विक्टर ह्यूगो की लाइनें एक-एक अक्षर करके अँधेरे के पार जलती रेखाओं में जैसे चमक उठीं—'जीवन में चरम सुख के क्षण वे हैं, जब आप सच्चे मन से यह अनुभव करें कि कोई आपको अपने सम्पूर्ण व्यक्तित्व से प्यार करता है, उसके मादक नयनों के सपने केवल आपके लिए हैं, आपकी अपनी कमजोरियों और कमियों के बावजूद वे आपके हैं।' तुम नहीं हारे प्रमोद, लेकिन सविता तो सचमुच बिलकुल टूट गई है; और वह करे भी तो क्या ? होंठों के बीच में नेलकटर दबाए, हथेलियों के बीच में लिफाफा लिए वह ऐसे ही खड़ी रही, जैसे किसी अदृश्य शक्ति को नमस्कार कर रही हो—खोले या न खोले ? लिफाफा तो उसी के नाम है। कुछ क्षण असमंजस में खड़े रहने के बाद वह धीरे-धीरे हथेलियों में दबाए ही भीतर चली आई और टेबल-लैम्प जलाकर मोटी-सी किताब खोलकर पढ़ते लोकेश की क़िताब पर चुपचाप लिफाफा रख दिया। उसे दिन में चारों तरफ से किवाड़ बन्द करके टेबल-लैम्प जलाकर पढ़ने की आदत थी, बिना इसके उसका मन एकाग्र ही नहीं हो पाता था।

चौंककर लोकेश ने अपना लिफाफा समझकर उसे उलटा-पलटा, लेकिन सविता का नाम देखकर थोड़े चकित ढंग से पढ़ने का चश्मा लगी आँखों से उसकी ओर देखा। उनमें साफ प्रश्न था, 'मैं इसका क्या करूँ ?'

"प्रमोदजी का उत्तर है।" उसने यों ही निर्लिप्त स्वर में सूचना दी।

"तुम्हारे नाम है न, तुम देखो।" लोकेश ने एक बार फिर लिफाफे की लिखाई देखी और चश्मा उतारकर हाथों में लेते हुए कहा, "सविता, तुम मुझे बहुत गलत समझ रही हो। मेरी उस आदमी से व्यक्तिगत रूप में कोई शिकायत नहीं है···।"

उसकी बात न सुनकर बीच में काटकर वह बोली, "नहीं, आप ही देख लीजिए।" मन में तो उसके आया, कह दे कि मैं क्या देखूं, मैं तो अक्षर-अक्षर जानती हूँ, उसने क्या लिखा है !

और वह बिना अधिक रुके, बिना अधिक प्रतीक्षा किए एकदम पलट कर लौट पड़ी। उस समय उसकी चाल की हर बात में एक शहीदाना गर्वपूर्ण आत्मविश्वास था। पीछे मुड़कर उसने नहीं देखा, लेकिन वह जानती थी कि उसकी इस दृढ़ता को, अंग-अंग से अभिव्यक्त होनेवाली इस दृप्त बलिदान की भावना को लोकेश आँखें उठाकर देख रहा है, प्रभावित हो रहा है और लिफाफा वह उसी समय खोल सकेगा, जब वह कमरे से बाहर आ जाएगा—वह फिर उसी बेंत की कुर्सी पर आ बैठी, उसी तरह उसने लाल रंग के बाथरूम-स्लीपरों को नीचे ही छोड़कर पैर ऊपर समेट लिए और फिर नाखूनों में उलझ गई—उन्हें घिसकर गोल करने लगी। पर पता नहीं उसके पेट में क्या बबूला-सा उठा कि वह कुर्सी की पीठ पर बाँह रखकर, उस पर सिर टिकाए जोर से बिलख-बिलख कर रो पड़ी। वह पत्र क्यों दे आई लोकेश को ? वह तो सिर्फ उसका ही था। प्रमोद ने अपने निश्छल हृदय से उसे प्यार किया था और उसका बदला यह हो कि वह उसे यों बुलाकर जहर दे दे ? ऐसी क्या विवशता थी कि वह यों कह बैठी—हाँ, वह उसे जहर दे सकती है ? कितनी हलकी तरह बातचीत चल रही थी ! जरा भी तो जरूरत नहीं थी कि उस बात का यों अनिवार्य अन्त होता।

सुबह लोकेश के पलंग की पाटी पर बैठकर मेज पर रखी चाय की ट्रे में से प्याला बनाकर चीनी हिलाते हुए उसने बिना उधर देखे ही कहा, "लीजिए, फिर यह चाय ठण्डी हो रही है···।" उसकी निगाहें अपनी गोद में फैले अखबार पर थीं और हाथों से वह चाय का प्याला बढ़ा रही थी।

रजाई को छाती से नीचे खिसकाते हुए लोकेश पलंग के सिरहाने से टिका हुआ अधलेटा उठ आया और उसने जैसे ही प्याला सविता के हाथों से लिया, वैसे ही वह चौंक उठी, "अरे, ये तो प्रमोद भैया हैं···!"

मुंह की ओर बढ़ता प्याला रुक गया। थोड़ा और उठकर वह अख-बार की ओर झुक आया। एक बार गौर से फोटो देखी, नीचे का परि-चय पढ़ा और फिर बड़े इत्मीनान और सन्तोष से उसी तरह सहारा लेकर बैठ गया।

जब वह प्रमोद के विषय में तस्वीर के नीचे लिखी गई लाइनों को निगल रही थी, तब लोकेश ने बड़ी तन्मयता से चाय पीते हुए पूछा जैसे कोई अत्यन्त ही महत्त्वहीन बात कह रहा हो, "इन्हें तो तुम बहुत दिनों से जानती हो···।'

"जानती क्या, हमारे पड़ोसी ही थे, और···" सविता का एक-एक रोम आह्लाद की पुलक से उमग आया था।

"पड़ोसी ही नहीं, बहुत कुछ थे।" स्वर में बड़ी हलकी-सी दृढ़ता अवश्य थी, लेकिन जैसे चाय और प्याले से खेलने के लिए ही लोकेश ने अपने स्वभाव के विरुद्ध प्लेट में चाय उंड़ेल ली और थोड़ा-थोड़ा सिप करने लगा।

"बहुत कुछ क्या ?" सविता अभी तक उमंग में डूबी थी। उसने अबोध सरलता से ही दुहरा दिया, "वे मेरे बड़े भाई हैं···गुरु हैं···"

"बस···?" चाय से गीले होंठों में हलका व्यंग्य उभर आया था, लेकिन इतना आक्रमण-रहित जैसे एक सरल परिहास हो।

"बस !" सविता तनकर बैठ गई और उसने दोनों हाथ जोर से तस्वीर पर ढक दिए। उसने सीधी आँखों से लोकेश की आँखों में झांका। हाथों के बोझ से अखबार खड़खड़ा उठा।

अपने चेहरे के अविश्वास को छिपाने की लोकेश ने कोशिश नहींकी।

उस समय दोनों चुप रहे, लेकिन शेव करते समय, नहाते समय, हर क्षण लोकेश को ऐसा लगा जैसे सविता उसके आसपास मँडरा रही है, उससे कुछ कहना चाहती है, जैसे अवसर खोज रही हो या स्वयं ही बात शुरू करने का बहाना चाहती हो। आखिर नाश्ते के समय उसने स्वयं अवसर दिया। अत्यन्त ही निष्कपट भाव से वह बोला, "प्रमोद को आज खाने पर बुला न लो।"

'मैं तो बुलाने नहीं जाऊंगी, अधिकार समझते तो खुद आते।" उस

समय वह लोकेश की पेंट में बकसुआ लगा रही थी। डोरे को दांत से काटती हुई बोली, "आप हम लोगों के बारे में क्या सोचते हैं ?" प्रयत्न करके भी उसकी आँखें उठी नहीं, वह दृष्टि गड़ाकर सुई में डोरा पिरोती रही।

"कोई खास नहीं, जैसाकि हम उम्र लड़के-लड़कियों में होता है वैसा ही शायद तुम लोगों में था···कम से कम मैंने ऐसा ही सुना···" लोकेश ने बिलकुल ही निरुद्विग्न भाव से बात को शुद्ध वार्तालाप के स्तर पर रखते हुए कहा, जैसे वह किसी अनुपस्थित व्यक्ति के सम्बन्ध में बात कर रहा हो।

लोकेश प्रतिक्रिया देखता रहा और सविता मन में साहस इकट्ठा करती रही। हाथ उसके सी रहे थे, लेकिन दिमाग बड़ी तेजी से चल रहा था। झुकी आँखों और बड़े झिझकते कण्ठ से धीरे से उसने पूछा, "क्या तुम्हें ऐसा लगा कि हमारे बीच में कहीं वे हैं ?"

"इसी बात का तो मुझे ताज्जुब होता है कि क्या हमारे-तुम्हारे बीच में वह नहीं ही है ? या जो कुछ मैंने सुना था वह ही गलत था ? या फिर···" वह झिझका।

"या फिर···?" एक अनिमेष जिज्ञासा।

"या फिर साफ है कि तुम दोनों जगह ईमानदार नहीं रही हो।"

थोड़ी देर चुप्पी रही और सविता आहत की तरह देखती रही। फिर बोली, "सच बताएँ ? जो तुमने सुना था वह भी गलत नहीं था और हमारे-तुम्हारे बीच में वह नहीं है, यह भी सही है···।"

"यानी···?"

"यानी कुछ नहीं। जब लड़की घर से आती हैं तो अपने सारे सम्बन्धों को वहीं छोड़ आती है। उनमें बहुत-से अच्छे होते हैं, बहुत-से बुरे भी; बहुत-से आवश्यक होते हैं, बहुत-से मधुर होते हैं; लेकिन उनमें कुछ को वह भूल जाती है, कुछ को वह भुला देती है। इस तरह ससुराल वह बिलकुल ही नई होकर जाती है। और ऐसा कौन लड़की कह सकती है कि उसके किसी भी तरह के कोई सम्बन्ध पहले थे ही नहीं ?"

"तो आप कहना यह चाहती हैं कि उसके प्रति आपके हृदय में

कोई 'इमोशनल फीलिंग' नहीं है अब…"

"हाँ, अपनी तरफ से तो मैं शायद ऐसा कह ही सकती हूँ।" पेंट को पलंग पर रखते हुए बोली। कोशिश के बाद भी बात करते समय वह अपने हाथ के काम में या व्यस्तता में अन्तर नहीं आने दे रही थी।

लोकेश समझदारी से मुस्कराया—लड़की चालाकी से बातें कर रही है। बच-बचकर अपना तरफ से 'शायद' जैसे शब्द लगाकर बोलती है? उसने पूछा, "अगर वह आज मर जाए, तो तुम्हें कोई दुःख न होगा…!"

"मेरा तो ख्याल यही है।" यह सोचकर सविता मुस्कराई कि इस समय उन लोगों के बीच में कैसे नाजुक विषय पर कैसे सचेत अनजानेपन से बातें हो रही हैं। अभी भी जरा-सी बात गजब कर सकती है।

"मान लो, तुम्हें उसे ज़हर देना पड़े तो!" लोकेश अपने भोले प्रश्नों से एक-एक कदम धकेलता हुआ सविता को किधर ले जा रहा है, इसे वह नहीं जान सकी। उसकी कोई भो प्रतिक्रिया उसकी आँखों से नहीं छिपी थी।

"अव्वल तो ऐसा मौका आएगा नहीं, लेकिन अगर आया भी, तो मेरा तो विश्वास है, मैं झिझकूंगी नहीं…लेकिन ऐसा मौका आएगा ही क्यों?"

"तो सविता!" इस बार बहुत ही दृढ़ और निर्णयात्मक ढंग से लोकेश बोला, "मेरी इच्छा है कि इस बार तुम उसे जहर दो, मेरे सामने। मैं देखना चाहता हूँ कि उसे जहर देते हुए तुम्हारे हाथ काँपते हैं या नहीं। तुम झूठ कह रही हो या सच, यह सिर्फ आत्मस्वीकृति का बहाना मात्र ही तो नहीं है।"

"जब चाहें…" सविता मुस्कराई। इन मजाकों से वह डरने वाली नहीं है।

"जब का सवाल नहीं है। यह बहुत अच्छा मौका है। तुम आज ही उसे बुलाओगी। मैं बहुत गम्भीरतापूर्वक यह बात इसलिए कह रहा हूँ कि हमारा दाम्पत्य-सुख इसी घटना पर आधारित होने जा रहा है।"

उठकर कमरे की ओर जाते हुए लोकेश ने कहा, "तुम अभी उसे मेरे सामने पत्र लिखो और उसमें साफ लिख दो कि तुम्हारा इरादा उसे

ज़हर देने का है—वह आएगा ?"

"वे रुक नहीं सकते।"

सुनकर एक क्षण को लोकेश ने मुड़कर देखा, और फिर कुछ दूर चुप ही चलकर बोला, "अच्छा, तो तुम खत लिखो, मैं जरा वकील की तरफ भी जाऊँगा, खत भी साथ लेते जाना होगा। उधर से ही भिजवाना होगा न।"

और तब सविता ने जाना कि वह बातों-बातों में क्या कह चुकी है, क्या कह बैठी है और उसकी स्थिति भयंकर हो उठी है ! फिर भी अब, जब खत पहुँच चुका है और प्रमोद की स्वीकृति आ चुकी है, तब भी शुरू की तरह उसे विश्वास है, यह सब एक मजाक है, और इसमें जरा भी सत्य और गम्भीरता नहीं है। ऐन मौके पर जरूर कोई न कोई ऐसी घटना हो जाएगी कि सारी स्थिति एकदम सँभल जाएगी। सब कुछ एकदम पलट जाएगा। या हो सकता है कि आने से पहले ही अचानक कोई ऐसा काम आ पड़े कि प्रमोद को जाना पड़े या ऐन मौके पर अचानक कोई तार आ जाए—मतलब, कुछ न कुछ होगा जरूर कि सारी चीज सँभल जाएगी।

और तब रोते-रोते भी सविता को आश्चर्य था कि वह इतने आत्म-विश्वास से कैसे दुहरा सकी कि वे रुक नहीं सकते। इतनी हिम्मत कहाँ से आई उसमें ? और जब वह जानती है कि वे रुक नहीं सकते, तो फिर वह सब असम्भव कल्पनाएँ क्यों कर रही है ? हिम्मत पर ही उसे ध्यान आया प्रमोद का एक वाक्य। कितनी व्यथा, शिव की तरह कैसा ज़हर का घूँट पीकर उसने केवल इतना कहा था—'कमजोर लड़की ! हाँ, वह कमजोर ही तो थी, जो अपनी कमजोरी को दूसरों के वाक्यों की आड़ में छिपाना चाहती थी, दुनिया-भर के शब्दों का बहाना लेकर—उफ ! कितना द्रावक दृश्य था वह ? उसे वह शायद इस जन्म में तो भूल नहीं सकती, जैसे हर क्षण वह वाक्य, उसका एक-एक शब्द उसकी आत्मा के 'फ्लास्क' में तैरती मछलियों की तरह है, जो अपने विहार से पानी जो जरा भी नहीं कँपातीं, लेकिन हमेशा तैरती दिखती हैं, अनुभव होता है

कि वे हैं।

वह स्टूल पर बैठा रहा और सविता उसके मुड़े घुटनों पर कनपटी टिकाए उससे सहारा लेकर धरती पर बैठी थी। प्रमोद के हाथ उसके खुले बालों पर थे, लेकिन जैसे निर्जीव, निस्पन्द। सांझ का अंधेरा गहरा आया था, लेकिन दोनों चुप थे, जैसे कुछ भी कहने को नहीं है, सब कुछ समाप्त हो चुका है, बस केवल एक मौन ही बचा है जिससे उन्हें समझौता करना है। जैसे किसी यूनानी शिल्पी ने ये मूर्तियां गढ़ दी हैं जो किसी सुनसान उजाड़ बस्ती के किनारे इसी तरह जाने कब से खड़ी हैं और न जाने कब तक यों ही खड़ी रहेंगी! वे शाप के प्रभाव से पत्थर बनी मूर्तियां···वे गवाह हैं कि यह बस्ती उन्हीं के सामने बनी, जागी और उजड़ गई। एक बहुत बड़ी चील, सारे क्षितिज को ढक डालने वाले अपने बहुत बड़े-बड़े डैने फड़फड़ाती आई और मूर्ति के सिर पर बैठ गई। उसने अपने फैले पंखों को दो-चार बार फड़फड़ाकर शरीर साधा और ताश की फैली गड्डी की तरह पंख समेट लिए, फिर इधर-उधर देखा और जोर से अपनी कुल्हाड़े जैसी चोंच एक मूर्ति की आंख में मार दी—'ठक'—क्षितिज में शब्द गूंजा, दूर···उफ! प्रमोद के घुटनों पर सिर रखे सविता सिसक रही थी···

"अच्छा, उठो और बत्ती जला दो···" प्रमोद ने आंसुओं के गीलेपन से सचेत होकर कहा।

सविता ने बिना कुछ कहे उठकर बत्ती जला दी। फिर वह कहीं असमंजस में खड़ी रही—रुके या चली जाए!

"सविता···!" उसने सुना।

बिना बोले वह छाया की तरह पास आ खड़ी हुई। प्रमोद ने बैठे हुए ही उसके कंधे पर हाथ रख दिया और देर तक उसकी ओर देखता रहा—कहे या न कहे? सविता को ऐसा लगा कि वे अगस्ती निगाहें जैसे उसके अणु-अणु में समाई जा रही हैं, वे अभी उसकी सारी चेतना और शक्ति को सोख लेंगी और वह सूखी बालू की मूर्ति की तरह धरती पर बिखर जाएगी, नहीं-नहीं उससे अब वे निगाहें नहीं देखी जा सकेंगी। वह दूसरी ओर देखती रही।

"हम लोग···" थूक सटककर प्रमोद जल्दी से बोल गया, "हम लोग कहीं और नहीं जा सकते ?"

"कहाँ ?" और इस 'कहाँ' का सीधा अर्थ था कि कैसी बातें करते हो···कितनी असम्भव !

फिर चुप्पी।

"सविता !"

"हूँ···"

"मेरी ओर देखो···"

"कहिए···" सविता ने नहीं देखा। उसके कान का इयरिंग बिल्कुल नहीं हिल रहा था।

"देखो···!" स्वर में करुण याचना।

"क्या ?" मुँह घूमा, लेकिन आँखें नहीं उठीं। अपनी कमजोरी पर एक हल्की छाया जैसी मुस्कराहट का आभास उभरा।

"देख रही हो···?" जैसे धार की काट से धसक उठने से एक क्षण पहले कगार बोले।

सविता ने देखा, पुतलियों पर पानी की एक हल्की परत। बच्चन के एक गीत की लाइन उसके मन में उभरी :

खींच ऊपर को भ्रुओं को
रोक मत इन आँसुओं को

भार कितना सह सकेगी यह नयन की नाव···

"कुछ दीखता है···?"

एक साथ दोनों के मन में एक मधुर क्षण पर दुहराई पन्त की लाइन टकराई : 'तुम्हारे नयनों का आकाश, खो गया मेरा खग अनजान···' सविता का निचला होंठ फड़का। वह दूर जैसे आँखों के पार कहीं देखती रही—ऊपर की छत में जलती बत्ती की दो परछाइयाँ पनीली पुतलियों पर चमक रही थीं, जैसे ये दो झरोखे हैं, जहाँ से झांककर वह अतीत के विशाल विस्तार को देख सकती है।

"कुछ नहीं दीखता ?" प्रमोद उसकी दोनों कनपटियों पर हाथ रखे,

उसकी खुली आँखों में गौर से देखता रहा, "सचमुच तुम्हें कुछ भी नहीं दीखता सविता···?"

"न···हीं···" गोली खाकर साँस तोड़ते पक्षी की तरह शब्द फड़-फड़ाए। वह उन्हें देखने में ऐसे डरती थी जैसे दो अथाह-अँधेरे गड्ढों में देखने से डरती हो।

"नहीं दीखता···? ध्यान से देखो न···"

सविता को लगा जैसे उसका मनोबल कहीं हवा में घुलकर खोता जा रहा है, जैसे वह हिप्नोटाइज हो रही है, जैसे वह धीरे-धीरे डूबती जा रही है, जैसे एक विस्मृति का अँधियारा धीरे-धीरे चेतना पर उतर रहा है—सब कुछ शान्त-सुनसान। केवल झींगुरों की अविराम झंकार, जैसे जंगल में बहते झरने-सी झंकृति···

"दीखता है न? देखो, एक विशाल रेगिस्तान है, चारों तरफ कैसा फैला हुआ है···! उसके एक किनारे, दूर पर, एक बाढ़ आई-सी नदी फैली बही जा रही है। देख रही हो न? उसके किनारे खड़ा हुआ बबूल नंगी बाँहें उठाए, नसों के जालों के नक्शे-सा वह पेड़···वैसा है अकेला-अकेला, जैसे किसी ने उसे निर्वासन दे दिया हो, देशनिकाला। और देखो, उसकी एक डाली पर कितने गिद्ध बैठे हैं, हैं न? दूर से तो बिल्कुल काले-काले धब्बे-से दीखते हैं···और नीचे एक चिता जलती नहीं देखती? पास वह कुत्ता कैसी जीभ निकाले हाँफ रहा है! गौर से देखो···जानती हो यह चिता किसकी है···?"

अचानक उसके गले में बाँहें डालकर, उसके कन्धे पर लटककर सविता फूट-फूटकर रो पड़ी—सिसकती साँसों में उसने सुना, "कमजोर लड़की···"

नहीं, वह कन्धा नहीं था, वह किसी का गला भी नहीं था, जिसमें बाँहें डालकर वह रोई थी—बेंत की कुर्सी के टिकाव पर दोनों बाँहें रखे वह सिसक रही थी—उसे पता भी नहीं था कि धूप वहाँ से जा चुकी है।

कहानी का आरम्भ

पाठको, मैं जानता हूँ कि मेरी कहानी दो लड़के और एक लड़की वाले

पुराने त्रिकोण पर आ गई है, फिर भी मैं चाहता हूँ कि यह त्रिकोण कहानी की समाप्ति न हुआ करे।

"आपको दुनिया-भर में घूमने की फुरसत है, नेतागिरी करने को वक्त है, बस हमारे यहाँ आने को ही टाइम नहीं है।" सविता ने ताना मारा। उसका दिल धक्-धक् बजा, गला सूखने-सा लगा।

बाँहों में भरे लोकेश को छोड़ते हुए प्रमोद ने पुलककर पूछा, "कैसी रही सविता ? अरे तू तो बड़ी मोटी हो गई है, क्या पानी-वानी यहाँ का बहुत अच्छा है ? शहर तो बड़ा गन्दा है, बस यही हिस्सा जरा खुला समझ लो।"

"कहाँऽऽ ? अभी तो बीमार होकर चुकी हूँ, फिर नजर लगा दो।" सविता लजा उठी। उफ् झूठा कहीं का, ऊपर से कैसा खुश है ! हँस रहा है, हँस रहा है, भीतर से चाहे जो हो रहा हो।

"तब तो भाई भारद्वाज, तुमसे हमें बड़ी सहानुभूति है। बीमारी के बाद जब यह हाल है, तो अच्छेपन का भगवान ही मालिक है···"

तीनों खुलकर हँस पड़े। अचानक जैसे याद आ गया हो, प्रमोद ने सँभलकर कहा, "अच्छा भाई, सविता, क्या खिलाना-पिलाना है ? खिला दो, फिर चलें, मीटिंग बीच में छोड़कर आया हूँ। अभी खोज होगी, पता चल गया तो···खुला अधिवेशन है न, उसमें पहुँचना है।"

"हाँ-हाँ, पता है, बहुत बड़े नेता हो गए हो। क्यों हल्ला मचाते हो ?" एक क्षण सविता जैसे उस विकट परिस्थिति को बिल्कुल भूल गई। वह जैसे बताना चाहती थी कि देखो लोकेश, प्रमोद बहुत बड़ा नेता है और मैं उसके साथ ऐसे अधिकार से बोल सकती हूँ।

"नहीं-नहीं, फिर आऊँगा," इस समय तो जरा जल्दी है। अब तो घर देख लिया है न।" वह खुलकर हँस पड़ा।

सविता के भीतर जैसे कुछ जोर से कसक उठा, ये अब भी उसी तरह गला फाड़कर हँस सकते हैं ! दिल में जरा भी द्विधा नहीं उठती···!

खाने की मेज पर केवल तीन ही थे।

"अगर मैं जरा जल्दी-जल्दी खाऊँ, तो बदतमीजी के लिए माफ

कीजिए···।" प्रमोद ने लोकेश से कहा।

लोकेश कुछ नहीं बोला, वह गम्भीर था।

जल्दी-जल्दी खाने की व्यस्तता में मुँह चलाते हुए प्रमोद ने पूछा, "यह ठीक-ठीक रहती है या बहुत तंग करती है···?"

ओफ, कम्बख्त कैसा मस्त होकर खाए जा रहा है! जरा भी चिन्ता नहीं है—विश्वास नहीं करता कि सविता भी उसके साथ यह सब कर सकती है। कैसे तोड़े ऐसे निश्छल आदमी के विश्वास को वह? नहीं, वह खुद खा लेगी। सविता की एक-एक धड़कन जैसे घड़ी की टिक-टिक हो और उसे मालूम हो कि पच्चीसवीं धड़कन पर गिलोटिन का गंडासा गिरेगा और नीचे रखा सिर खच्च से कटकर दूर जा गिरेगा। एक-दो-तीन उफ्, कैसे रोके वह इन सुइयों को? सुनते हैं, इच्छाशक्ति (विल-पावर) से बहुत-से काम रोके जा सकते हैं, क्या उसकी इच्छाशक्ति फुफकारते नाग-सी एक-एक पल सरकती, इस दुर्घटना को नहीं रोक पाएगी?

"जैसी आपने बना दी है, वैसी ही है···।" मुँह में ले जाते कौर को रोककर लोकेश बोला।

"कैसी?" चौंककर प्रमोद ने गौर से लोकेश को देखा, और फिर जोर से हँस पड़ा, "क्या घर में ही क्रान्ति करने लगी है? क्यों री, क्या सुन रहा हूँ?"

इस वक्त भी मजाक नहीं छोड़ रहे! उसे साफ दीखता है, डैमोक्लीज की बाल में बँधी लटकती तलवार एक-एक पल नीचे सरक रही है। उससे बोला नहीं गया। उसकी आँखों के आगे 'पो' की कहानी का वह तेज धार-वाला पेण्डुलम घूमने लगा, जो कुएँ में बन्द आदमी की आँखों के आगे घूम रहा था। वह केवल इधर-उधर चुग-सा रही है, उससे खाया नहीं जा रहा; मेज पर बैठी वह सिर्फ प्रमोद की चलती अँगुलियों को देख रही है—लोकेश सब मार्क कर रहा था।

और जब खाना खत्म करके प्रमोद ने जल्दी से गोद में रखी नेपकिन से हाथ पोंछे, तो लोकेश बोल उठा, "अरे ये पुडिंग तो लीजिए न।" फिर उसने स्टेनलेस स्टील की खूबसूरत तश्तरी में जमाए गए चाँदी के

वकों से मड़े पुडिंग की ओर इशारा करके कहा, "सविता, भाई साहब को पुडिंग दो न !"

नहीं, नहीं, अभी कोई अप्रत्याशित घटना होगी, अचानक जोर से बिजली कड़कड़ाकर, छत फाड़कर यहाँ आ गिरेगी कि पुडिंग की तश्तरी के टुकड़े-टुकड़े बिखर जाएँगे।

"हाँ भई, दो···फिर देर हो रही है।" प्रमोद ने चम्मच उठा लिया।

अँगूठी का नग झिलमिलाया, कलाई की चूड़ियाँ हिलीं, तश्तरी के किनारे पर ऊपर टिका अँगूठा और नीचे से उठाती अँगुलियाँ काँपीं। उसे लगा वह अभी जोर से तश्तरी बाहर फेंक देगी, और पागलों की तरह चीखें मारती बाहर भाग जाएगी। क्या यह तश्तरी वह लोकेश की तरफ···नहीं···नहीं, अब उसकी चीख किसी भी तरह नहीं रुक सकती। उसने फेफड़ों में साँस खींची।

अनजाने ही तश्तरी प्रमोद की ओर बढ़ गई और काँपते हाथ की तश्तरी में से लेने में दिक्कत न हो, इसलिए एक हाथ नीचे लगाकर उसने चम्मच भर लिया और तेजी से चम्मच होंठों की तरफ बढ़ाया।

दुःखान्त कहानी के पाठकों के लिए मेरी यह कहानी खत्म हो गई है और वे बिना आगे बढ़े, बड़े मजे में सन्तोष कर सकते हैं।

सुखान्त कहानियाँ पसन्द करने वाले नीचे की पंक्तियाँ और जोड़ लें।

अचानक प्रमोद की कलाई को लोकेश ने पकड़ लिया, भरे गले से बोला, "बस !"

चौंककर प्रमोद ने उसकी ओर देखा फिर दोनों एकदम घबराकर उठ खड़े हुए, क्योंकि सविता कुर्सी से नीचे लुढ़क गई थी। उस ओर झपटते हुए लोकेश के मुँह से निकला, "कमजोर लड़की !"

किनारे से किनारे तक

नाव किनारे से काफी आगे बढ़ आई थी···।

नदी बाढ़ पर थी और मानिक के मन में कोई बार-बार दुहराए जा रहा था, "रूबी को पानी में धक्का दे देने का यही मौका है···यही मौका है। फिर ऐसा अवसर नहीं आएगा···।"

मटमैले पानी के झपटते भवरों में नाचता नारियल काली-काली गेंद की तरह लहरों के हाथों इस तरह लुढ़कता चला आ रहा था, जैसे मजबूर डूबते आदमी का सिर हो। कभी छिप जाता, कभी निकल आता। रूबी ध्यान से उसे देख रहा था। पूछा, "वो क्या है, चाचाजी ?"

"कहाँ ? अच्छा, वोऽऽ ! वो तो बेटा, नारियल है। कई दिनों से बह कर आ रहा है, इसलिए गलकर काला हो गया है।" कुछ चौंककर मानिक ने कहा और हाथ की मूँगफली छीलने लगा।

"पानी में कहाँ से आ गया चाचाजी ?" फिर खुद ही सोचकर बोला, "जहाज वालों ने डाभ पीकर फेंक दिया होगा। देखिए···देखिए, वो डूब गया···। एऽएऽएऽ व्वो निकल आया···। कैसा बहा जा रहा है, जैसे किसी ने किक मारा हो···।"

मानिक नारियल को ही देखता रहा। "किक तो मैं मारूँगा"···वह निश्शब्द बोला। नारियल लहरों की चपेट में आ जाता तो मटमैली सतह उसे लील लेती। लेकिन लुढ़ककर खड़े हो जाने वाले खिलौने की तरह थोड़ा दूर जाकर वह फिर सिर निकाल लेता···। बस, जरा-सा धक्का

दे देने की जरूरत है…रूबी का सिर भी दो-एक बार यों ही हुगली में डूबे-उतराएगा और जब तक लोग कुछ करें-करें, तब तक तो पता भी नहीं चलेगा। मानिक को सचमुच ही लहरों की खेलती सलवटों के बीच डूबता और दोनों हाथ उठाकर 'बचाओ…बचाओ' चिल्लाता रूबी दिखने लगा। जब रूबी इस तरह डूब रहा होगा, तो उसे भी काफी नाटक करना होगा। दोनों हाथ उठाकर वह कूदने-कूदने को हो जाएगा…। नाव में बैठे चीखते-चिल्लाते लोग उसे रोकेंगे, "हें, हें, ऐसा मत करो, हुगली में अथाह पानी है।" फिर मन चाहा इनाम पाने के लालच में मल्लाह अपनी-अपनी लुंग्मियाँ फेंककर कूदेंगे…। रोता-पीटता वह घर जाकर कैसे मंजू और कान्ता को सूचना देगा। नहीं, पहले यहीं थाने में कहीं रिपोर्ट करनी होगी…फिर वह पुलिस अफसर से ही कहकर कान्त को फोन कराएगा। जैसे ही उन लोगों के सामने पड़ेगा कि बेहोश होकर गिर पड़ेगा। अभिनय पक्का होना चाहिए। और मान लो, रूबी को मल्लाह निकाल लाए, या आगे कहीं जाकर वह बच ही गया, तो? पानी में संयोग से बचा लिए जाने की हजारों घटनाएँ सुनी और पढ़ी हैं। फिर अगर रूबी ने कहीं बता दिया कि धक्का उसे मानिक ने ही दिया था, तो…? तो…? माथे पर पसीना नहीं आया था, लेकिन उसने रूमाल से कसकर माथा पोंछा और मूंगफलियाँ फोड़ने लगा।

अचानक उसे ध्यान आया कि रूबी उसकी बाँह हिला-हिलाकर पूछ रहा है, "चाचाजी…चाचाजी, आप सुनते क्यों नहीं हैं? हुगली में बहुत बाढ़ आएगी, तो दक्षिणेश्वर का मन्दिर भी डूब जाएगा न…?"

"एऽऽ…?" मानिक ने हड़बड़ाकर इधर-उधर देखा। आसपास वालों ने उसके मन की बात ताड़ तो नहीं ली कहीं? लेकिन सभी लोग अपने-अपने में व्यस्त थे—कुछ बच्चों को इधर-उधर की चीजों के बारे में बता रहे थे और कुछ चुपचाप बैठे थे। नाव के किनारे वाली भगतिन हाथ झुका-झुकाकर उस गँदले पानी से ही मुँह-हाथ धो रही थी। डोंगी की छत पर बैठे सैलानी लड़के सिनेमा का प्रचलित गाना गाते, चुरमुर-भाजा रोंधते हुए, बीच में बैठी मुग्धभाव से सारी दुनिया को निहारती लड़की को प्रभावित करने की कोशिश कर रहे थे। लड़की बार-बार अपने बालों

पर इस तरह हाथ फेरती थी, जैसे उसके बाल हवा में उड़े जा रहे हों। मानिक ने बुशर्ट के कॉलर को जरा-सा उठाकर हिलाया—कितनी उमस है इस कलकत्ता में। जैसे सारे शरीर पर किसी ने तेल मल दिया हो। असल में नाव में भीड़ भी तो बहुत है। कुछ लोगों ने कहा भी था कि बाढ़ के दिनों में नाव इतनी नहीं भरनी चाहिए, अभी-अभी पटना में एक नाव के सारे लोग डूब गए हैं। लेकिन मल्लाहों को जब तक पूरे पैसों की सवारी नहीं मिली, वे नहीं हिले। उन्हें क्या चिन्ता कि अँधेरा हो जाएगा, तो लोग बैलूर-मठ देख पाएँगे या नहीं। दक्षिणेश्वर के घाट और मन्दिरों के खस्ता कलशों के पीछे छूटते ही सामने आर-पार फैला बाली-पुल आ गया था।

जिद करके रूबी नाव के किनारे की तरफ बैठा था और हाथ की टहनी को झुककर लहरों में डुबाए था, दूसरे हाथ से ले-लेकर दाँतों से मूँगफली तोड़ता जाता था। लहरों की गति और नाव की चाल से टहनी काँपती-थरथराती झुक जाती, तो रूबी के तन-मन में आनन्द की फुरहरी दौड़ जाती। उसका बार-बार मन होता कि टहनी की जगह अपना हाथ लटका दे, तो पाँचों फैली अँगुलियों के बीच से गुजरता पानी कैसा मजा दे! लेकिन मानिक ही उसे रोके हुए था, "किसी कछुए-मगर ने पकड़ लिया तो सीधे पानी में खींच ले जाएगा।" और तब कोई कहीं की इस प्रकार की घटना सुनाने लगा। वह एक हाथ से रूबी की बाँह पकड़े बैठा था। जैसे ही नाव धार में आई, पानी की ओर झुके रूबी को अपनी ओर खींचे रखते हुए पहली बार यह भयानक विचार उसके मन में कौंधा—बस, बाँह को जरा-सा झटका देकर छोड़ देने की जरूरत है। और फिर तो धीरे-धीरे उसके अनचाहे ही विचार ऐसा बलवान होता चला गया कि उसे सचमुच डर लगने लगा कि कहीं झटके से वह रूबी को धकेल ही न दे। जाने कैसे उसे यह विश्वास हो गया कि जैसे ही नाव सामने वाले चौड़े, भारी रेल के पुल के नीचे से गुजरेगी, यह भूत उस पर हावी हो जाएगा और तब कहीं…। नहीं, नहीं, वह पुल आने से पहले ही सिगरेट जला लेगा और अपना ध्यान इधर-उधर देखने में लगा रखेगा; पीछे देखने लगेगा। उसने अन्दाज लगाया कि अगर अभी सिगरेट जला ली जाए, तो

पुल गुजर जाने तक जरूर जलेगी। जैसे ही सिर उठाकर उसने पुल की लम्बाई देखी, हुगली की चौड़ाई की ओर नये सिरे से ध्यान चला गया और तब उन्मत्त पानी के गंदले विस्तार को देखकर भय से मानो दिल धसका। मन में सोचा कि लहरों की तरफ लगातार देखने से कहीं चक्कर तो नहीं आने लगे हैं ? सारे लोगों के साथ-साथ अचानक निगाहें पुल की तरफ उठ गईं। एक अजब ढंग की गड़गड़ाहट चारों ओर गूँजने लगी थी। ध्यान आया कि रूबी ने मन्दिर के डूब जाने जैसी कोई बात पूछी थी।

"आहा जी, मजा आ गया···चाचाजी, रेल आ रही है।" सब कुछ भूलकर रूबी उल्लास और उमंग से गरदन उचका-उचकाकर पुल के सिरे पर रेल खोजने लगा। बड़े-बच्चे शायद सभी उत्सुक थे कि जब नाव पुल के नीचे से गुजरे, तो ऊपर से रेल जाए। पुल को देखते ही इस संयोग की बात उसके मन में आई थी। रूबी बता रहा था, "हमको रेल, हवाई जहाज, स्टीमर सब कुछ देखना अच्छा लगता है···अच्छा चाचाजी, अनूप ने स्टीमर देखा है ?"

"हाँऽऽ" मानिक को नहीं पता कि उसने किस बात का जवाब दिया।

"झूठ ! पापा कहते हैं, लखनऊ में स्टीमर ही नहीं चलते वहाँ तो ट्राम भी नहीं है···एरोड्राम भी नहीं है" प्रकट अविश्वास से रूबी बोला, "हमारे जग्गी अंकल हैं न, वो हमारे लिए जापान से ऐरोप्लेन लाएँगे। आपको पता है कि जर्मनी और जापान के लोग मशीनें बनाने में बड़े तेज होते हैं ?" इतने में सिरे पर रेल का इंजन दिखने लगा और रूबी ने अपनी बात अधूरी छोड़ दी।

मानिक के मन में पहली बात आई—कलकत्ता बम्बई में रहने वाले बच्चों की जनरल नॉलिज अपने आप इतनी बढ़ जाती है कि अपने यहाँ का एम० ए०, बी० ए० जो बातें नहीं जानता, वह यहाँ का दस साल का बच्चा जानता है। मानिक का अनूप रूबी से एक क्लास आगे है, लेकिन कहाँ लखनऊ और कहाँ कलकत्ता। अनजाने ही उसकी निगाहें रेल देखने में डूबे रूबी के चेहरे पर जम गईं—हू-ब-हू वही अन्दाज है, वैसा ही मुग्ध विस्मय का भाव है···रूबी की हर चीज अनूप से मिलती है। और वह देर तक अजनबी-सा रूबी को देखता रहा···। बस, एक उत्तेजनाहीन

गुस्सा लहर की तरह उसकी नस-नस में पिघलता रहा और रेल की बढ़ती हुई घड़घड़ाहट के साथ यही बात उसके दिमाग में हथौड़े की तरह बजती रही···यही मौका है···यही मौका है ! सभी लोग इस समय पुल पर जाती रेल को देख रहे हैं। किसी को भी पता नहीं चलेगा कि मानिक ने धक्का दिया था। बात हो जाएगी कि बच्चा रेल देखने में ऐसा डूब गया कि जाने कब पकड़ छूट गई···यही मौका है···यही मौका है ! जल्दी जल्दी !

धड़-धड़-धड़-धड़-ड़-ढ़ ! रेल सारे पुल को हिलाती और वातावरण को गुंजाती चली जा रही थी और मानिक का दिल जोर-जोर से धड़क रहा था। उसे अपने भीतर एक दूसरे को काटती निरन्तर ऊँची होती दो आवाजें साथ सुनाई दे रही थीं—कहीं मैं इस बेचारे को धक्का न दे दूं। धक्का देने का यही मौका है। अगर सचमुच गिरा दिया, तो क्या जवाब दूंगा, मंजू और कान्त को ? इसीलिए घुमाने ले गया था ? अजब हालत थी—जैसे सुनसान गुम्बद में सैकड़ों आवाजें, प्रतिध्वनियाँ, अधूरी तस्वीरें एक-दूसरे में गडमड हो गई थीं···

"और यहाँ देखने लायक क्या-क्या चीजें हैं ?" उसने तीसरे दिन कान्त से पूछा था। कान्त दफ्तर जाने के लिए जल्दी-जल्दी टाई बाँध रहा था। मंजु ने मेज पर खाना लगा दिया था और अनुरोध कर रही थी, "आप भी इनके साथ ही आ जाइए न ?"

"नहीं···नहीं, चाचाजी, हमारे साथ खाइए। नहीं तो लड़ाई हो जाएगी।" गुसलखाने के भीतर से ही रूबी चिल्लाया।

"अच्छा बेटा, नहीं खा रहे। तुम जल्दी से नहा लो।" गद्गद भाव से मानिक बोला, "आपका रूबी एकदम अपने अनूप जैसा है। वैसे ही बोलता है, वैसे ही ज़िद करता है, वैसे ही···।" अचानक कान्त के चेहरे पर निगाह पड़ी, तो जाने क्यों मानिक चुप हो गया। एक बार फिर चुपचाप मंजु और कान्त की ओर देखा। ख्याल आया, कान्त शीशे के सामने खड़ा है—उसे यों देखते हुए जान सकता है। उसकी समझ में न आया कि किधर देखे।

"आपसे तो दो ही दिनों में ऐसा हिल गया है, जैसे बरसों साथ रहा

हो।" मंजु कटोरियों में सब्जी लगा-लगाकर प्लेट के चारों ओर रखने लगी "रात को पूछ रहा था कि मम्मी, अनूप भाई साहब से कब मिलेंगे ? उन्हें यहीं बुला लो न।" मंजु वात्सल्य से हँसी। अपनी प्रमिला, मंजु से ज्यादा सुन्दर है, उसने सोचा।

कुर्सी खिसकाकर जल्दी से खाने पर बैठते हुए कान्त बोला, "माफ कीजिए, मानिक भाई। क्या बताऊँ, दफ्तर में ऐसा काम आ पड़ा है··· आप भी सोचेंगे कि दो दिन को आए और मैं घुमा भी नहीं सका···मंजु तुम चली जाना इनके साथ।"

"अरे नहीं ··नहीं।" मानिक उदासी से ऊपर आकर बोला, "इतने सब तकल्लुफ की क्या बात है। मैं खुद ही कुछ देख-दाख लूँगा, अब कोई बच्चा हूँ···। कान्त की कनपटियों पर सफेद बाल देखकर जाने क्यों उसे विचित्र किस्म का सन्तोष हुआ।

तभी उलटा-सीधा तौलिया लपेटे रूबी पास आ खड़ा हुआ। "पापा, आप फिकर मत कीजिए···हम चाचाजी को सब कुछ दिखा देंगे। हमने इनसे कह दिया है। आज हमारी छुट्टी है।"

"हाँ, हाँ, यह दिखा देगा न।" कान्त ने निश्चिंत होकर कहा, "बेटे, चाचाजी को सब दिखा देना, नहीं तो जाकर ये अनूप से शिकायत कर देंगे, जाओ, पहले कपड़े बदल लो, फिर चाचाजी के साथ खाना खा लेना।"

"हम चाचाजी को सब दिखा देंगे—जू, विक्टोरिया, म्यूजियम। और हम पहले बोल देते हैं, दक्षिणेश्वर से बैलूर हम नाव से जाएँगे।"

कैसा बातचीत का, व्यवहार का सलीका है। कैसा आत्मविश्वास है। अपने अनूप होते, तो या तो खड़े-खड़े झेंपते या कोई बदतमीजी कर डालते —मानिक ने सोचा। वह एक क्षण को भूल गया कि यह लखनऊ नहीं, कलकत्ता है, और सामने अनूप नहीं रूबी है। वही नाक-नक्श, कन्धों के वैसे ही पुट्ठे···। फिर दिल की गहराइयाँ चीरती हुई ठंडी साँस निकल गई। उसे जोर से अनूप की याद आने लगी।

इस भयानक ख्याल का तो उस समय नामोनिशान भी नहीं था···। शायद दक्षिणेश्वर मन्दिर के घाट की सीढ़ियाँ उतरकर नाव में सवार होने

तक यह बात उसने नहीं सोची थी···वह तो बाढ़ पर आई हुगली में किसी के सिर जैसे नारियल को डूबते-उतराते देखकर ही यह भीषण विचार कौंध गया था···और नारियल रूबी के सिर में बदल गया था।

रेल निकल गई थी और अब एक अजीब सन्नाटा-सा छा गया था। नाव दो चौड़े-चौड़े खम्भों के बीच से निकल रही थी···ऊपर दैत्याकार पुल था और उसमें जगह-जगह छेदों और सूराखों से आसमान दिख रहा था। पुल के नीचे अँधेरा था। मानिक को लगा, जैसे नाव किसी अँधेरी, गहरी सुरंग से होकर गुजर रही है। प्रायः सभी लोग पुल के विराट् आतंक के नीचे चुप थे। अगर इसे उठाए हुए ये खम्बे धसक जाएँ, तो ? यहाँ अँधेरा है, यही समय है···फिर आगे तो खुला ही दिखता है। यहाँ पानी भी बहुत होगा। मानिक के मन में शब्दहीन पुकार मची थी।

नहीं, यह बात मटमैले पानी पर लुढ़कते नारियल को देखकर ही उसके दिमाग में नहीं आई थी, यह उसके मन में आज से नहीं, वर्षों से थी···दिन-रात थी। उसे युगों पहले पता था कि वह यों ही कलकत्ता घूमने जाएगा···रूबी को घुमाने ले जाएगा और तब एक 'दुर्घटना' हो जाएगी। उसने बात को जाना भले ही आज हो, लेकिन यह सारा संयोग आकस्मिक कतई नहीं है···उसके अन्तर्तम में इसकी तैयारियाँ और उत्कट प्रतीक्षा जाने कब से चल रही थी···कोई था उसके भीतर बैठा, जो निहायत ही धीरज से इस क्षण की ही तो राह देख रहा था।

'चाचाजी, आपकी तबीयत ठीक नहीं है क्या ?" उसने सुना। रूबी उसकी ओर मुड़कर अनुरोध से पूछ रहा था। वह अभिभावक था न, उसे चाचाजी को सभी कुछ दिखाना ही नहीं था, उसके स्वास्थ्य की चिन्ता भी करनी थी।

मानिक गौर से, अपलक उसे देखता रहा···जैसे रूबी नहीं, रूबी के पार देख रहा था। रूबी के सवाल से फिर अपने-आपमें लौट आया। पूछा, "क्यों, क्या हुआ ?"

"आप हमारी बात ही नहीं सुन रहे हो···हम पूछ रहे हैं, उस स्टीम बोट का नाम पढ़ सकते हैं ?" दूर हावड़ा की तरफ से चौड़ी चिमनी से धुआँ उगलती एक स्टीम बोट इसी तरफ तेजी से चली आ रही थी···।

नाव अब पुल के नीचे से निकल आई थी। बोट पर लिखे अक्षर सफेद-सफेद बूंदों से लग रहे थे और पढ़े नहीं जाते थे। मानिक हार मानकर बोला, हमसे नहीं पढ़े जाते···। उसके मन में पछतावा हो रहा था कि ऐसा अच्छा अवसर योंही निकल गया।

"अरे, इतना साफ तो लिखा है—भा-र-त।" रूबी विजय से बोला।

"यहाँ तुम्हारी जैसी आँखें नहीं हैं न।" एक गहरी साँस।

लेकिन रूबी फिर बात आधी छोड़कर एक बड़ी-सी लहर को अपनी ओर आते देखता रहा। स्टीम बोट के चलने से लहरों का पूरा एक रेला नदी के पाट को घेरता चल रहा था, लेकिन बोट इतनी दूर थी कि यहाँ आते-आते दूसरी लहरों जैसा ही रह गया था। फिर भी रूबी और दूसरे बच्चे बड़ी व्याकुलता से उसके आने की राह देख रहे थे। लहर नीचे आई, तो नाव ने झूले की तरह दो-तीन बार हिचकोले खाए। रूबी आनन्द से ह-ह करने लगा।

मानिक मुग्ध भाव से उसे देखता रहा। देखो, कैसी निश्चलता से हर चीज पर खुश हो रहा है। इस बेचारे को शायद पता भी नहीं है कि उसकी बाँह पकड़ा यह आदमी मन में क्या मनसूबे पका रहा है और किसी भी क्षण एक पागलपन उस पर आ सकता है कि हँसते-खेलते इस बच्चे को धक्का मारकर पानी में धकेल दे। लेकिन क्यों जी, सुनते हैं, बच्चों का सहज ज्ञान बड़ा तेज होता है···वे आदमी की अच्छी-बुरी इच्छाओं को तुरन्त भाँप जाते हैं। कहीं रूबी को भी तो ऐसा कुछ नहीं लग गया? तभी तो पूछ रहा था कि आपकी तबीयत तो खराब नहीं है। अब उसे याद आया कि रूबी ने उससे तबीयत की बात पूछी थी—क्यों? उसने फिर ध्यान से रूबी को, मानो पहली बार देखा और एक नया विचार उसके मन में आया—मान लो, इसे धक्का दे भी दूं, तो इस गरीब को क्या पता चलेगा कि मैंने ऐसा क्यों किया। और जो दाह मानिक के मन में है, उसके लिए वह कहाँ जिम्मेदार है?

अकारण ही एक अजीब-सी करुणा उसके मन में उमड़ आई···। उसने प्यार से रूबी के कन्धे पर हाथ रखा और आँसू-भरी आँखों से किनारे के बँगलों और घाटों को देखता रहा—नवाबी जमाने में भक्तों

और सैलानियों ने बनवाए होंगे। मन ही मन बोला : तू ही बता, रूबी बेटे मैं क्या करूँ? इन काई लगी टूटी-फूटी इमारतों में कभी जिन्दगी चहकती रहती होगी, इत्र, शराब और धूप की खुशबू उड़ती रहती होगी, रात को जाने कब तक तबला और घुँघरू खनकते रहते होंगे···लेकिन आज तो किसी को ख्याल भी नहीं आता कि उन मरे हुए लोगों की छातियों में भी ईर्ष्या, प्रेम, क्रोध, दया की भावनाएँ आती जाती थीं···। लोग शायद खुद मेरे बारे में भी नहीं जान पाएँगे, छः साल—लगातार छः साल मैं कैसी अजीब मद्धम आग में भुनता रहा हूँ···। कोई नहीं जानता···मेरी व्यथा को कोई नहीं जानता—प्रमिला, अनूप, अनुपमा कोई भी नहीं। शायद मैं भी तो खुद उसके वास्तविक स्वरूप को नहीं समझ पाता। बस, व्यथा है कि पुरानी चोट की तरह दुखने लगती है। किससे कहें उसे, किसी से कह भी तो नहीं सकता।

"अबे, ऐसा तैयार बैठा था? थोड़े दिन तो रुकता कम से कम। शादी के बाद दो-एक साल तो ये सारी झंझटें पालनी ही नहीं चाहिए।" अनूप के जन्म की खबर मिली, तो एक दोस्त ने कन्धे पर हाथ मारकर कहा :

"हाँ यार, मैं तो खुद भी नहीं चाहता था, लेकिन···।" वह झेंप गया। वह इसी तरह के आक्षेपों से डर भी रहा था शादी के दसवें महीने ही बाप बनने की उसकी उतावली पर लोग मजाक नहीं बनाएँगे तो और क्या करेंगे?

उसे एक अनजान खुशी भी थी। बच्चे को पालना तवालत चाहे जितनी हो, लेकिन चलो, इस झंझट से भी छुट्टी मिल गई। अब जब वह पैंतालिस का होगा, तो बाईस-चौबीस साल का जवान लड़का सामने होगा। वह अनूप को गोद में लेता और न जाने किस आश्चर्य-लोक में खो जाता···यह कैं-कैं रोता और आँखें मिचमिचाता बच्चा ही एक दिन इतना बड़ा हो जाएगा कि और लड़कों की तरह हाथ छोड़कर साइकिल चलाया करेगा। जाने कितने लोगों ने बताया कि माथा हू-ब-हू मानिक से मिलता है और आँखें और नाक प्रमिला पर गई हैं···ठोड़ी की बनावट पर भी मानिक की झलक है। सोते हुए अनूप को देखकर वह घंटों

यही सोचा करता कि बच्चों में माँ-बाप का हुलिया आखिर उतर कैसे आता है? उसे अनाम-सी खुशी होती—पालने में सोते इस नन्हें बेवकूफ को क्या पता कि उसका 'स्रष्टा' पास खड़ा-खड़ा उसे यों विभोर होकर निहार रहा है ? स्रष्टा पिता•••वह भी पिता हो सकता है, यह बात तो कभी भी नहीं सोची थी। खून के खिंचाव जैसी भी कोई चीज होती है, या सिर्फ साथ रहने का ही यह अभ्यास है···? ये इतने छोटे बच्चे आखिर सोचते क्या होंगे ?

छः महीने बाद प्रमिला को दो-तीन महीनों के लिए बनारस जाना पड़ा। माँ बीमार थी और अस्थायी रूप से मानिक के लुधियाने जाने की बात हो रही थी। इन दिनों मानिक को दिल्ली की सारी चहल-पहल फीकी लगने लगी···वह फाइल पर झुका होता तो एक मुस्कराता चेहरा सामने आ जाता, या लिखने को तत्पर कागज पर झुकी कलम की निब, दो छोटे-छोटे नन्हें-नन्हें दाँतों की शक्ल में बदल जाती···। अब वह विज्ञापनों और अखबारों में छपे बच्चों के चित्रों को मुग्धभाव से देखता और अपने ऊपर आश्चर्य करता कि ये प्यारे-प्यारे नन्हें-नन्हें बच्चे पहले उसे इतने दिलचस्प क्यों नहीं लगते थे ? किसी के मुँह से या किसी डाइ-जेस्ट इत्यादि में बच्चों की बीमारी की बात जानता, तो उससे अनूप का इलाज कराने की चिन्ता उसे पहले सवार हो जाती···। कोई दवाई कंपनी स्वस्थ और सुन्दर बच्चों के चित्रों पर इनाम घोषित करती, तो उसे लगता कि यह इनाम सिर्फ अनूप को मिलना चाहिए···। फिर दोस्तों के बीच यह कहकर सन्तोष कर लेता कि यह सब मिली भगत है, अपने ही किसी मिलने वाले को ये लोग इनाम दे-दिला देंगे। बच्चों के किसी विशेषज्ञ की कोई राय पढ़ते हुए उसके सामने बस अनूप की छाया घूमती रहती, वह बाकायदा लम्बे-लम्बे नोट्स लेता और तीसरे दिन प्रमिला को पत्र में नई-नई हिदायतें भेजता। सिनेमा में बच्चों को देखकर उसे अनूप की याद आती। अकसर सोचा करता कि हर साल जन्मदिन पर उसकी फोटो खिचवाकर एक अलबम बनाऊँगा और जब अनूप की शादी होगी, तो उसे उसकी बीवी को उपहार दूंगा···। साला अपनी नंगी तस्वीरें देख-कर शर्म से लाल हो जाएगा। बस में, फुटपाथ पर या कहीं भी किसी

बच्चे को देखता, तो सब कुछ भूलकर बस उसे ही देखता रहता, "अपने अनूप से मिलता है या अपना अनूप बड़ा होकर ऐसा ही हो जाएगा। पहले बच्चा लिये बस में किसी महिला की मुसीबत पर शायद ही उसका ध्यान जाता हो, लेकिन अब सबसे पहले खुद ही सीट छोड़ता और उस बच्चे को देखकर वात्सल्य से मुस्करा देता। सोचता, बच्चे का हँसना चीज ही ऐसी है, जो बरबस आपके चेहरे पर मुस्कराहट खींच लाती है···।

कभी-कभी अपने इस मानसिक परिवर्तन पर खुद आश्चर्य होता। झेंपकर मन ही मन आशंकित होता; मैं बाकायदा बाप ही बन गया। जैसे सारे टिपिकल बाप करते हैं, वही हालत मेरी है। और अनूप को झुलाने, गुदगुदाने को कुलबुलाते हाथ लिये वह एक महीने के बाद ही ससुराल जा पहुँचा।

अपने अनजाने ही छोटी साली उमा ने सबसे पहले उसके मन में एक चिनगारी फेंक दी। घर के जनाने और मर्दाने भागों की कड़ी थी यही बारह साल की उमा। वह सारे दिन बैठक में रहता। दूसरे या तीसरे दिन वह हाथों में अनूप को लिये उछाल रहा था और उमा पास खड़ी उसके खिलखिलाने पर गद्‌गद हो रही थी। उसने यों ही पूछ लिया, "अच्छा, उमा इसकी शक्ल मुझसे ज्यादा मिलती है या प्रमिला से ?" फिर अपना सवाल भूलकर अनूप के खिलखिलाने में खो गया। "सब कहते हैं कि मुझसे मिलती है।"

"आपसे तो कहीं नहीं मिलती।" उमा की जाँचती आँखें उसने चेहरे पर महसूस कीं, थोड़ी-बहुत प्रमिला जीजी से जरूर मिलती है।

"हिश !" चूहेखानी कहीं की। अनूप बेटे, इस बिल्ली मौसी से कट्टी तो कर लो।"

"यहाँ तो सब यही कहते हैं कि आँखें, ठोड़ी और माथा एकदम कान्त भाई साहब पर गया है।" उमा ने जब देखा कि अविश्वास से वह उसकी ओर मुँह बिराकर अनूप को पालने की तरह झुलाने लगा है, तो गम्भीरता से बोली, "अरे लो, जीजाजी, आप सच्ची ही नहीं मान रहे! इस पर तो हमारी और अम्मा की शर्त हो चुकी है···। आप खुद मिला

लो, वो कान्त भाई साहब की फोटो लगी है।"

"देखें···देखें, अनूप बेटे, कौन से कान्त भाई साहब से ये तेरी चूहे-खानी मौसी तुझे मिला रही है। कह दो, नई मौछी, हम पापा से मिलते हैं" अनूप से बोलता हुआ वह उमा के साथ एक ग्रुप-फोटो के नीचे आ खड़ा हुआ। फुटबाल खिलाड़ियों के कपड़े पहने कुछ लड़के कुर्सियों पर बैठे थे और कुछ पीछे खड़े थे। बीच में नीचे शील्ड रखी थी। उमा ने बताया कि विक्रम भैया के पास बैठा है। मानिक ने यों ही गौर से देखा और टाल दिया। अनूप को सम्बोधित करके बोला, "तेरी मौछी झुट्टी, तेरी मौछी झुट्टी।"

उमा बताए जा रही थी, "फुटबाल के बड़े ही अच्छे प्लेयर थे। विक्रम भैया के साथ ही तो पढ़ते थे। उनकी माँ, बहनें और भाभी खूब लड़ती थीं? लेकिन ये सुनते ही नहीं थे।"

"अरे होंगे कोई, तेरी बकवासों का कोई ठिकाना है।" स्पष्ट ही मानिक की दिलचस्पी अनूप को हँसाने में ज्यादा और कान्त भाईसाहब में कम थी। उधर उमा को उसकी यह लापरवाही अपने ऊपर अविश्वास जैसी लग रही थी। बोली, "आपकी भी कैसी कूड़ा याद्दाश्त है जीजाजी! जब आप लोग माँडे के नीचे बैठे थे, तो बिजली का फ्यूज उड़ गया था। उसे किसने ठीक किया था? वही तो घूम-घूमकर, फ्लैश बल्बों से आप लोगों की तस्वीरें ले रहे थे। कलकत्ता से प्रमिला जीजी की शादी के लिए ही तो आए थे।"

"अरे, आए होंगे। क्यों उनकी जान को रो रही है अब? इतनी देर हो गई, चाय-वाय नहीं पिलवाएगी कुछ? यह शर्त तो तू हार गई, अब देख अपनी जीजी से जाकर कह देना कि सिनेमा जाने के लिए तैयार हो जाए।" मानिक ने मुँह बिराकर कहा।

उमा चाय की ट्रे लाई और साथ में फ्रेम की हुई एक फोटो भी कहीं से उतार लाई, "लीजिए, ये पिछले ही महीने उनकी भी शादी हुई थी। भाभी जी बरेली की हैं।"

अखबारों में विवाहों की जैसी तस्वीरें छपती हैं, यह तस्वीर भी कुछ-कुछ वैसी ही थी···मंजु और कान्त। साड़ी बाकायदा माथे पर जरा-

सी झुकी थी और कान्त सूट-बूट में था। गम्भीर और कुछ खोया-सा···।

उमा ने फिर बताया कि बरात जब आई थी, तो इस कान्त ने ही उसे बाँह पकड़कर घोड़े से उतारा था। तस्वीर उसने लौटा दी, लेकिन इस बार कहीं हल्की-सी उदासी जागी। कान्त का चेहरा तो स्पष्ट याद नहीं आया, बस, कुछ-कुछ ख्याल समझ की पकड़ में आ-आकर छूटता रहा कि शायद इसे देखा तो है। जहाँ तक अनूप की शक्ल मिलने का सवाल है, सो बच्चों के फीचर्स इतने अधिक बनने की प्रक्रिया में होते हैं कि हर किसी से उनके मिलने का भ्रम हो सकता है। यह शायद अपने ही मन का प्रक्षेपण होता हो। फिर भी कहीं कोई सन्देह का आभास हुआ। पिछले महीने ही कान्त का विवाह हुआ है और प्रमिला यहाँ एक महीने पहले ही आ गई थी···।

उस रात जब प्रमिला से बात की, तो वह सन्देह भी निकल गया। उसने बेझिझक बता दिया, "यहाँ बहुत आते-जाते थे। असल में विक्रम भैया के बहुत दोस्त हैं। सो उन्हीं के नाते हमें भी मानते हैं। वो जो बनारसी, सुनहरे जरी के सच्चे काम की हरी-हरी साड़ी है न, वो उन्होंने ही हमें दी है। अभी पिछले महीने खुद उनकी शादी हुई है। उमा का क्या है, वो तो बात-बात में शर्त बदती है। जानती है कि हार हो गई, तो कह दूँगी···मैं कमाती थोड़े ही हूँ, शर्त कहाँ से दूँ? और जीत गई, तो सिर पर सवार। अभी परसों इसी पर तुल गई कि कान्त भाईसाहब की शक्ल आपसे बहुत मिलती है।"

मानिक ने हँसकर टाल दिया, "हाँ, उमा तो घर-भर में बेसऊरी और सिड़बिल्लेपन के लिए प्रसिद्ध ही है। जाने कितनी बेवकूफी की बातें करती है···।"

लौटा, तो उसे जालन्धर जाना पड़ा और वहाँ उसे आठेक महीने लग गए। प्रमिला की बड़ी अनुरोध और अनुराग-भरी चिट्ठियाँ आतीं और वह नौकरी को जी भरकर कोसती, जिसके कारण शादी के बाद यों उन्हें अलग-अलग रहना पड़ रहा है। वह लगातार अनूप के बारे में खबर देती रहती। सास-ससुर ने बहुत जोर देकर अनूप के मुण्डन पर बुलाया। पत्नी भी चाहती थी कि वह देख जाए। अनूप साल-भर का हो

रहा था। ससुर की जिद के कारण मुण्डन वहीं रखा था। प्रमिला की इच्छा थी कि जल्दी से जल्दी बनारस से हट जाए, लाड़ के मारे नाना-नानी अनूप में ऐसी आदतें डाले दे रहे हैं, जिनसे उसे सख्त नफरत है। वे उसे नंगा घूमने देते हैं और खाने-पीने का कोई ध्यान नहीं रखते। उसकी तोतली बोली में 'छाले, उल्लू ते पत्थे' सुनकर वे लोट-पोट हो जाते हैं। प्रमिला का आग्रह था कि उसकी इस समय की शिक्षा-दीक्षा अच्छे ढंग से हो। आखिर खुद उसकी इण्टर तक की पढ़ाई किस दिन काम आएगी।

इस बार जब मानिक ने अनूप को देखा, तो सचमुच धक्-से रह गया। वह स्वयं कान्त से मिलता है या नहीं, यह तो नहीं पता; लेकिन अनूप के चेहरे में जरूर कुछ ऐसा था, जो कान्त की फोटो की याद दिला देता था। कुछ देर तो वह शायद यह भी भूल गया कि अनूप उसकी गोद में है···कहीं सचमुच···? और बात उसके मन में कोई ठोस आकार ले, इसके पहले ही अनूप को उसने अपनी छाती से चिपका लिया, हालाँकि अनूप उसे भूल गया था और चीख-चीखकर रोने लगा था।

दो-तीन महीने बाद जब बदली स्थायी रूप से लखनऊ की हो गई, तो प्रमिला और अनूप दोनों वहीं आ गए···। लेकिन मानिक को अपने भीतर एक अजब जड़ता और विरक्ति का अहसास होने लगा था। हमेशा उसके मन में एक आशंका धड़कती रहती कि कहीं प्रमिला के समान, कपड़ों या कागज-किताबों में कान्त का कोई पत्र या ऐसी-वैसी चीज न मिल जाए। यों वह साइकिल पर बैठाकर अनूप को बाजार ले जाता, सुबह देर तक उसके साथ गेंद खेलता और रात को छत पर लेट-कर उसे दुनिया-भर की कहानियाँ सुनाता। उसकी हर उल्टी-सीधी जिद पूरी करता, लेकिन कोई चीज थी, जो उसे लगातार भीतर कुरेदती रहती थी। अकारण ही अक्सर एक अनजानी झुँझलाहट का ज्वार-सा उसके भीतर उमड़ आता और इच्छा होती कि अनूप को उलटा लटका दे। उसकी किसी शैतानी या जिद पर वह ऐसे जोर से तमाचा मार देता कि गालों पर उँगलियों के निशान बन जाते और बाद में कई दिन उसका मन खराब रहता—वह उसे पुचकारता और मानता···। चौके में खाना

बनाती या चटाई पर मशीन चलाती प्रमिला को चुपचाप बिना जताए देखता रहता, देखता रहता और फिर खुद ही सिर झटककर जल्दी-जल्दी अपने बालों पर हजामत का साबुन लगाने लगता, नहीं···नहीं, छिः-छिः मेरे मन में भी जाने क्या-क्या बातें आती हैं···।

ऑफिस में काम करते-करते उसे जाने क्या होता कि वह उँगलियों पर हिसाब लगाने लगता···अनूप शादी के ठीक साढ़े नौ महीने बाद हुआ है, यह भी नहीं कि सात-आठ महीने का ही···। और फिर ऐसी बात सोचने के लिए खुद ही अपने मन को धिक्कारने लगता। लेकिन हमेशा मन में इस धिक्कार के बने रहने के बावजूद पत्नी के प्रथम मिलन का एक-एक ब्यौरा उसकी आँखों के आगे आता-जाता। बल्कि वह प्रयत्न कर-करके याद करता कि शायद उस दिन की कोई ऐसी बात ध्यान में आ जाए कि मन के संशय को कोई सहारा मिले—प्रमिला के व्यवहार में या सारी स्थिति में···। हो सकता है कि वह उस समय शादी के नशे में खोया रहा हो कि ऐसी बात निगाह से ही चूक गई हो···। अब सोचने से याद आ जाए और किसी नतीजे पर पहुँचने में सहायक हो···। उसके मित्रों और पुस्तकों ने 'अबोध' और 'कुँवारी' लड़की के जो लक्षण बताए थे, वे तो सब ज्यों के त्यों नहीं मिले, लेकिन कुछ ऐसा भी नहीं मिला जो प्रमिला के 'अनुभवी' होने की बात सिद्ध करता हो···। उसके व्यवहार में भी बाद में ऐसा कुछ नहीं पाया कि लगे, उसे किसी की याद आती रहती हो···बल्कि अपने पहले मिलन पर मानिक को कहीं गहरा सन्तोष ही मिला कि प्रमिला एकदम 'अनाड़ी और बेवकूफ' है···। बाद में भी अच्छी मनःस्थिति में वह उसके अज्ञान पर उसे चिढ़ाता और उसकी झेंप का मजा लेता रहता था···।

आज भी कोई ऐसी बात ध्यान में नहीं आती, लेकिन मन ही मन वह अपनी बात काटता···इन लड़कियों का क्या ठीक है···! ऐक्टिंग तो इनके खून में मिली रहती है···! बाद में निरन्तर होती आत्मभर्त्सना के बावजूद उमा तथा अन्य बच्चों से खोद-खोद कर पता लगाया कि कान्त शादी में कब आया था, कितने दिनों रुका, प्रमिला से उसके मिलने के अवसर कौन-कौन से थे और जब एक हफ्ते बाद प्रमिला ससु-

राल से लौटकर बनारस गई थी, क्या कान्त तब तक वहीं था ?

सच पूछा जाए तो उसे प्रमिला से कोई शिकायत नहीं थी। उल्टे इन सारे दिनों ट्रांसफरों के दौरान में उसकी कमी ही महसूस होती रहती थी। न खाने का ठिकाना, न चाय का···। अब वह प्रमिला को घर में जिस तन्मयता से काम में डूबे देखता, जैसे रच-रचकर वह सब्जी काटती, खिड़कियों की धूल झाड़ती, अनूप की तेल-मालिश करती, खुद का उसका जितना ख्याल रखती और जिस तरह उसके आगे-पीछे मँडराती, उससे लगता ही नहीं था कि उसका कभी किसी और के प्रति भी कोई खिंचाव रहा है···और यों घर में बीस लोग आते हैं। मान लो, कान्त इनके घर में बहुत आता-जाता भी रहा हो, मगर वहाँ बात इस हद तक तो आगे बढ़ ही नहीं सकती। छोटा-सा तो घर है। फिर प्रमिला की माँ भी सीधी नहीं है; खूब तेज निगाहें रखती रही होगी। सब मन का ही वहम है, और जहाँ वहम मन में जमा कि आदमी को पेड़ भी भूत दिखाई देता है। हो सकता है, इसी वहम के कारण उसे अनूप की आँखें, माथा, ठोड़ी सब कान्त से मिलते लगते हों···वस्तुत: मिलता कुछ भी न हो। उसने कहीं पढ़ा था कि जब बच्चा पेट में होता है, तो उस पर माँ के खाने-पीने, आचार-विचार का बहुत असर पड़ता है, यहाँ तक कि माँ अक्सर जिस व्यक्ति के बारे में सोचती है, या जो उसे बहुत याद आता है, बच्चे का हुलिया और आदतें भी वैसी ही हो जाती हैं। तभी तो हमारे यहाँ कहा गया है कि गर्भवती को महापुरुषों, अवतारों का ध्यान करना चाहिए। हो सकता है, शुरू में वह कान्त को बहुत पसन्द भी करती रही हो और अकसर उसके बारे में सोचती भी रही हो। पढ़ी-लिखी लड़की को इतनी छूट तो देनी ही पड़ती है।

इस प्रकार के निष्कर्षों पर पहुँचने के बाद वह अप्रत्याशित रूप से अनूप और प्रमिला के प्रति बहुत ही उदार हो जाता। उन्हें जरूर कहीं न कहीं घुमाने ले जाता, कपड़े बनवाता, लेकिन महीने-दो महीने बाद अचानक ही मन के किसी गहरे से धुआँ-सा उठता और सब कुछ बेस्वाद और फीका लगने लगता। प्रमिला की सीधी-सी बात पर झल्लाहट होती, चीजों को फेंकता, अनूप अगर रोता, तो उसकी धुनाई कर देता। घर

लौटने का उसका मन ही न करता और सब मिलाकर एक वैराग्य-भावना उसे छा लेती···। एक दिन अचानक पाता कि मन में प्रमिला और अनूप के लिए फिर वही प्यार उमड़ने लगा है···। अजब हालत थी, जैसे उसे दौरे आते हों। इसके बावजूद अन्य बच्चों से अनूप की तुलना और उसके प्रति लाड़ उसे हमेशा अपने मन में महसूस होता था। गुब्बारे या लेमनजूस वाले के सामने से बिना अनूप के लिए कुछ खरीदे उससे हिला ही न जाता।

अनूप तीन साल का हुआ, तो उसकी छोटी बहन आ गई—नाम रखा अनुपमा। तब उसके दिमाग का फितूर एक साथ झटके से दूर हो गया। बात यह थी, विवाह से पहले उसे कई बार एक और सन्देह आ दबोचता था और तब प्रायः उसकी समझ में ही नहीं आता कि क्या करे। उसने एक डाक्टर से भी सलाह ली। उसकी सारी बात सुनकर डाक्टर ने फीस जेब में रखकर लापरवाही से कहा, 'कुछ नहीं, कुछ नहीं। तुम्हें वहम हो गया है। पढ़ना-लिखना बन्द करो और शादी कर लो···यू आर ए परफैक्ट मैन। इस तरह की आधी बीमारियाँ सिर्फ दिमागी होती हैं।' अनुपमा के आने तक यही सन्देह उसे कभी-कभी कुरेद जाता था···हो सकता है, उसका भ्रम ही ठीक हो और बात डाक्टर की समझ में न आई हो। अनुपमा जब पेट में आई, तो उसने खुद आत्मविश्वास से अपनी पीठ ठोकी, 'वाकई वह तो भ्रम निकला। आई एम ए परफैक्ट मैन। शेखचिल्लियों जैसी वह बात मेरे मन में आखिर जम कैसे गई···?···? और उसे लगा, जैसे अब जाकर वह नॉर्मल हुआ है। बस, उसे कभी-कभी एक तरह की बेचैनी जरूर महसूस होने लगती थी और कभी उसका बायाँ कन्धा उसके अनचाहे इस तरह फड़कने लगता कि वह उसे चकित होकर देखता रहा। अचानक उसका मन होता कि हाथ की फाइलों को झटके से उछाल-उछालकर फेंक दे, दवात को जोर से जमीन पर दे मारे और सुराही की गर्दन पकड़कर मेज पर भड़ाका बुलाए। ऐसे समय वह रद्दी की टोकरी से कोई बेकार लिफाफा निकालकर हवा भरता और मुट्ठी में कसकर ऐसे जोर से दूसरे हाथ का मुक्का मारता कि आसपास के लोग चौंककर उछल

पड़ते···।

और इस सारी भीतरी उठा-पटक, कशमकश तथा बाहरी खींचतान के बावजूद न तो उसने कभी प्रमिला के प्रति इस प्रकार के अभद्र संकेत किए और न अनूप के प्रति अपने मन में प्यार की कमी पाई। गुस्सा, शक, दुख, झुंझलाहट के साथ-साथ दिनों-दिन यह अनुभूति मन में जमती ही चली गई कि अनूप 'अपना' ही है—अपनी आत्म और रक्त का अंश है। इस बात पर कभी-कभी वह खुद अपनी ही सराहना करता कि वह अच्छे संस्कारों वाला शिष्ट व्यक्ति है, वरना और कोई होता तो काटकर प्रमिला के दो टुकड़े कर देता और बच्चे का मुँह तक न देखता। यह तो वही था कि उन भीषण क्षणों को उसने धैर्यपूर्वक निकल जाने दिया। प्रमिला की हर हरकत पर कड़ी निगाह रही, या उसकी तलाशी ली, उसके हर आने-जाने वाले पत्र को सेन्सर किया और उसे कतई बनारस नहीं जाने दिया—यह बिल्कुल दूसरी बात है। यह उसका हक था।

कभी-कभी जब वह उँगली पकड़े अनूप को कहीं ले जाता, साथ सुलाता, या उसकी गेलिसें बाँधता, तो उसके अधिकारपूर्वक किए गए आग्रहों को देखकर एक टीस जैसा विचार कौंध कर रह जाता—जिसकी वह उँगली पकड़े ले जा रहा है, जिसे साथ सुलाता है, या जिसकी टाँग गोद में रखकर जूते के फीते कस रहा है, या जिसे साबुन से मल-मलकर नहला रहा है, उसे क्या पता कि वह किसका लड़का है? उसका बाप कहाँ है? इस बात को शायद बाहर वाला कोई आदमी नहीं जानता···हो सकता है कान्त या प्रमिला को खुद पता न हो···। जब वह किसी बच्चे को किसी के कन्धे पर लदा हुआ जाते देखता, तो मन ही मन पूछता—इस गद्‌गद होकर चले जाते हुए बुड्ढे की ही क्या गारण्टी है कि उसके कन्धे पर चढ़ा, बाल खींचता, या आइस्क्रीम खाता बच्चा खास उसी का बेटा है? या ये साहब खुद अपने बाप के ही बेटे हैं? फिर वह निहायत ही तटस्थ होकर सोचता —अच्छा मान लो, इस सामने वाले व्यक्ति का बाप एक्स नहीं वाई था, और एक्स ने जिन्दगी-भर इसे अपना बेटा मानकर पाला, तो इससे खुद इन्हें कहाँ फर्क पड़ा? मेरे बाप कपूरचन्द न होकर

हरिमोहन थे, लेकिन मैं तो जो हूँ, सो ही हूँ। मेरे लिए यह बात जिन्दगी और मौत का सवाल क्यों बने कि अगर कपूरचन्द ने मुझे अपना बेटा कहकर पाला है, तो कपूरचन्द को ही मेरा 'स्रष्टा' भी होना चाहिए···? मेरे आने का निमित्त कपूरचन्द हो या हरिमोहन, मेरे लिए तो दोनों ही एक जैसे हैं। जो मेरे सामने हैं, मुझे तो उसी से मोह है। आदमी को यह ललक क्यों है कि सृजन के उस 'विशेष क्षण' में आने वाले बच्चे का 'निमित्त' भी वही बने ? अच्छा, मान लीजिए, मैं जिन्दगी-भर, यही विश्वास करके बच्चों को पढ़ाता, पालता-पोसता कि इसके जन्म का 'निमित्त' भी मैं ही था और यह बात आखिर में जाकर खुलती कि मैं जिन्दगी-भर भ्रम में रहा, तो इससे सचमुच मेरी सारी जिन्दगी निरर्थक कैसे हो गई। मेरे जीवन में पितृत्व के वे सारे गद्‌गद संवेग, और विभोर संवेदन हर रास्ते चलते बच्चे को देखकर मन में आया हुआ वह तन्मय-विस्मय का भाव और वह अपने अणु-अणु से निछावर हो जाने वाला प्रसन्न समर्पण—वह सब इसी एक 'ज्ञान' से अनजिया और झूठा कैसे हो जाएगा ? मानिक को जाने कैसे यह विश्वास हो गया था (और अपने इस विश्वास से बड़ा सन्तोष होता था) कि ये इधर-उधर दीखने वाले कुछ ही बच्चे अपने 'असली बापों' के हैं, बाकी तो योंही किन्हीं दूसरों के नामों से चल रहे हैं···और एक उत्तेजना-हीन गुस्से से इस समस्या का हल रखता कि अगर इनकी माँओं को उल्टा लटकाकर लगातार कोड़ों से धुनाई की जाए, तब शायद वे कबूलें कि कौन किसका बेटा है। दुनिया के भूत और वर्तमान इतिहास में जाने कितने लोग अपने बाप के बेटे होंगे, इस महत्त्वपूर्ण प्रश्न की ओर पहले उसका ध्यान क्यों नहीं गया था, ताज्जुब तो यह है···!

इस तरह बात को फैलाकर वह उड़ा जरूर देता, लेकिन एक तस्वीर इन सारे दिनों उसकी चेतना पर घाव की मक्खी की तरह मँडराती रही है जो घूम-घूमकर आँखों के सामने आ जाती है। वह बातें कर रहा होता, खाना खा रहा होता, सोने की कोशिश कर रहा होता, तो समय-असमय जाने कहाँ से अँधेरे में वह तस्वीर उभरती चली आती है···

वही मर्दाना कमरा है, जहाँ अक्सर उसे ससुराल में ठहराया जाता

है···। धुँधलके का समय है और घरवाले लोग जाने कहाँ गए हैं···। निवाड़ के चौड़े पलंग पर दो व्यक्ति लेटे हैं—लम्बाई में नहीं चौड़ाई पार करते हुए इस तरह कि दोनों की टाँगें सामने की ओर लटकी हैं···। कान्त की दी हुई बनारसी हरी साड़ी से घिरी प्रमिला की टाँगें हैं। जरी के चौड़े सुनहरे बार्डर के नीचे महावर लगे छोटे-छोटे गोरे पंजे झूल रहे हैं। रंगीन सुर्ख सैण्डिल नीचे पड़े हैं—शायद सरककर नीचे गिर पड़े हैं। उन पंजों के पास ही ग्रे-पैंट के नीचे पालिश से चमकते दो काले डरबी जूते हैं। प्रमिला चित्त लेटी है और उस पर झुका हुआ है कान्त। प्रमिला रो रही है और कान्त बार-बार उसके बालों पर हाथ फेरता है; उसके होंठ और पलकें चूमता है। उसके चौड़े-चौड़े हाथों में प्रमिला के मेहंदी-लगे हाथ हैं जिनकी अँगुलियों में अँगूठियाँ झिलमिला रही हैं। कलाइयों में हरी-लाल चूड़ियाँ हैं, साँप के मुँहवाले सोने के कड़े हैं, घड़ी है। प्रमिला ससुराल से लौटकर आई—पराई हो गई है। शायद दोनों रो रहे हैं···। इस तरह कान्त जाने कब तक उसकी छाती पर सिर रखे लेटा रहा है। तभी अचानक उठने का प्रयत्न करते हुए वह कहती है, 'नहीं कान्त, नहीं···अब यह नहीं···! देखो, अब यह सब नहीं···!' वह कहना चाहती है कि अब मेरी शादी हो गई है। लेकिन कान्त उसे उठने नहीं देता, होंठों पर होंठ रख देता है, 'प्रमिला, प्रमिला डार्लिंग। मुझे रोको नहीं···अब फिर पता नहीं, जिन्दगी में कभी मिलना होगा या नहीं, फिर कभी तुम्हें छू भी सकूँगा या नहीं···बस, इसी बार···।'

और चित्र इससे आगे नहीं चलता। जैसे रील टूट जाती है। लेकिन इतने ही चित्र को मानिक ने इतनी बार और इतने ब्यौरे के साथ देखा है कि इसकी सचाई में अब कोई सन्देह नहीं रह गया। उसे अब तो सच-मुच यही विश्वास हो गया है कि वह खुद भी कहीं किसी जगह छिपा, किसी सूराख से सारा दृश्य देख-देखकर दाँत पीस रहा था···उसने एक-एक बात ध्यान से देखी-सुनी थी। उसे यह तक याद है कि कान्त की कमीज के रंग और डिजाइन क्या थे, पतलून किस कपड़े की थी···या जब प्रमिला बेमन से उसे बरज रही थी, तो किस तरह कान्त की साँस तेज धौंकनी की तरह चलने लगी थी और कैसे उसका एक हाथ प्रमिला

की पीठ पर लटके ब्लाउज के फुँदने से खेलता उसे छाती से चिपकाए था···। हो सकता है, तस्वीर की एक-एक बात को उसकी कल्पना ने धीरे-धीरे करके उसके अवचेतन मन में गढ़ दिया हो···या किसी कहानी-उपन्यास के इसी प्रकार के अंश में उसने खुद कान्त और प्रमिला को फिट कर लिया हो···मगर यह तस्वीर उसके न चाहने पर भी इतनी तरह से और इतनी बार कौंधती रही है कि उस पर अविश्वास होना बन्द हो गया लगता है। वह हिसाब लगाता है कि सुहागरात के बाद प्रमिला अपनी माँ के यहाँ आई थी, तब की यह 'घटना है', यानी दो दिनों का अन्तर। यानी तब तो हिसाब ठीक ही बैठ गया ··। ऐसी बातों में दस-पाँच दिनों का अन्तर तो खुदा भी नहीं बता सकता···। बस, अगर सच बात कोई बता सकता है, तो वह है प्रमिला···।

अनुपमा के जन्म ने उसके मन के सारे जाले साफ कर दिए और यह तस्वीर और इसके साथ जुड़ी सारी शंकाएँ और चिन्ताएँ अवचेतन के कबाड़खाने में जाकर डाल दिए गए। अब तो हर क्षण उसे अफसोस और आश्चर्य होता रहता कि कैसे वह निराधार बात उसके मन में जम गई थी ? शायद उसी की प्रतिक्रिया थी कि अब न तो वह दफ्तर से देर से लौटता, न कभी बेकार झल्लाता···। अब तो वह था, उसका अनूप था, उसकी अनुपमा थी और थी उसकी प्रमिला···। लेकिन अनूप सबसे ऊपर था···। सुबह वह उसको स्कूल छोड़ने जाता। बीच में प्रमिला उसे टिफिन देने जाती और साँझ को स्कूल की ड्रेस में जब वह थैला घुमाता आता और खाने के लिए जल्दी मचाता, तो सारा घर चहक उठता···। मानिक को एक सांत्वनामयी खुशी थी कि दुनिया-भर की तस्वीरों और शंकाओं के बावजूद यह चहक घर में गूँजती रहती थी···गूँजती रहती थी।

यह नहीं कि पहले की कोई बात ख्याल आती ही न हो···लेकिन न तो पहले जैसी उसमें हिंस्र कड़वाहट होती, न आत्मघाती दंश। खासकर जिस समय अनूप कुछ असाधारण काम करता, या बहुत समझदारी की बात करता, तो कहीं बहुत धुँधला-सा मन में जागता···साला बड़ा इण्टैलिजेण्ट है, वर्णसंकर है न, क्रॉसब्रीड। अपने-आपसे पूछता : अच्छा, इसे वर्णसंकर कहेंगे, या जारज ? अरे हटाओ भी, जारज ही हो गया, तो

ऐसी क्या मुसीबत आ गई। इसे जानता कौन है बाहर ?

"दफ्तर के काम से मुझे कलकत्ता जाना है।" एक दिन आकर मानिक ने बताया, "जाना परसों की गाड़ी से ही होगा। तुम जरा मेरे कपड़ों के बटन-अटन देख देना···।"

प्रमिला खिल उठी, "पहले से पता होता, तो हम भी चलते। क्या है, थोड़ा-बहुत खर्चा ही होता। बाकी तो ऑफिस से ही मिल जाता। कान्त भाई साहब जाने कब से आने को कह रहे हैं···!"

मानिक को अच्छा नहीं लगा। उसने तो हर खत को देखा है, कान्त भाई साहब ने आने को कब कह दिया। लेकिन इसके बाद प्रमिला ने बेहद आग्रह किया था कि कान्त भाई साहब के यहाँ जरूर जाए, बल्कि वहीं ठहरे। खास भाई की तरह रखेंगे। कान्त को देखने की इच्छा मानिक के मन में भी थी ही। वह तैयार हो गया। शायद उसी दिन प्रमिला ने एक खत लिखा और बाजार जाकर रूबी को देने के लिए नेकर और कमीजों का कपड़ा भी ले आई। सारे समय मानिक को समझाती रही कि कैसे कान्त और मंजु को यहाँ आने का निमन्त्रण देना है।

स्टेशन पर लेने खुद कान्त आया था। जो आशंका रास्ते-भर उस पर मँडराती रही थी, मानो उससे बचने के लिए वह भगवान से प्रार्थना करता रहा कि कान्त न आए···लेकिन जब उसने सिगरेट पीते कान्त को प्लेटफार्म पर देखते ही पहचान लिया, तो गाड़ी रुकने से पहले ही सवाल मन में उठा : क्या सचमुच कहीं इतना कुछ परिचित है। फिर खुद ही तर्क दिया : तस्वीर तो देखी ही थी। गाड़ी से उतरकर गेट की तरफ आते हुए उसने गौर से देखा, तो कान्त खुद ही बोला, "आपने मुझे पहचाना खूब···! पहले से अब तो बदन भी भारी हो गया है और तब तो यह चश्मा भी नहीं लगाता था।" कान्त खुद ही हँस पड़ा।

"प्रमिला के घर बनारस में तस्वीर तो देखी ही थी। फिर शादी पर भी मिले थे। घर पर भी आपका जिक्र होता ही रहता है···।" लेकिन उसका स्वर टूट गया। कान्त को देखकर सचमुच धक् ही रह गया···। इतने सीधे-सादे सत्य को कैसे वह झूठे तर्कों से टालता रहा और कैसे अपने-आपको समझाता रहा···?

ऊपर से सारी औपचारिक बातें होती रहीं। वे एक-दूसरे से मिलने पर खुशी जाहिर करते रहे। शादी की बातें याद करते रहे। कान्त, अनूप और प्रमिला के बारे में पूछता रहा। अपनी व्यस्तता और असमर्थता की शिकायत करता रहा कि "आपके बारे में भी हम लोग रोज ही बातें करते थे···।" या "आपने तो लखनऊ-बनारस आना ही छोड़ दिया। लेकिन मन ही मन अपने-आपसे वार्तालाप चलता रहा···और जब उसने रूबी को देखा, तो सचमुच ही आसमान से गिरा—एकदम जैसे सामने अनूप खड़ा हो !···वही आँखें, वही माथा, वही ठोड़ी और ठीक उसी तरह हँसने का ढंग···इसी हँसी की याद करके वह रास्ते चलते मुस्कराया करता था ? उसने अपने-आपसे पूछा—इसी तरह की आँखों की चमक देखकर उसे अपने जीवन की सार्थकता का भ्रम होता था···?

नहीं···नहीं···वह कभी भ्रम में नहीं रहा···। उसके मन में सुलगती भट्टी एक दिन को ठण्डी नहीं हुई। प्रमिला के झूठे प्यार और दिखावे ने उसे एक पल नहीं भरमाया और उमा का गाड़ा हुआ काँटा एक निमिष को टीसना बन्द नहीं हुआ। मक्कार, हरामजादी···। ये शब्द पता नहीं, किसके लिए उसने दाँत पीसकर कहे। सिर्फ एक या दूसरे तर्क और बहानों का सहारा खोज-खोजकर वह अपने को भुलाने की ही कोशिश करता रहा है। कभी यह भुलाने का काम शराब करती थी, और कभी भगवान का कीर्तन या दफ्तर में देर-देर तक बैठना। बस, खींचतान यही रही है कि उस ओर ध्यान न जाए। गलतफहमी उसे कतई नहीं है···।

अकारण ही उसे याद आया कि प्रमिला ने किस प्रकार जिद करके उसे नाना-नानी के यहाँ से हटा दिया था—अनूप में खराब आदतें पड़ती हैं। यार का लड़का था न, तभी तो इतना ख्याल था कि अपने माँ-बाप भी दुश्मन लगे···! होता कहीं मानिक का तो पड़ा रहता कहीं···।

मानिक को होश नहीं रहा कि नाव कब नदी पार करके दूसरे किनारे आ गई और बैलूर की ओर के घाट छूती हुई बढ़ती रही। रूबी की बाँह पकड़े वह जाने कहाँ खोया अपने-आपसे पूछता रहा "छः साल ! पूरे छः साल रात और दिन, सुबह और शाम मैं मानसिक यातना के

अँधेरे कुएँ में घुटने की सजा भुगतता रहा···किसलिए ? आखिर मेरा अपराध क्या है ? और जब बिना अपराध किए भी सजा मैं भुगत सकता हूँ, तो दूसरा भी क्यों न भुगते ? अब अगर मेरे मन में बदले की, प्रतिहिंसा और प्रतिशोध की बात आती है, तो इसमें बुरा और अस्वाभाविक ऐसा आखिर क्या है ? जिन्होंने या जिसने अपराध किया है, वे भी क्यों न जानें कि दण्ड भी मिलता है···? रूबी तो इस प्रतिरोध का एक साधन-मात्र है।"

"बाबू, पैसे।" मल्लाहों ने बैलूर घाट से कुछ दूर पर ही नाव रोककर सारी नाव में घूम-घूमकर किराया वसूल करना शुरू कर दिया था और केवल घुटनों से ऊंची धोती बांधे एक पक्के रंग का नौजवान मानिक के कन्धे पर हाथ रखकर पैसे मांग रहा था।

"चाचाजी···चाचाजी !" शायद रूबी ने भी दो-एक बार पुकारा था और तब वह हकबकाकर होश में आ गया था। जेब से पर्स निकालते हुए उसने देखा कि बैलूर के घाटों के ऊपर मन्दिर खड़ा था। "वो सीढ़ियाँ हैं न, बस अभी वहाँ नाव पहुँचेगी और हम एकदम उछलकर घास पर चले जाएँगे···। पिछली बार आए थे, तो हम लोगों ने रबर के रिंग का खेल खेला था।" रूबी बता रहा था।

सांयं के सूरज की पीली-पीली किरणें पानी और घास पर, पेड़ों और इमारतों की आड़ लेकर आड़े-तिरछे त्रिकोण बना रही थीं, गेरुआ, साफा कुरता और तहमद पहने दो संन्यासी ऊंचे किनारे पर चहलकदमी कर रहे थे। किनारा बहुत ही पास था और पैसों की वसूली के बाद जब नाव फिर से चली, तो मानिक के मन में आया—मान लो, वह भी संन्यासी हो जाए, तो ?···प्रमिला और अनूप का क्या होगा···? यह नहीं कि ऐसा विचार पहले उसके मन में नहीं आया···लेकिन पहले तो कहीं न कहीं एक अनिश्चय भी था···? शायद यह सब उसी का वहम हो···। अब तो अनिश्चय की कोई बात नहीं है। फिर वह क्यों न यहीं रहे, यहीं खाए···।

"उतरिए ··उतरिए, चाचाजी !" नाव एकदम सीढ़ियों के किनारे आकर लग गई थी और लोग जल्दी-जल्दी उतर-उतरकर ऊपर भागे जा

रहे थे। नीचे की सीढ़ी पर पानी के कारण काई और बेहद फिसलनी मिट्टी की कीचड़ थी, इसलिए वहाँ लोग अपनी-अपनी धोतियों, पैंटों को घुटनों तक उठाए थे और बहुत जमा-जमाकर पांव रख रहे थे। फिर भी किसी न किसी का पाँव फिसलने ही लगता था। एक बच्चे ने जैसे ही नाव से बाहर पाँव रखा कि उसका जूता दूर तक फिसलता चला गया। साथ वाले व्यक्ति ने झपटकर उसकी बाँह पकड़ ली, तो जैसे-तैसे गिरते-गिरते बचा, एक तरह लटका-सा रह गया···। "देखो बेटे, तुम हमारा हाथ पकड़कर उतरो। लो, नहीं तो वैसे ही फिसल जाओगे···। छोटे बच्चों को क्रेप के जूते पहनना किसने बताया ?" उसका स्वर अप्रत्याशित रूप से मुलायम हो गया, तो वह स्वयं अपने स्वर पर चौंक उठा। साथ ही पहली बार उसके मन में आया कि वे दोनों ही निरपराध हैं और यही एक बात दोनों को आपस में बहुत निकट ले आई है···।

नाव की कगार पर खड़े रूबी को एक हाथ से पकड़े, अपने आप उतरने में मदद करते हुए मानिक की निगाहें फिर उसके चेहरे की ओर उठ गईं। पीली धूप उसकी एक कनपटी पर तिरछी पड़ रही थी और देर तक उसकी समझ में न आया कि जिसे इतनी सावधानी से वह उतार रहा है, या जिसे उँगली पकड़े एक-एक कदम जमाकर सीढ़ियाँ चढ़ाता वह ऊपर लिये जा रहा है, वह अनूप है या रूबी, और स्वयं उन दोनों के चढ़ने से पहले, सीढ़ियों पर चढ़ती दो बहुत लम्बी-लम्बी छायाओं में छोटी वाली छाया के लिए उसके मन में उठती भावना प्यार है, या प्रतिहिंसा···। वही कद···वही उम्र···वही चेहरा···वही ढंग···वही दुलार और वही प्राणान्तक टीस···

भविष्य के आस-पास मँडराता अतीत

सांवले रंग के बावजूद, चेचक के दाग पहले इतने बुरे नहीं लगते थे, जब से आधा मुँह जल गया है, बहुत ही भयानक लगते हैं। उसे पता है, अब उसका चेहरा काफी कुरूप हो गया है और जब-जब वह उसे शीशे में देखने का साहस करता है, भ्रम होता है 'मोम का घर' का शैतान नायक अपना चेहरा उस पर लगा छोड़ गया है। चेहरा ढंकने के लिए अपना हैट मुँह-आँखों पर झुकाये और ओवरकोट के उठे हुए कॉलरों से कनपटियाँ छिपाते हुए उसे सचमुच लगा, जैसे वह नहीं, किसी क्राइम फिल्म का नायक अपनी घात में इस पेड़ के नीचे बैठा है।

लड़कियाँ आ रही हैं···दूर से सफेद फ्रॉकों और लाल-सुर्ख पुलोवरों में झुण्ड की तरह आपस में सटी-सटी वे चली आ रही हैं। पहले भन-भनाहट सुनाई दी थी, अब बातें, हँसी-खिलखिलाहट, एक-दूसरी को छेड़ना दिखाई भी दे रहा है···आगे-आगे शायद दो टीचरें हैं, चेस्टरों और साड़ियों में···उसका दिल जोर-जोर से धड़कने लगा। भीतर की अचानक बढ़ आयी उत्तेजना से लगा जैसे उससे बैठे नहीं रहा जाएगा, वह खड़ा होकर एकदम सड़क के किनारे आ जाएगा। लेकिन प्रयत्न करके वह बेंच पर केवल आसन बदलकर रह गया, मुट्ठियाँ जोरों से जेबों में ठूंस लीं···टॉफियों का सख्त डिब्बा एक जेब में फूलकर बाहर की ओर निकल आया। अपने को उसने दूर से देखा, जैसे शैतान ने जेब में पिस्तौल कर ली हो···पिस्तौल नहीं, पुल, सेतु···वह औरत कहेगी।

नहीं, अभी तो केवल लाल ऊन का लहरें लेता झुण्ड ही दीखता है और बीर-बहूटियों के गुच्छे की तरह वे पास आएँगी तो अलग-अलग पहचाना जा सकेगा। सामने वाले पेड़ के पीछे छिपकर खड़े होने की कितनी इच्छा होती है, लेकिन इस तरह खड़े होना बहुत ही सन्देहास्पद हो जाएगा। यहाँ वालों ने बेंच को भी इतनी दूर हटाकर रखा है···ठीक है···ठीक है, एकदम पेड़ से सटाकर रखते, तो ऊपर चिड़िया-कौवे बैठने वालों पर बीट करते, उसने अपने आपको समझा लिया। अड्डे को लक्ष्य बनाकर एक कार पीछे से आकर हॉर्न देने लगी है, लड़कियाँ हटती नहीं हैं, खिल-खिलाकर आपस में हँसती हैं और कार को रोके रखने का दुष्ट आनन्द लेने लगी हैं। कार पर अटैची-बिस्तर लदे हैं, क्रीम-रंग धूल में मटमैला हो गया है···शायद नीचे से चली आ रही है। एक टीचर मुड़कर कुछ कहती है और झुण्ड बीच से खुलने लगता है—इधर-उधर होता हुआ। लड़कियाँ शैतानी से खिड़कियों में झाँक-झाँककर हँसती हैं, कुछ धूलिया-सतह पर उँगलियों से लाइनें बनाती हैं, लिखती हैं। बच्चे अपनी अबोध दुष्टताओं पर कैसे खुले दिल से हँस लेते हैं—उसने सोचा। हँसनेवालियों में वह भी होगी 'बुलबुल'···यहाँ भी उसे बुलाने का नाम 'बुलबुल' ही होगा क्या? उसका एक हाथ अपने आप जेब से निकलकर छाती की ओर जाता है, फोटो निकाल लिया जाए—चेहरा मिला लेने में आसानी हो जाएगी, फिर हाथ लौट आया···नहीं, उसे, उस चेहरे को वह भूल ही कैसे सकता है? यहाँ तो उसने अपना पूरा नाम ही बताया होगा, वन्दना··· वन्दना क्या? सहगल या सिंह? नहीं, उसकी माँ अब 'सिंह' किसी हालत में नहीं लिखवाएगी, वह फिर उसी 'सहगल' पर लौट गई होगी। काश, वह भी यों ही छोड़ी हुई भूमियों पर लौट जाने का सन्तोष पा सकता···

अभी-अभी ये सब-की-सब सामने से गुजर जायेंगी, उन्हीं में एक लड़की 'बुलबुल' भी होगी···और शायद उसे सपने में भी ख्याल नहीं आयेगा कि बस के अड्डे के ऊपर, हरी-सी बेंच पर सिकुड़ा-सिमटा-सा कोई बैठा था, और उसे वह कभी 'पापा' कहा करती थी···'पापा'। उसके कानों में नहीं, शायद चेतना के गहरे स्तरों में किसी ने निश्शब्द कहा

और उसका शरीर इस तरह रोमांचित हो आया, जैसे 'पापा' कहने वाली अभी उसके कान की लौ को दाँतों में दबा लेगी, वह खुशामद करेगा, 'बेटे, पापा का कान कट जायेगा।' और यों ही शैतानी से हँसते हुए वह सिर हिलाएगी, नहीं छोड़ेगी ··उसे यों पापा का कान दाँतों में दबाकर परेशान करना बहुत अच्छा लगता है ···'नहीं, अखबार नहीं पढ़ने देंगे, हमसे बातें करो···कहानी सुनाओ'···अब तो वे दाँत भी नहीं रह गये होंगे··· न चाहते हुए भी, उठे हुए कॉलरों के पीछे अपने कान टटोलकर देखे··· 'पापा, आपके कानों में ये छेद क्यों हैं ? आपकी मम्मी ने बनाये हैं···बहुत शैतानी करते थे इसलिए रस्सी से बाँधने को ? आप हमारे कानों में भी छेद बनायेंगे ?' वह छिदे हुए कानों वाली लौ को उँगलियों की पोरों से खींचता रहा···बुलबुल'···उसकी आँखों में पानी झूल आया और उसने जोर से उठते आवेग को सटका···अभी पाँच-छ: गज की दूरी से उसकी वन्दना गुजर जाएगी, उस समय वह पुकारे बिना कैसे रह पायेगा ? नहीं, नहीं, उसे अपने को व्यस्त कर लेना चाहिए, ताकि पुकारने के आवेग को दबाया जा सके···उसने पिपरमेंट की दो गोलियाँ निकालकर मुँह में डाल लीं। पहाड़ी रास्ते के बस-सफर के लिए उसने यों ही दो-चार गोलियाँ खरीद ली थीं। टटोलकर सिगरेट निकालते हुए उसने सोचा, इनका भी एक डिब्बा खरीद लेता तो ठीक था···हाथों के काँपने से सिगरेट का चमकदार कागज ठीक तरह खुल नहीं रहा था···कागज नहीं, पन्नी। यह पन्नी और गोलियाँ बुलबुल को अभी भी उतनी ही पसन्द हैं ? उसके 'बस्ते' में जाने कितनी पन्नियाँ और गोलियाँ भरी रहती थीं और वह नया डिब्बा खुलवाकर उसकी पन्नी ले लेती थी और दाँतों पर चढ़ाकर कहती—'पापा, हमारे दाँत कैसे चाँदी की तरह चम-चम चमकते हैं, आपके तो गन्दे हैं, छि: !' फाड़ी हुई पन्नी को उँगलियों पर लेकर वह देर तक उसे धुँधलायी निगाहों से देखता रहा···

मान लो, जब ये लोग उसके सामने से गुजरें और वह किसी भी तरह अपने पर जब्त न रख पाए, 'मेरी बुलबुल' कहता हुआ झुण्ड में झपट पड़े, तो वह उसे पहचान लेगी ? उसी तरह बाँहें फैलाकर उसके गले में झूल जाएगी ? 'पापा !' नहीं, शायद नहीं पहचानेगी अब···

सारी लड़कियाँ डरी हुई बत्तखों की तरह इधर-उधर कैं-कैं करती हुई भागने लगेंगी, टीचरें चीख पड़ेंगी और आस-पास के ये सारे लोग उस पर टूट पड़ेंगे···'मारो, मारो, कोई बदमाश है, लड़की को उठाकर भागना चाहता था, रोकते नहीं तो मार ही डालता···पागल है, चेहरा तो देखो, कैसा भयानक है ! हत्यारा···यों ही तो ये लोग उठाकर ले जाते हैं।' और वह कल्पना में अपने को पिटते, लात-घूंसे खाते देखता रहा, कुहनियों से बचाते सिर पर जूते-थप्पड़ पड़ते रहे·· ये बीड़ियाँ पीते कुली ही सबसे पहले उसे दबोचेंगे···शायद बुलबुल उसे बिलकुल भी नहीं पहचान पाएगी···सात साल कम नहीं होते···पता नहीं, इन दिनों में वह कितना कुछ बदल गया है ? पहचाना जाता है या नहीं ? और बुलबुल ? तब साढ़े चार साल की थी, अब तो बहुत लम्बी हो गयी होगी। दुबली-पतली लम्बी-सी लड़की को ही वह गौर से देखेगा···यह लड़कियों के बढ़ने की उम्र होती है, लम्बाई में तो वह अपनी माँ पर ही गयी होगी···

उसकी माँ ने उसे जरूर बता दिया होगा, सब कुछ बता दिया होगा। उसके खिलाफ जितना भी जहर उसके मन में है, सब-का-सब उसने बेटी को सौंप दिया होगा। बुलबुल उसे पहचानकर भी, हो सकता है परिचय का कोई भाव न दिखाए···हो सकता है, माँ की नाराजी और जहर को उसने वैसा ही अपने में ग्रहण भी कर लिया हो···मगर न जाने क्यों उसे लगता है कि बुलबुल कभी भी उससे नाराज नहीं रह पायेगी···सब कुछ जानकर भी वह उसे माफ कर देगी। वही तो एक है जो उसे माफ कर सकती है···

खाने की मेज के आस-पास वह और 'वो औरत' (अब वह उसकी माँ को इसी नाम से याद करता है) बैठे हुए थे—सुबह की चाय पीकर। बरतन उठा लिए गए थे। मेज पर ठीक उसके सामने बुलबुल भी बैठी थी और बार-बार उसके कान पकड़कर चाँई-माँई करने का आग्रह कर रही थी। आपस के तनाव को भूलने के लिए वह इसी चाँई-माँई में खो गया था···दोनों एक-दूसरे के कान पकड़ लेते और आपस में नाकें दबाते हुए आगे-पीछे झूमते—चाँई-माँई बोलते हुए···

'अभी छोटी है, कुछ भी नहीं समझती ! बड़ी होकर जब बाप की

हरकतों को समझेगी तो कहने में शरमायेगी कि ये ही मेरे फादर हैं।' इस खेल को विरक्ति से देखती हुई वह औरत कह रही थी।

वह उद्दण्ड हो आया। बोला—मैंने एक किस्सा पढ़ा था कहीं : किसी आदमी ने हत्या या बलात्कार का कोई अपराध कर डाला। पकड़ कर राजा के सामने लाया गया। जिसने भी सुना, सब थू-थू करने लगे। फाँसी की सजा सुना दी गयी। माता-पिता, पत्नी को उसकी फांसी का दुःख जरूर था, लेकिन सभी उसके अपराध से विक्षुब्ध थे और जब आखिरी बार अपने घरवालों से मिलने का समय उसे दिया गया तो सभी उससे मिलने में संकोच कर रहे थे। जल्लाद जब उसे ले जाने लगे तो उसका पाँच-छः साल का बेटा आकर उससे लिपट गया—'बापू, तुमने कुछ नहीं किया, तुमने कुछ नहीं किया…!' उन सबमें वही शायद एक ऐसी प्राणी था जिसने उसे जैसा का तैसा स्वीकार कर लिया था और सच्चे हृदय से क्षमा कर दिया था…' कहानी सुनाते-सुनाते पता नहीं क्यों उसका गला भर्रा आया। मन में कहा जब तुम और तुम्हारे सारे ये हिमायती, मरने के समय भी मुझे दोषी ही ठहराते रहेंगे, तब शायद बुलबुल के ही हृदय का कोई एक कोना होगा, जो मुझे ज्यों का त्यों स्वीकार करके क्षमा कर देगा…तब मुझे अपने जीने का कोई मलाल, किसी मोक्ष की कामना नहीं रह जाएगी…और उसके आँसू व्यर्थ ही उपहास का लक्ष्य न बनें, इसलिए वह उठकर बाहर चला आया। देर तक रोता रहा, उस समय भी अपनी इस भावुकता के पीछे उसे न तो कोई कारण समझ में आ रहा था, न संगति। तब भी उसने यही कहा था कि शायद यह सेल्फ-पिटी—आत्म-करुणा है और बच्चों को लेकर सभी लोग इसी तरह बेबस हो जाते हैं…

आज भी बुलबुल के मन में क्षमा का कोई कोना सुरक्षित नहीं होगा ? या वह भी अपनी शर्तें रखेगी कि पापा, पहले अपना चेहरा बदल लो, रंग साफ कराओ, सिगरेट छोड़ दो, ऐसे कपड़े पहनो, तभी तुम मेरे पापा हो और तुम्हारे लिए मेरे मन में क्षमा ही क्षमा है…

'वह औरत' पाँच साल सिर्फ शर्तें ही तो रखती रही थी, जिन्हें अपने शब्दों में उसने नाम दिया था, ऐडजस्टमेण्ट—समझौता। शही-

दाना ढंग से जब वह कहती—'मैं क्या इतना भी नहीं समझती थी कि विवाहित जीवन का दूसरा नाम ऐडजस्टमेण्ट है। लेकिन पाँच साल मैंने, सिर्फ मैंने ही तो ऐडजस्टमेण्ट किया है—खाना, रहना, आदतें···तुम्हारे लिए क्या नहीं बदला है ? लेकिन तुम···तुम ? कब तक कोई ऐडजस्टमेण्ट ही करता चला जाएगा अकेला ?' तब हारकर एक दिन उसने कह दिया था—'नहीं, तुम ऐडजस्टमेण्ट नहीं करतीं, सिर्फ अपनी शर्तें रखती हो···वही करती रही हो। सीज़-फायर की नस-तोड़ तनाव-भरी स्थिति में दोनों पक्ष केवल अपनी शर्तें और कण्डीशन्स रखते हैं, अपने-अपने प्रेस्टिज पाइण्ट पर निगाहें रखते हुए, जमीनें और सामान देते-लेते रहते हैं। उसे ऐडजस्टमेण्ट और त्याग नहीं, सिर्फ अपनी बात मनवाने का दबाव और मोर्चा कहते हैं···' सुनकर भन्नाती हुई वह बोली थी—'तब ठीक है, तुम अपनी उसी हूर की परी के साथ रहो। मुझसे और मेरी बेटी से तुम्हें कोई मतलब नहीं है, मैं इसे खुद पढ़ा-लिखा लूँगी और तुमसे अच्छा पाल लूँगी···मैंने तो तुम्हें इतने दिनों निभा भी दिया, मैं भी देखती हूँ वह कितने दिनों निभाती है। उससे निभे या न निभे, फिर मेरे पास आने की जरूरत नहीं है। वह रोने-धोने का सिनेमाई-सीन मैं बिल्कुल नहीं चाहती। मेरी बेटी पर तुम्हारी छाया भी पड़े, यह मुझे अच्छा नहीं लगेगा। फिर यह न हो कि आज बेटी से मिलने चले आ रहे हैं, कल उसकी बर्थ-डे पर उपहार भेज रहे हैं और उसे ही पुल बनाकर मुझे कमजोर बनाने की कोशिश कर रहे हैं। समझ लेना, हम दोनों मर गए···! मैं भी बुलबुल को समझा दूँगी कि तेरे पापा नहीं रहे। बिना बाप के हजारों बच्चे पलते हैं। ऐसी भी क्या बात है···!'

रैन्सम···दर्द से ऐंठते मन में एक शब्द उभरा, इस बार शर्त की दाव पर बेटी लगा दी गई है। यह सब कहा भी था और लिखा भी था—'मैं नहीं चाहती कि बड़े होकर वह अपने बाप के चरित्र को जाने और हमेशा एक कॉम्पलेक्स महसूस करती रहे कि उसका बाप ऐसा था। किसी के सामने तुम्हारा नाम लेते भी शर्माए···'

कॉम्पलेक्स महसूस करे ?···इसी बात को शायद सबसे अधिक शिद्दत से उसने उस दिन महसूस किया था जिस दिन अस्पताल से डिस्चार्ज

होकर पहली बार अपना चेहरा देखा था···झुलसने और खाल उधड़ जाने से सारा मुँह दाग-दगीला हो गया था···भयानक और कुरूप···खुद ही डर लग आया था। आज भी 'वह' देखेगी तो कहेगी—'भीतर का पाप फूटकर निकल आया है—मेरी आत्मा का अभिशाप आखिर कहीं तो अपना असर दिखाएगा ही···' इन शब्दों के सामने वह शायद कभी भी किसी को नहीं बता पाएगा कि उसने सिर्फ शराब पीकर अपने को जला लेने की कोशिश की थी !···अभी भी क्या वह पहले की तरह कह पाएगी—'तुम्हारे नाक-नक्श सब सचमुच कितने अच्छे हैं। इस चेचक ने ही सारा काम खराब कर दिया। लगता है, बुरी तरह निकली थी। मैं तो सबसे पहले बुलबुल को चेचक का ही टीका लगवाऊँगी···उसने तुम्हारे फीचर्स और मेरी हाइट ली तो देख लेना, सौ में एक होगी···' बाद की बात उसने नहीं सुनी थी, सिर्फ पहली सुनी थी और मन में अनुवाद किया था—ये चेचक के दाग मिटवा लो, तभी तुम मेरे पति और बुलबुल के बाप होने लायक हो सकोगे···आज जलने के इन दागों को लेकर भी 'वह' वैसी ही शर्त फिर रखेगी···जो कुछ किया है उसे पोंछ दो, तभी मैं तुम्हें···

नहीं, आज तो बुलबुल भी उसे ज्यों का त्यों स्वीकार नहीं कर सकेगी···'ये हैं तुम्हारे पापा ?' लड़कियों की समवेत हँसी आज तो उसके मन में न जाने कितने कॉम्पलेक्सों का दंश छोड़ जाएगी। अगर वह उसकी दोनों बाँहें पकड़कर कहेगा कि 'बुलबुल, देख, मैं तेरा पापा हूँ। सिर्फ तुझसे मिलने, तुझे देखने, तुझसे बातें करने ही हजारों मील चलकर इस पहाड़ी स्कूल के पास आया हूँ। सुबह से इस बस-स्टैंड के चक्कर काट रहा हूँ। मुझे मालूम है, हर रविवार को तुम लोग यहाँ आते हो···इस छोटे से हिल स्टेशन के बाजार में घूमने, चीजें खरीदने, सिनेमा देखने···देख, बुलबुल, तेरे लिए टॉफियाँ लाया हूँ, तुझे किताबें दूँगा···'

'नहीं···नहीं, मुझे छोड़ दो···मुझे छोड़ दो···मुझे कुछ नहीं चाहिए ···तुम मेरे पापा नहीं हो···टॉफियों को उधर फेंक दो···मेरे पापा बहुत सुन्दर थे···बहुत अच्छे थे···मर गए···!' कन्धे छुड़ाती लड़की लगातार छूटने की कोशिश करती रहती है, रोने लगती है···सबके सामने ऐसे

आदमी को वह कैसे 'पापा' मान पाएगी ?

पनीले कुहासे के पार, लड़कियों का झुण्ड सामने से गुजरता रहा और वह सूनी-सूनी आँखों से पहचानने की कोशिश करता रहा···शायद वह लम्बी-सी लड़की ही बुलबुल है···नहीं, वह नहीं, दूसरी, जो मोटीवाली के उस सिरे पर चल रही है···नहीं, शायद वह बीच वाली है चॉकलेट खाती हुई···वह बढ़कर टीचर से भी तो पूछ सकता है—'मिस, इनमें वो वन्दना भी आई है क्या ?' 'कौन-सी वन्दना ? वन्दना शर्मा, वन्दना सहगल ? वन्दना बोस, वन्दना अइयर···?'

'कोई नहीं, मिस !'

वह बेहोश-सा झुण्ड के पीछे पाँच-सात कदम खिचता चला गया, 'अरे मिस, सुनिए···' उसके भीतर कोई घुटे स्वर से चिल्लाता रहा··· फिर कन्धे ढीले डाले खड़ा रहा। शराबी की तरह लौटने लगा तो चॉकलेट का सफेद-नीला कागज पैरों से कुचलकर सड़क से चिपका हुआ उसे ही ताक रहा था···

नीचे स्टेडियम की तरह काटकर बनाया गया बस-स्टैण्ड था और सामने खुले पहाड़ों का झकोले लेता सिलसिला···हाथ में चॉकलेट का कागज मसलता वह देर तक शायद यही समझने की कोशिश करता रहा कि वह कहाँ है और उसे किधर जाना है ?···

पैट्रोल पम्प

अजय को लगा, सड़क बहुत खराब है। गाड़ी में इतने झटके लग रहे हैं कि आज इसके सारे अंजर-पंजर ढीले हो जाएँगे। स्टीयरिंग छोड़ा तो गाड़ी एक तरफ झोक लेने लगी : बाईं तरफ हवा नहीं है। और इसके बाद वह पहले पैट्रोल पम्प पर मुड़ गया।

लड़का हवा का ट्यूब ले आया तो वह बाहर निकलकर बड़े-से डायल पर घूमती सुई से निगाहें जोड़े उसे निर्देश देने लगा। एक निगाह पम्प पर डाली, मेहँदी-रंग की नई फियेट पैट्रोल ले रही थी। लगा, उसमें बैठी महिला को वह पहचानता है। "ध्यान से चैक कर लेना ज़रा" बताकर वह उधर बढ़ आया "अरे सन्ध्या, तुम ?"

पैनल-बोर्ड से ध्यान हटाकर वह चौंकी, एक क्षण देखा। "हल्लो अजय ?"

"चलो पहचान तो लिया, मैं तो सोच रहा था कि पता नहीं क्या सुनने को मिले। तुम यहाँ कहाँ ?"

सन्ध्या खिल उठी थी। जल्दी से दरवाजा खोलकर बाहर आने को होती हुई बोली, "हम लोग तो यहीं हैं दो साल से। तुम्हें नहीं पता ?"

"तुमने कभी खबर दी ?" मन हो रहा था कि बाकी सारी दुनिया झटके से गायब हो जाए और वह दौड़कर उसे बाँहों में भरकर पूछे, सारी बातें, पुरानी बातें···लेकिन पैट्रोल-पाइप को यथास्थान रखकर कण्डक्टर जैसा आदमी उसकी चाबी बढ़ाए आगे खड़ा था, "मेम साब, बीस

लिटर," पीछे खड़ी ऐम्बेसेडर ने आगे बढ़ने के लिए हॉर्न दिया था।

"सामने खड़ी कर दूँ," कहकर उसने चाबी ली और जोर से दरवाजा बन्द करके झटके से गाड़ी स्टार्ट कर दी। आगे बाउण्ड्री-लाइन के पास जाकर खड़ी हो गई। काफी अच्छी चला लेती है। जब तक अजय वहाँ पहुँचा, वह बाहर निकल आई थी। इतनी चौड़ी बिन्दी पहले नहीं लगाती थी। अजय एकदम उसके कन्धे पर हाथ रखते-रखते झिझक गया। बढ़ा हुआ हाथ सिर्फ अपने बालों पर फेरा, "व्हाट ए प्लेजेण्ट सरप्राइज।"

"वुड् यू बिलीव अजय," मैं अभी-अभी यही सोच रही थी कि इस वक्त कोई न कोई चमत्कार होगा। सारे शरीर में एक मुक्त खुलाव आ गया है।

"मुझे दूर से ही देखकर लगा कि यह तो हो-न-हो सन्ध्या है।" अजय ने इस बार उसकी बाँह पकड़ ली। पहले पकड़ में पूरी आ जाती थी, अब एक-डेढ़ इंच जगह उँगलियों के बीच में छूट जाती है। "गाड़ी कब से चलाने लगीं ?"

"पुरानी बात हो गई।" उसकी बाँह एक बार कड़ी होकर ढीली हो आई।

"बस, ज़रा-सा शरीर भर गया है। बाकी तो वैसी ही हो।" अजय ने उसका ऊपर से नीचे तक जायजा लिया।

स्वीकृति और गर्व से सधी हुई वह मुस्कुराई। काले चश्मे में अजय की तस्वीरें और पीछे के पेड़ जड़े थे। "यह तो पता था कि तुम यही हो, एकाध बार डायरेक्टरी में तलाश भी किया। हर वक्त लगता था कि कहीं न कहीं भेंट जरूर होगी···" फिर सड़क की ओर देखकर सायास लापरवाही से कहा, "बस यही मनाती थी कि जब भी भेंट हो, और कोई साथ न हो···"

"टेलिपैथी अभी भरी नहीं है।" अजय ने कहा और दोनों जोर से हंस पड़े। घड़ी देखकर क्या यह अभी भी नोट करती है कि कल रात को दो बजे बताओ ? तुम क्या सोच रहे थे ? मुझे बहुत पहले पता था कि तुम यहीं पैट्रोल पम्प पर मिलोगे···अपने को वापस खींचकर पूछा, "और कोई लोग कहाँ हैं ?"

"अपने दफ्तर···" वह भी शायद बहुत दूर नहीं गई थी, जल्दी ही लौट आई, "आज किसी को पालम लेने जाना था। ये बोले कि उधर ही आ जाना, साथ चलेंगे।" पिछला हिस्सा गाड़ी से टिकाकर उसने दोनों हाथों से गॉगल्स उतारे, "और अपनी सुनाओ।"

"वो सब सुनती रहना, पहले देख तो लेने दो कितनी बदल गई हो। बड़ी ग्रेस आ गई है चेहरे-मोहरे पर···जूड़ा-वूड़ा बनाकर बिल्कुल ऐक्ट्रेस लग रही हो···आओ, उधर चलकर कुछ ठण्डा पियें···"

"उम्र से लड़ने के तरीके हैं मिस्टर···" अजय को बेमालूम निराशा हुई। सन्ध्या ने इस वाक्य के साथ उठती साँस नहीं दबायी थी, बड़े ही सहज ढंग से बोलकर उड़ती निगाह से घड़ी देखी थी। "अच्छा चलो," कुछ इठलाकर बोली, "उस वक्त जूड़ा बनाने का फायदा भी क्या था? कोई ढंग से रहने देता था दो मिनट? दो घण्टे बैठकर शीशे के सामने मेहनत करो और मिलते ही बराबर···"

धूल में चलती छोटी-छोटी परछाइयों से निगाह उठाकर अजय ने उसकी कनपटी और लिपस्टिक को देखा। सभी कुछ सलीके से और बेदाग था। बाँह छोड़ दी, "अब क्या हफ्तों कोई नहीं बिगाड़ता?" फिर नीचे देखने लगा।

कुछ देर कोई जवाब नहीं आया। सिर्फ अनमना-सा सुनाई दिया, "महीनों···"

"यानी नहाना-धोना गोल···"

"तुम क्या रोज नहाने लगे हो?"

"बिल्ली!" अजय ने कहीं अपने भीतर किसी को कहते हुए सुना, साथ ही एक घिसा रेकार्ड बजने लगा···व्यर्थ···व्यर्थ···अभी बिना देर किए हम लोगों को अपने-अपने रास्ते चले जाना चाहिए···अपने वर्तमान के इस असंतोष के नाटक का गवाह या झूठा हिस्सेदार बनना क्या बहुत जरूरी है? बूथ के छायावाले हिस्से में आकर अजय ने बिना उससे पूछे ही कहा, "दो औरेन्ज।"

सन्ध्या उधर देखकर मुस्कुराई, तुम्हें याद है···"और अब अगर मुझे कोक अच्छा लगने लगा हो तो?"

"कोई बात नहीं। कोक वहाँ जाकर पी लेना···।"

हल्के-से मचलकर पूछा, "हाँ, अपनी बात बताओ कुछ ?"

"पूछो···" पता नहीं अतीत को या वर्तमान को मुग्ध-समर्पण वाली पुरानी अदा दुहराई।

'बच्चे ?" अदा नहीं, ओवर-एक्टिंग···अजय ने मन में शब्द दिए।

'दो।" फिर कुछ रुककर, "इस समय स्कूल में। मियाँ एक··दफ्तर में। नौकर दो, एक घर, एक तुम्हारे सामने···"

"बोर मत करो···" अजय ने शब्द के गलत चुनाव को नोट किया, लेकिन अब बोर की जगह 'अभिनय' नहीं लगाया जा सकता था। शायद बोर वह खुद हो गया है, अजय को लगा। उबरने के लिए पुकारा, "अरे भई, वो औरेन्ज क्या हुए ?" तभी बोतलों की खनखनाहट के साथ भट्-भट् हुई और काउण्टर पर दो पीली बोतलें उचक आईं।

"अपना बताओ न, दूसरों की ही पूछते रहोगे ?" फिर व्यस्तता से मुड़कर, "तीली।"

बूथ से एक हाथ निकल आया, दो स्ट्रॉ के साथ। हाँ, अब हम लोग 'दूसरे' ही तो हैं। नहीं, बात करने को अब कुछ भी नहीं रह गया है। दोनों व्यस्त और तन्मय होकर ऑरेन्ज पीते रहे। अगर इतनी जल्दी खत्म हो गया तो विदाई तक का समय कैसे काटेंगे ?

"तुमने मेरे खतों के जवाब क्यों नहीं दिए ?"

"तुम्हारी पत्नी के नाम उसके किसी दोस्त के खत आएँ, यह तुम बर्दाश्त करोगे ?"

"शायद हाँ, शायद नहीं। कह नहीं सकता।"

"अरे छोड़ो। लैटर-बॉक्स से खत निकाल लोगे और हिन्दी नहीं आती होगी तो हिन्दी पढ़ना सीखने लगोगे। किसी और से पढ़वाकर सुनना तो शायद गवारा नहीं होगा।" उसके स्वर में कड़वाहट आ गई।

"इस तरह हिन्दी का प्रचार होगा।" अजय हँसने लगा। भीतर खिसिया गया, अगर आज वे पत्र होते तो सचमुच साहित्य होता। दुबारा पढ़ने पर आज कैसे लगेंगे ? "यह भी भाषा सीखने का एक तरीका है।"

"बहुत-सी भाषाएँ सीखनी पड़ती हैं मिस्टर," वह कुछ कहते-कहते रुक गई। जल्दी से सिप लेकर सटका, "रोज सुबह उठकर बच्चे के चेहरे से अपना चेहरा मिलाना पड़ता है, अपना ही है या किसी दूसरे का ? तुम लोगों का बस चले तो हम लोगों को फिर से चेस्टिटी-बैल्ट पहनाना शुरू कर दो···"

आधी बोतल लिये-लिये ही अजय ने दोनों हाथ उठा दिये, "हम उन महापुरुषों की संतान हैं···"

इस बार वह गुस्से में हँसी, "जो स्लेव-ट्रेडर थे···"

"नहीं, जो हमारे जन्मों से बरसों पहले मर गए थे···" पता नहीं अपनी और उसकी हर हरकत से अजय को लग रहा था जैसे सन्ध्या की हर बात से उसके ऊपर आरोप और भीतर ऊब की गंध आती है। लेकिन बात अपनी जगह चलती है। "हमारे एक दोस्त की पत्नी देर तक अपने मद्रासी नौकर को डाँटती रही। कुछ देर सुनता रहा, फिर गुस्से से बोला—'मेम साहब, हम आपका हस्बैण्ड नहीं है। आप हमको इस माफिक नहीं डाँट सकता'···"

सन्ध्या घूँट आधा छोड़कर हँस पड़ी, "हस्बैण्ड होने के लिए बड़ा कलेजा चाहिए···"

क्या अभी भी यह उस कटुता से उबर नहीं पाई है ? मर्सिया पढ़ने के भाव से सिर हिलाया, "हाँ, अब तो यही लगता है···"

"आप लोग इतनी ऐक्टिंग न करें तो कैसा रहे ?"

"इसलिए कि यह सम्बन्ध ही ऐक्टिंग का है।"

"सचमुच तुम्हें भी ऐसा ही लगता है ?" दोनों बोतलें एक साथ वापस काउण्टर पर रख दी गईं। अजय ने पैसे निकालकर रक्खे और सन्ध्या ने धूप का चश्मा वापस मुट्ठी में ले लिया।

शायद उसके मन में भी यही बात आई, क्या हम लोग भी ऐसी ही ऐक्टिंग करते ? "क्योंकि सच दोनों से बर्दाश्त नहीं होता। अपने-अपने झूठ को जानते हुए भी हम लोग अपने को ही विश्वास दिलाने की कोशिश करते हैं : हो सकता है दूसरा सच ही कह रहा हो। यह भी जानते हैं कि वह सच नहीं कह रहा।"

सन्ध्या कुछ देर खोई-सी सोचती रही थी। धीरे-धीरे बोली, "अच्छा अजय, तुमने उस समय जो डायरियाँ लिखी थीं, जो खत लिखे थे—वे सब भी झूठ ही थे ?"

वह कुछ देर तोलता रहा। फिर कह दिया, "क्या सचमुच वे हमारी ही बातें थीं ? सुने और पढ़े हुए अच्छे-अच्छे शब्दों का मोह नहीं था ? आज उनमें से सन्ध्या और अजय का नाम बदलकर उस उम्र के लड़के-लड़की अपना काम नहीं चला सकते ?" अफसोस हुआ, क्यों हम लोग सब कुछ को कुचलने में लगे हैं।"

उसकी खुली आँखों में शायद नमी आ गई, "शायद तुम सच ही कह रहे हो···"

झूठ ! न सच तब था न अब है। करुणा जैसी कोई भावना उठती हुई लगी। इतने दिनों जिस भ्रम को पाला है उसे बना रहने देने में ही क्या हर्ज था ? सान्त्वना के-से भाव से उसकी कमर में हाथ डालकर गाड़ी की ओर चलते हुए अजय ने स्वर में हमदर्दी लाने की कोशिश की, "पत्रों को लेकर कोई काण्ड हो गया था क्या ?"

वह भी जैसे घुटन से निकल आई थी। "छोड़ो, बहुत पुरानी बातें हो गईं सब···"

"खैर, अभी भी तुम्हें देखकर पुराना सब दुहराने को मन करता है···" भीतर पूछा, कमर पर लिपटे साँप-सी सलवटों को महसूस करते हुए भी ?

"उसे इक खूबसूरत मोड़ देकर छोड़ना अच्छा···"

मेरी बातों की गूँज अभी भी कहीं बाकी है, अजय ने सोचा।

"काश···" अजय ने कहा और गहरी साँस लेता एक चेहरा स्क्रीन पर उभर आया, कैसा लगेगा ?

"कट्···"

और दोनों फिर झटके से खुलकर हँस पड़े। घड़ी देखी और चौंककर बोल पड़ी, "अरे लो, ढाई तो यहीं बज गए। दफ्तर से इन्हें लेकर पालम तक कैसे पहुँचेंगे ?"

भाड़ में गया पालम···नहीं, आज ऐसा कहना अनधिकार और

बहुत नकली लगेगा। याद आया, उसे भी तो जल्दी है। गाड़ी की ओर लपकता हुआ-सा बोला, "अच्छा सन्ध्या, सचमुच तुमसे मिलकर बहुत खुशी हुई···" फिर अपना कार्ड उसकी ओर बढ़ा दिया, "कभी फोन करना···"

वह कार्ड इस तरह पकड़े रही जैसे नाम-पता पढ़कर लौटा देना है। फिर कुछ सोचकर पर्स में रख लिया। अजय को एक कीमती कार्ड बेकार जाने-जैसा अनुभव हुआ। सन्ध्या ने गाड़ी का दरवाजा खोल लिया था। भीतर बैठते हुए साड़ी पिंडली तक उठ आई थी। हल्के सुनहले रोंए काले पड़ गए हैं। इंजन स्टार्ट करके हाथ स्टीयरिंग पर जम गए थे। एक हाथ उठाकर कहा, "अच्छा अजय···"

अजय ने हाथ हिलाया। आश्चर्य हुआ, जिन आदतों को समय के साथ छूटा हुआ समझता था, वे सब की सब याद हैं। क्या उसी तरह हाथ खींचकर हल्के-से झटके के साथ उसका मुंह अपने पास लाया जा सकता है ? हथेली में पसीजी हुई गरमी थी। शायद उसके चेहरे पर भी पिघलन जैसी कुछ उमड़ आई थी। गाड़ी सरकने लगी, "अच्छा···"

मोड़ पर अजय पीछे वाली खिड़की से उसका बड़ा-सा जूड़ा देखता रहा। धूप-चश्मा एकदम सामने देख रहा था। हो सकता है, आईने में वह मुझे देख रही हो। किस फिल्म में देखा था, ऐसे ही जाती हुई लड़की ने हठात् अपने वाइपर्स चला दिए थे, फिर थोड़ी देर बाद उसकी समझ में आया, पानी उसकी अपनी आँखों में था, स्क्रीन पर नहीं।

टटोलते-से हाथ से उसने अपनी चाबी लगाई। बिना जरूरत ही गला साफ करके आवाज देकर पूछा, "हवा ठीक है न, छब्बीस-अट्ठाईस ?"

थकान हो गई, भीतर बैठे-बैठे अपने आप से कहा। थोड़ी दूर पीछा किया जाए ? क्या फायदा ? स्टार्ट होने के साथ ही सब कुछ हल्का-सा हो आया। मुस्कुराकर शीशे में झाँका, क्या सूरत-शक्ल काफी बदल गई है ? गर्दन खिड़की से बाहर निकालकर पीछे देखा। उन दिनों कैसे

लगता था जैसे अभी भी वहाँ कोई खड़ा है···इण्डियन-आइल का बड़ा-सा बोर्ड, हैव ए डेट ।

फिर वही सड़क थी, वैसी ही गरम और चेचकदार। अजय को ध्यान आया, पहले गाड़ी कितनी उछल रही थी···साली मशीनों का भी मूड होता है···

एक कटी हुई कहानी

उम्मीद नहीं थी कि कुलवन्त, नीता को छोड़ने बस-स्टैण्ड पर आएगी। जाने क्यों लगता था, वह नीता को इस हद तक सम्मान नहीं देना चाहती। यों नीता शायद उसे पसन्द ही थी, क्योंकि दोनों घण्टों आपस में बातें करती थीं और टहलने जाती थीं। लेकिन नीता की जगह कोई और भी होता तो···।

खैर, बस चलने से ठीक दस मिनट पहले कुलवन्त अड्डे पर आ गई। चढ़ाई के कारण हाँफ रही थी। तेज साँस; और नाक पर पसीने की बूंदें छलछला आई थीं। दोनों ने सहेलियों की तरह विदा के शब्द कहे। कुलवन्त ने उसे एक बाँह में भरकर कन्धे से सटाया। फिर सबके ऊपर एक निरीह-सी निगाह डालकर नीता बस में अपनी सीट पर जा बैठी और जैसे सबके पार पहाड़ी चोटियों को देखने लगी—बहुत दूर उन बर्फ लदी श्रेणियों को टटोलती-सी। वीरेश्वर और उसके बीच मुश्किल से दो-तीन वाक्यों का आदान-प्रदान हुआ था। एक तरह से कुलवन्त ने उस अशोभन चुप्पी की ओर से दोनों का ध्यान बँटा दिया था। मगर अब बस की खिड़की से झाँकती उसकी खुली साफ गर्दन पर पीछे की ओर वाले छोटे-से मटर-बराबर लहसुन को देखकर वीरेश्वर की आँखें भर आईं। और नीता के गले पर वहाँ होंठ रखकर प्यार करने की दुर्निवार इच्छा को वह कुलवन्त की तीखी नाक और पतले फड़कते नथुनों को देख-देखकर बहलाता रहा। शायद···शायद आज नीता उसकी

जिन्दगी से हमेशा के लिए जा रही है…

बाई…बाई ! दूर जाकर मुड़ती बस को कुलवन्त अपने दुपट्टे से विदा देती रही, फिर उसी से कसकर अपनी नाक-मुँह पोंछती हुई मुड़ी।

"चल वीरेश्वर, अब क्या यहीं खड़ा रहेगा ?" उसने वीरेश्वर के कन्धे पर हाथ रखकर कहा, और फिर दोनों किसी पूर्व-निश्चय की तरह साथ-साथ बस स्टैण्ड से होटल की तरफ लौटने लगे…उसी तरह चुप-चुप…जैसे, अभी-अभी वह और नीता आए थे। आते समय बस में सीट पाने की जल्दी थी, स्टैण्ड पर आना था। अब न जल्दी थी और न कहीं जाना था…इसी आत्मीयता और खुलेपन से वह शुभा को छोड़ने आई थी; लेकिन तब वीरेश्वर शुभा को नीचे रेलवे-स्टेशन तक छोड़ने गया था…

"बड़ी अच्छी लड़की है !" कुलवन्त का स्वर सुनकर झटके से वीरेश्वर को ख्याल आया—कुलवन्त उसके मन को दुलरा रही है… वर्ना अपने सारे अभिजात तकल्लुफ और सीमाहीन खुलेपन के बावजूद ऐसी लड़की को वह कहीं न कहीं जरूर 'लूज' समझती है, जो यों अकेली चली आई हो और उसी एक कमरे में वीरेश्वर के साथ रही हो…पूरे तीन दिन, जिसमें कुछ दिनों पहले शुभा आकर रही थी और वह शुभा से मिलने आया करती थी। लेकिन उसने नीता और वीरेश्वर को जरा भी महसूस नहीं होने दिया कि कहीं कुछ गलत…हाँ, खुद उसे आज सुबह तो स्थिति सचमुच बड़ी विकट लगी थी। फिर मन ही मन विस्मय भी कम नहीं हुआ कि कैसे नीता और कुलवन्त, दोनों ने सारी परिस्थिति को निस्संकोच ले लिया था।

कल अवतार के साथ एक शर्त हुई थी, और उसी सिलसिले में वह सुबह-सुबह आई थी।

…आज ही नीता को जाना भी था, इसलिए सुबह आँखें जल्दी ही खुल गई थीं, मगर बाँहों में एक दूसरे को भरकर दोनों फिर सुबह की खुमारी में डूब गए थे। एकाध बार शायद नीता ने उठने की कोशिश भी की, लेकिन वीरेश्वर ने उठने नहीं दिया…कौन जाने आज के बाद वे इतनी

आत्मीयता-निकटता से एक-दूसरे को पाएंगे भी या नहीं ! काँच-जड़ी खिड़की के पर्दे खींच लिये थे, इसलिए पता नहीं लगता था, कितना दिन हो आया है।

"अरे उठो बाश्शाओ !" खिड़की पर उँगली की खटखट के साथ कुलवन्त की आवाज सुनाई दी, तो चौंककर झटके से वे लोग जाग गए, फिर खिड़की की ओर आशंका से देखकर, अपराधियों की तरह एक दूसरे से निगाहें चुरा गए। खिड़की के पार, काँच की आड़ के दूसरी ओर कोई खड़ा है, जिसे पता है, कि लोग किस तरह लेटे हैं…और यों लेटना अनधिकार अर्थात् अनैतिक है ! कैसे सामना कर पाएँगे कुलवन्त का। साथ में कोई और भी हुआ तो ? मान लो अवतार ही हुआ ? यों जानने को सब जानते ही होंगे, लेकिन…! वीरेश्वर ने जबरन स्वर ठेलकर कहा, "अच्छाऽऽ।" नीता अपने कपड़े समेटकर बाथरूम में चली गई।

वीरेश्वर ने जब बाहर की चटखनी खोली तो कुलवन्त दुबारा काँच पर खटखट करने जा रही थी। वीरेश्वर की पिण्डलियाँ काँप रही थीं, लेकिन इतनी देर में उसने जैसे-तैसे अपने को सँभाल लिया था। कसकर शॉल लपेटे, बड़ी-सी जमुहाई के आगे हाथ लगाकर सायास अलसाये स्वर में हल्के परिहास से कहने की कोशिश की, "बड़ी सुबह…।"

"यह सुबह होगी ? घड़ी देख…।" कुलवन्त ने अपनेपन के अधिकार से कलाई घड़ी सामने कर दी, और उसके निमन्त्रण की चिन्ता किए बिना अन्दर आ गई। वीरेश्वर को एक ओर बच जाना पड़ा। जब वह मुड़ा तो प्लास्टिक की हल्की-सी डोलची मेज पर रखकर वह बैठने वाले कमरे की खिड़कियों के पर्दे इधर-उधर सरका रही थी। पर्दे के छल्लों की झनझनाहट में ही बोली, "लुक ऐट हिम, मैं तो नहा-धोकर पूजा-पाठ करके इतनी दूर चली आ रही हूँ और कहता है बड़ी सुबह।"

पूजा-पाठ ! कुलवन्त के मुँह से कितना असंगत और अस्वाभाविक लगता है यह शब्द। उसके स्वर में कितना परिहास या चेहरे पर कैसी मुस्कान है, वीरेश्वर नहीं देख पाया। वही काली सलवार और बड़े-बड़े फूलोंवाले कुर्ते में कसा स्वस्थ शरीर…नीता इन कपड़ों में कैसी लगेगी?

नीता बाथरूम में बड़ी देर लगा रही है। उसने उधर देखा। खुले दरवाजे से अन्दर का बिस्तर दीख रहा था। यह कुलवन्त को भी दीखेगा, इस विचार से वीरेश्वर को संकोच हुआ। बिस्तर को इस हालत में देखना मानो उसे और नीता को साथ सोये देखना है। उसने बढ़कर सावधानी से उधर का पूरा पर्दा खींच दिया।

कमरा रोशनी, ठण्डी हवा और धूप के टुकड़ों से भर गया था, और कुलवन्त का चेहरा बड़ा सौम्य लगने लगा था। लौटती हुई वह कुर्सी पर बैठकर कह रही थी "जनाब, साढ़े आठ, पौने नौ बजे हैं। आठ बजे भी इधर से निकले थे असी। चारों तरफ से बन्द। एकाध आवाज भी दी, फिर सोचा चलो, बाजार ही कर आएँ। चीज, कॉफी, हैम लेकर लौटे तो फिर बन्द। सोच लिया, अब तो खटखटाना ही है। वीरेश्वर थोड़ा गुस्सा ही तो हो लेगा···।" खिड़की से लटका सुबह की धूप का एक तिकोन मेज पर समाप्त हो गया था और उसकी एक भुजा कुर्सी की बाँह पर रखी कुलवन्त की उँगलियों पर थी। कलाई में पड़ा पतला-सा लोहे का कड़ा ऊपर उठ आया था।

"नहीं···नहीं। गुस्से की क्या बात है ? बात यह हुई कि नीता को आज जाना था, सो रात को देर तक बातें करते ही बैठे रहे।" उसने सफाई देने की कोशिश की और इस बारे में आगे सवाल-जवाब बचाने के लिए जल्दी से बोला, "अच्छा, मैं चाय को बोल आता हूँ।" और बाहर जाकर वीरेश्वर चाय को कह आया, होटलवाले से। मनाता रहा कि इस बीच नीता निकल आई हो।

लौटा तो कुलवन्त के सामने नीता बैठी थी। कुलवन्त कह रही थी, "मैं थोड़ा-सा नींबू का अचार दे दूंगी। चढ़ाई के समय तो सब कुछ नया होता है न, बस भी धीरे-धीरे चलती है लेकिन उतरते समय अक्सर पहाड़ों पर चक्कर आते हैं।"

नीता ने काला शॉल लपेट लिया था, हालाँकि उसकी साड़ी की इस्त्री इतनी मुखर थी कि सोये हुए व्यक्ति की साड़ी नहीं लगती थी। वह जिस स्वाभाविकता और सन्तोष से बातें कर रही थीं, उससे वीरेश्वर मन ही मन एक आश्चर्य और भय से सिहर आया था। अचानक

आ पड़ी इस प्रकार की स्थिति को ऐसी स्वाभाविकता और साहस से ले पाना उसके लिए क्यों इतना मुश्किल हो जाता है ? नीता जवाब दे रही थी, "आपका नौकर दोपहर-वोपहर को इस तरफ आए तो भेज दीजिए, वैसे मुझे चक्कर आते नहीं हैं। आपका जब नीचे मैदानों में आने का प्रोग्राम बने, तो लिखिए।"

"ज़्रूर-ज़्रूर···अब तो कोई सवाल ही नहीं है।" कुलवन्त फिर चहक उठी थी। झटके-से उठकर वह कमरे की खाली जगह में इधर से उधर टहलने लगी। एक ही स्थिति में अधिक देर बैठे रहना उसके लिए मुश्किल हो जाता था। वीरेश्वर को देखते ही बोली, "वीरेश्वर, कैन यूबीट् इट, अवतार सुबह-सुबह आकर इधर का एक चक्कर लगा गया है ?"

"यहाँऽ ?" वीरेश्वर ने अतिरिक्त आश्चर्य से चौंककर पूछा। उसे शर्तवाली बात याद आ गई।

"अरे वो तो अपने 'मचाचे' के लिए आया था। वो लोग भी नहीं जागे थे, या दिखाई नहीं दिए होंगे, सो ऊपर क्लब के पास का एक चक्कर लगाकर लौट गया। लम्बा मुँह लटकाये चला आ रहा था, मैं तभी समझ गई कि वाहे गुरु के दर्शन नहीं हुए···।"

"अच्छा ?" वह और नीता दोनों सहानुभूति और परिहास से हँसे। नीता ने कहा, "बड़ी लगन है। और उस कलवाली शर्त का क्या हुआ ?"

"जीत गया।" कुलवन्त सधे गले से हँस पड़ी, "वैसे तो दस बजे तक नींद नहीं टूटती है, लेकिन आज सुबह ही तन्दुरुस्ती बनाने निकल पड़े। शर्त की बात बताने तो अभी यहाँ भी आएगा।"

"छोड़ो। हमारे बहाने आएँगे वे अपने ही 'मचाचे' के दर्शनों को। लेकिन ताज्जुब ही है ! मचाचा तो अभी चलने-फिरने लायक भी नहीं हुआ है। अभी मैं चाय को कहने गया था तो बाहर धूप में बैठा उधर मुँह किए कुछ पढ़ रहा था।" वीरेश्वर ने कहा और सहसा उसे लगा जैसे वे तीनों उसी स्वाभाविकता से बातें करने लगे हैं, जैसे कल टहलने जाते समय कर रहे थे, या हमेशा करते हैं। किसी अशोभन की आशंका उसका अपना ही अपराध-भाव था। शायद कुलवन्त का ध्यान भी उधर

नहीं है।"

"बात कल दस रुपये की हार-जीत की हुई थी, लेकिन उसी बहाने उसने आज कई लोगों का खाना कर डाला है।" कुलवन्त टहलते हुए पहले झटके से नीता की ओर मुड़ी, "नीता, तुम लोग भी दोपहर को उधर ही खाओगे। अवतार तो बोलता था कि मिस नीता के फेयरवेल में यह पार्टी है। हमने भी सोचा कि बाद में यह वीरेश्वर शिकायत करेगा कि जाते वक्त मेरे दोस्त की खातिर ही नहीं की।"

चेहरे या लहजे में कहीं व्यंग्य है क्या ? लेकिन बात आधी ही सुनकर जरूरत से ज्यादा उत्साह का प्रदर्शन करता हुआ वीरेश्वर आवेश से बोला, "यानी अवतार साहब ने दोस्ती ही कर ली ? कैसे-कैसे ?··· कमाल है !"

"होऽ!" कुलवन्त हाथ पीठ के पीछे किए, दोनों हाथों की उँगलियों को आपस में हुक की तरह उलझाए इस तरह मचक-मचक कर चहलकदमी कर रही थी कि लगता था कोई शैतानी करेगी। "कल हम लोग तो चले गए ऊपर। वह दूसरी तरफ से घूमकर सीधा वहीं जा पहुँचा।" कुलवन्त पूरे हाव-भाव के साथ टहलते-टहलते बताने लगी: बोला, "माफ कीजिए, आप मिराण्डा में तो नहीं पढ़तीं ?" उसने चौंककर पूछा, 'आपको कैसे पता ?' बोला, 'मेरी एक सिस्टर पढ़ती थी, पिछले साल। मैंने उसके साथ आपको देखा था शायद।' पूछा तो पता नहीं किस सिस्टर-सुस्टर का नाम बता दिया···कैन यू बीट इट ? और ये सारी बातें कर रहा है, उन दोनों बूढ़ियों के सामने···कहने लगा, कल हम लोग यही बात कर रहे थे···।"

"बड़ी हिम्मत है।" नीता ने तारीफ की, "कभी कोई सिस्टर थी क्या ?"

"एल्ले, सिस्टर कहाँ से आई ? सिस्टर तो एक ही है, सो वो वीरेश्वर नीता के साथ अपर माल पर घूम रही थी।" कुलवन्त ने नीचे का होंठ मरोड़कर बाहर झटका दिया। भाई के 'पराक्रम' पर कहीं वह फूल भी रही थी।

"भई, यह तो सचमुच कमाल है। इस पर तो दस रुपये शर्त और

दस रुपये इनाम के देने चाहिए।" वीरेश्वर ने प्रशंसा से कहा और नीता की तरफ देखा, सुना, ऐसे होते हैं लोग। जान न पहचान, सीधे जा पहुँचे।

कुलवन्त, अवतार, वीरेश्वर और अब इन तीन दिनों से नीता का सांझ का निश्चित कार्यक्रम था। अपर-माल पर घूमने निकल जाना, या उधर जाने से पहले-बाद होटल के सामने पुलिया पर बैठकर 'मचाचे' देखना। सामने ही सिनेमा था और उसके पास ही छोटा-सा बाजार, सो अक्सर लोग उसी सड़क से आते-जाते थे। जिसे कालेज के दिनों में वीरेश्वर ने 'पटाखा' कहना सीखा था, उसे कुलवन्त कहती : 'मचाचा'। समझाती, 'मचाचा' अंग्रेजी और किसी इटैलियन या डच शब्द के मेल से बना है। शुद्ध उच्चारण है—मि-चाचा। 'मि' माने 'माई' और चाचा का अर्थ हुआ—'स्वीट-हार्ट'। नृत्य संगीत के चान्चा रेकॉर्ड और बुशर्ट वीरेश्वर ने भी इस नाम के देखे थे; लेकिन यह अर्थ नहीं जानता था। और पहाड़ पर घूमने आये इन 'मचाचों' को देखना, उन पर हँसा-हँसाकर लोट-पोट कर देने वाली टिप्पणियाँ तथा फिकरे कसना कुलवन्त का शौक नहीं, पागलपन की हद तक नशा था। फर्लांग-भर दौड़कर मचाचा देखने जाती और हाँफती हुई लौटकर अपनी टिप्पणी देती। कभी बुरा-सा मुँह बनाकर लौटती और आते ही जमीन पर जोर से थूक देती, "त्थू ! मचाच्चा था ? माई, फुट्ट···।" और कभी मुँह में जीभ घुमाती और आँखें उल्लास से नचाती आती, "बस पूछ मत वीरेश्वर, तू होता तो लोट-पोट हो ज़ाता···।" उसकी यह पुरुषों जैसी शब्दावली ही वीरेश्वर को हमेशा एक पुलकित कौतूहल और विस्मित आनन्द से भरे रखती··· जब परिचय नया-नया था तो उसके इस पागलपन को देख डरते-डरते वीरेश्वर ने कहा था, "कुलवन्तजी, आपका यह मचाचो-मैनिया अनधिकार चेष्टा है। जनाब यह मर्दानी बीमारी है।" झट बोली, "सभी की आँखें हैं। सभी देखो। अपना-अपना शौक है। हम इसी से अपना मन बहलाते हैं। और तुझसे तो मना नहीं करते। तू भी देख। हम तो तुम्हारी मदद ही करते हैं। अकेले देखेंगे तो शर्म लगेगी तुम लोगों को।" फिर अपने इस खुलेपन पर कहा, "और देख वीरेश्वर, यह जी-वी लगा-

कर अपने से बातें नहीं होतीं। आप-साप का भी झंझट मुझे अच्छा नहीं लगेगा। बुरा मानने की तो बात नहीं है···हाँ सच्ची गल्लाँ हैं···वाहे ग्रू।" फिर देर तक उसके कहने पर हँसती रही। 'मचाचोमैनिया !' अवतार को आने दे। सारे दिल्ली-चण्डीगढ़ में चला देगा इस शब्द को यहाँ तो पता नहीं चलता; नीचे ड्राइव करते-करते देखने लगती थी तो सरदारजी नाराज हो जाते थे—तू यहाँ एक्सीडेण्ट कर देगी। हट मुझे चलाने दे !"

जीवन जैसे कुलवन्त में छल-छल करके छलक पड़ता है, वीरेश्वर मन ही मन अक्सर कहता। शुभा के सामने तो हिम्मत नहीं पड़ी; लेकिन एक बार नीता के सामने ही उसे छेड़ने के लिए पूछ लिया, "कुलवन्त, तुम्हें भी तो देखने वाले छोटा-मोटा मचाचा समझते होंगे।"

"हट्ट वीरेश्वर, अपने को ऐसा कोई मुगालता नहीं है···हाँ, तीन साल बाद देखना, अपनी लड़की होगी, मचाच्चा···तू देखता रह जाय।"

अपनी ही लड़की के बारे में ऐसी भाषा का प्रयोग करने वाली कुलवन्त की बातों पर वीरेश्वर हँसते-हँसते दुहरा हो जाता, "हद्द है कुलवन्त !"

"हद्द क्या है सच्ची बात है वाहे ग्रू···" और कुलवन्त अपनी हँसी रोकती, चेहरे पर भोलापन ओढ़े रहती···। फिर उसके कन्धे पर हाथ मारकर बोलती, "जब हमारी जान-पहचान नहीं हुई थी, तब तू यहाँ बैठा-बैठा मचाचा समझकर ही तो मुझे नहीं देखता रहता था ?"

"मुझे क्या पता था कि तुम्हारे तेरह साल की लड़की है ? देखने में मुश्किल से बाईस-चौबीस की लगती होगी तुम।" वीरेश्वर उन दिनों को याद करने की कोशिश करता बोला। उसे ध्यान ही नहीं आया कि परिचय से पहले कुलवन्त को देखकर वह क्या सोचा करता था।

इस बात पर कुलवन्त—सच या झूठ—उदास हो गई, "तू ही नहीं, बहुत लोग ऐसा समझते हैं—एक बार तो क्लब में एक साहब दो-तीन घण्टे साथ बीयर पीते रहे, डान्स करते रहे। फिर सरदार जी से ही बोले, 'आपकी बहन मिस कुलवन्त···' तो बीच में उनकी बात काटकर

मुझे बताना पड़ा कि ये मेरे भाई नहीं, हस्बैण्ड हैं और मेरी तेरह साल की लड़की पास के पब्लिक स्कूल में पढ़ती है। वीरेश्वर, इतना-सा मुंह निकल आया कि मुझे बड़ी दया आई। अफसोस हुआ•••।"

और इस समय जैसे उल्लास-उत्साह से वह अपने भाई की सफलता की कहानी सुना रही थी, उससे अवतार के प्रति कहीं मन में भले ही जरा-सी प्रतिस्पर्द्धा की भावना आई हो; कुलवन्त की सरल हृदय आत्मीयता उसे विभोर ही कर रही थी। चकित भी था कि खुद उसके मन के 'पाप' को कैसी कुशलता से कुलवन्त ने अपने खुले व्यवहार से छू-मन्तर कर दिया है। वह इस समय बता रही थी, "सो उस नकली सिस्टर का नाम ले-लेकर घण्टा-भर उन बुढ़ियों से बातें करता रहा। खुद उसकी लड़की की सारी जनम-पत्री ले आया। बी० ए० का इम्तहान दिया है। उसने तो उन्हें आज के लिए अपने यहाँ खाने पर भी बुला लिया था, लेकिन मचाचा चल-फिर नहीं सकता था—कह आया है कि ठीक होते ही हमारी कॉटेज पर आए। घर आते ही बोला, 'ला दस रुपये।' वह टहलते-टहलते रुक गई, "सो दस रुपये का तो यही सामान लिये जा रही हूँ।" उसने मेज पर रखी डोल्ची की ओर संकेत किया।

"काम तो 'सा'ब उसने इनाम का ही किया है। आने दो, मैं तो बधाई दूंगा। भई नीता, शर्त में हिस्सेदार तो हम भी थे। अब इन रुपयों को ठिकाने लगाने तो जाना ही होगा।" वीरेश्वर ने नीता से कहा। वह उंगली से अपनी आँखें मसल रही थी। उसका यों दिलचस्पी न लेना उसे अखर रहा था। जाने क्यों उसे लगता था कभी-कभी, जैसे इन लोगों के बीच वीरेश्वर का रहना, घुलना-मिलना उसे अशोभन लगता है।

कुलवन्त का छोटा भाई है मोना अवतार। किसी कानूनी चक्कर में जरूरी कागज लेकर कुलवन्त के पास आया है। नीचे ही उसके पति के साथ, जमींदारी के बाद बहुत बड़ा फॉर्म सँभालता है और अक्सर छुट्टियाँ मनाने दिल्ली, कलकत्ता, बम्बई घूमने चला जाता। स्मार्ट व्यक्तित्व और कॉन्वेण्टी-अंग्रेजी।

कल चारों साथ जा रहे थे कि अचानक बोला, "अरे वीरेश्वर साहब

आपके होटल में तो बड़ा जोरदार मचाचा आकर ठहरा है। आपने बताया नहीं।" वह बात करता था तो पतली-पतली मूंछों के नीचे कुछ चूसता-सा लगता था। अवतार की बात से वीरेश्वर का ध्यान अपने होटल की तरफ चला गया…सलवार-कुर्ते पर मैरूनी कार्डीगन पहने गोरी-सी लड़की चीड़ के पेड़ के नीचे गेंदे की क्यारियों के पास कुर्सी पर अकेली बैठी थी…बड़ी उदास और खोयी-खोयी नजरों से ऊपर लगातार इस तरह देख रही थी, जैसे वहाँ बैठी किसी चिड़िया को देख रही हो…।

"अरे, तो वो ये हैं।" वीरेश्वर ने देखा। उसे याद आ गया, तीन-चार दिन पहले होटल के मालिक ने बड़े खुश-खुश आकर बताया था, "आज तो दिल्ली से एक फैमिली आ गई है। डेढ़-दो महीने रहेंगे। अलगवाला सबसे कीमती कमरा लिया है।" होटल में जरा-सा अलग हटकर एक स्वतन्त्र सूट था। उसी में आकर टिके थे ये लोग। बैरे ने सूचना दी, 'साथ में कोई लड़की है बीमार…माँ-मौसीनुमा दो बूढ़ी औरतें हैं। साथ जो प्रौढ़ आए थे, वे उसी दिन चले गए। अपना नौकर है। खाना एकदम अलग बनाते हैं।' होटल के लोगों के लिए यही आश्चर्य की बात थी कि दोनों बूढ़ी महिलाएँ नल के मुँह को मिट्टी से माँजकर पानी भरती हैं, और कोयले धुलवाकर जलाती हैं। वीरेश्वर ने अनुमान लगाया कि ये लोग उत्तर प्रदेश या दिल्ली के पुराने हिस्से के खत्री या बनिये हैं। सोचा लड़की को टी० बी० जैसी कोई बीमारी होगी। यहाँ अक्सर टी० बी० के लोग आते रहते हैं। पिछले एकाध दिन से वह दोनों प्रौढ़ाओं और नौकर को इधर-उधर जाते, कपड़े समेटते-सुखाते देखता था, लेकिन लड़की कहीं नजर नहीं आई थी। एकाध बार कुछ सूती-ऊनी जनाने कपड़े सूखते देखे तो ख्याल आया, ये उसी बीमार लड़की के होंगे, क्योंकि दोनों बूढ़ियाँ तो सीधे पल्ले की सफेद धोतियाँ ही पहनती थीं। वह शायद अन्दर लेटी रहती होगी।

अवतार ने ध्यान दिलाया तो आज पहली बार उसने उस लड़की को देखा। स्वयं उसे भी हलकी उत्सुकता तो थी ही। अवतार मजाक में डाँट रहा था, "कमाल है वीरेश्वर साहब, कैसे पड़ोसी हैं आप ? अपने साथ के कमरेवाले लोगों का ख्याल नहीं है ? कम से कम यही जाकर पूछ लिया

होता कि किसी चीज की जरूरत तो नहीं है ! ईसाई होते तो इसी बात पर दण्ड देना होता···"

"यह तो शायद पहली बार निकलकर बैठी हैं।" वीरेश्वर ने उसे देखते हुए कहा। मन में समझाया कि शायद वह और नीता ही आपस में इतने व्यस्त रहे हैं कि बाहरी दुनिया की ओर ध्यान ही नहीं गया।

"अजी, छोड़िए ! मचाचा दो दिन से अपने पड़ोस में है और आपको पता ही नहीं। यहाँ एक दिन को आते हैं कभी छठे-छमाहे, और पूरे पहाड़ का पता लगा लेते हैं। यह तो निगाहों की बात है वीरेश्वर साहब !" फिर कुलवन्त से बोला, "अच्छा कुलवन्त, तू बता मैं कॉटेज पर ही कह रहा था न कि आज कोई अच्छा मचाचा देखने को मिलेगा। यह तो साहब, इलहाम होता है इलहाम ! और यह तो आप भी जानते हैं कि इलहाम सिर्फ पहुँची हुई आत्माओं को ही होता है।" उसकी 'पहुँची' और 'शुद्ध आत्माओं' वाली बात पर ऐसा कहकहा पड़ा कि सड़क पर ही चारों हँसने लगे। लड़की ने चौंककर बड़े अनमने-से भाव से इधर देखा। शायद उसे लग गया कि उसे लेकर ही हँस रहे हैं।

"बीमार है। चेहरा कितना पीला पड़ गया है !" वीरेश्वर ने अपने 'प्रमाद' को मजाक का रूप देते हुए कहा, "बीमार मचाचों में अपनी कोई दिलचस्पी नहीं है।"

"अरे, यह भी तो देख, जब बीमार है तब तो यह हाल है ! चार दिन बाद जब चंगा हो जाएगा, तो क्या कहर बरसाएगा ?" इस बार कुलवन्त ने चलते-चलते अपने कदमों पर निगाह गड़ाये धीरे-से कहा।

"यब्बात···" अवतार ने समर्थन किया, "इसे कहते हैं निगाह ! और जनाब, यहाँ तो मील-भर दूर से देखकर बता देते हैं कि कौन मचाचा मेड-इन दिल्ली है, कौन चण्डीगढ़···!" फिर चढ़ाई पर रुककर बोला, "वो तो खैर आपने बता दिया। आप न भी बताते तो भी मैं कह देता कि यह छाप ही दिल्ली की है। अच्छा, अब आप चाहें तो वैरीफाई कर लीजिए, यह चीज मिराण्डा-कॉलेज की है। जगह-जगह की झलक छिपती थोड़े ही है···।"

"हट्ट, अब शेखी ही मारने लगा···"

कुलवन्त की बात काटकर दया दिखाता अवतार बोला, "क्या बात करती है कुलवन्त ? न हो मिराण्डा का तो दस-दस रुपये की शर्त...बोल बदती है शर्त ?"

वीरेश्वर ने छेड़ा, "आप वैरीफाई कैसे करेंगे ? दो-दो विचेज तो साथ में हैं...?"

अवतार ने हाथ झटक दिए, "अरे मारिए गोली विचेज को...ऐसी जाने कितनी विचेज इसी तरह खिला दीं...ये तो उनके सामने कुछ भी नहीं हैं। भई, साफ बात है, हम तो रिपोर्ट्समैन आदमी हैं, एण्ड इट्ज ऑल पार्ट आफ दि मचाचा गेम...हाँ तो कुलवन्त, होती है शर्त ?"

"अच्छा, रही।"

लेकिन कुलवन्त और वीरेश्वर को साथ-साथ शायद लगा कि अवतार खुद उससे परिचय करना चाहता है और कुलवन्त को शर्त के लिए उकसाकर बहाना खोज रहा है। लगा, कहीं वह गम्भीर होने लगी। वह लम्बे-लम्बे घने पहाड़ी पेड़ों के ऊपर के सँझियाते आसमान को देखती हुई बिना अधिक दिलचस्पी के बोली, "झूठ होने पर रुपये ले लूंगी...।"

"इट्ज ए बैट, कुलवन्त !" उत्साह से अचानक अवतार रुककर खड़ा हो गया। वीरेश्वर से बोला, "अच्छा जनाब, अब मैं चलता हूँ। होटल में कुछ लोगों को टाइम दे रखा है। कल मिलेंगे। और हाँ, कुलवन्त से रुपये दिला दीजिए। यह शर्त के रुपये देती नहीं है...यों अभी जाकर बीस रुपये का कोकाकोला पी जाएगी...अच्छा मिस नीता..."

नीता चौंककर कहीं गहराई से ऊपर आ गई, "अच्छा जी...।"

उछलता हुआ-सा अवतार चला गया। उसकी बात ठीक थी। कुलवन्त चार-पाँच रुपये रोज का कोकाकोला पी जाती थी। बारह आने की एक बोतल और एक बैठक में कम से कम पाँच बोतलें, फिर बैरे को टिप। वीरेश्वर को आश्चर्य होता था, कैसे ये लोग जरा-जरा-सी बातों को ऐसी गम्भीरता से लेते हैं...उन्हें चिन्ता और शर्त का विषय बनाते हैं।

ये लोग ऊपर घूमने चले गए। कुलवन्त पहले जितनी चहक रही थी, अब प्रायः उतनी ही चुप थी। वीरेश्वर ने अपने को समझाया;

जबानी तो ठीक है लेकिन अपने भाई की इस हद तक हरकतों पर हो सकता है चिन्तित हो उठी हो; लेकिन उसके सारे व्यक्तित्व के साथ ऐसी चिन्ता निहायत गैर-मौजूं लगती थी। शायद कोई और बात है। पूरा चक्कर लगाकर वे दोनों कुलवन्त को उसकी कॉटेज पर छोड़ने आए, तब तक अवतार नहीं पहुँचा था।

रास्ते-भर नीता कुलवन्त साथ-साथ और वीरेश्वर अलग-अलग चलते रहे थे। उन लोगों में आपस में एकाध बात हुई तो हुई हो, वर्ना नीता और कुलवन्त ही बातें करती रहीं। कॉटेज के बाहर ही उसने कहा, "सुबह मिलेंगे। तभी पता लगेगा कि सरदार अवतारसिंह कहाँ तक पहुँचे!" असल में वीरेश्वर जल्दी-से जल्दी लौटना चाहता था, कमरे पर। कल नीता को जाना है। अधिक से अधिक अकेले साथ होने के लिए उसके मन में कुलबुलाहट हो रही थी।

"तुम तो कल जा रही हो न?" कुलवन्त ने कहा, "कल सुबह जाऊँगी उधर। मुझे बाजार से कुछ लाना भी है।"

रास्ते में वीरेश्वर ने केवल इतना पूछा, "बड़ी बातें हो रही थीं?"

नीता ने ठण्डे ढंग से जवाब दिया, "यों ही, अपना सब बता रही थी कि कब से रहती है, कहाँ की रहनेवाली है!" और दोनों अपने-अपने में डूबे साथ-साथ चले आए थे।

पासवाले 'सूट' के दरवाजे बन्द हो गए थे, और रोशन काँचों के पीछे कपड़े के पर्दे थे। उधर देखकर नीता ने ही कहा, "बड़ा तेज है अवतार!"

"भई, बात यह है कि हम लोग कभी-कभी पहाड़ों पर आते हैं और इन लोगों को हर वक्त बोर होना पड़ता है। नये-नये लोगों को देखने, उनसे मिलने, दोस्ती करने को ये लोग तरस जाते हैं। रियासती जमानों के बड़े-बड़े जागीरदार-जमींदार हैं, सो पैसों की चिन्ता है ही नहीं... कुलवन्त के यों अचानक हम लोगों से घनिष्ठ हो जाने के पीछे मैं तो यही मनोविज्ञान समझती हूँ।" उसे याद आ गया जब शुभा की सहेली ने कुलवन्त से होटल में उन लोगों का परिचय कराया था, 'मिसेज कुलवन्त कौर, यहीं रहती हैं। अपना बहुत बड़ा और निहायत खूबसूरत

कॉटेज है, नीचे बहुत लम्बा-चौड़ा फार्म है।' कमरे के अन्दर आकर ब जलाते हुए उसे कुलवन्त के साथ की पहली भेंट का चित्र याद हो आय वह चटखनी लगाकर थके-से ढंग से कुर्सी पर बैठते हुए बोला, "तुम शायद इतनी घनिष्ठ नहीं हो पाई है। शुभा से तो बहुत घुल-मिल गय थी। पहले शुभा ने भी रंग-ढंग पर नाक सिकोड़ी थी···!"

शुभा—यानी वीरेश्वर की पत्नी। पिछले दिनों शुभा दस दि आकर रही थी। नीता से तो नहीं, शुभा से वीरेश्वर को जरूर शुरू डर ही लगता था। कुलवन्त दो मुलाकातों में ही खुल गई, जैसे वर्षों क परिचय हो—खासतौर से अपने इस 'मचाचोमैनिया' के कारण। उसकी हर बात और हर फिकरे पर दोनों कुतूहल से हँस-हँसकर दुहरे हो जाते, निस्संकोच उसकी बाँह या कन्धे पर हाथ रखकर धीरे-से कहती "वीरेश्वर, उधर देख, उधर अपने पीछे—मचाचा।" तो वीरेश्वर अचा नक अव्यवस्थित-सा हो उठता, पता नहीं शुभा उसके इस उन्मुक्त व्यवहार का क्या अर्थ लगाए! लेकिन नहीं, उसने न जाने क्या जादू क दिया था कि जब शुभा गई तो वीरेश्वर से अधिक भक्त हो गई थी उसकी···एक तरह से वह उसे ही सौंप गई थी, "रोज शाम को जरा इनकी खबर लेती रहिए।" दो-तीन बार वे लोग कुलवन्त की कॉटेज पर खाने भी गए। वीरेश्वर चकित था कि शुभा, जो उसके और नीता के सम्बन्धों के कारण सबके सामने हर समय उस पर आरोप लगाती थी— 'इन्हें तो मिट्टी की भी औरत दीख जाए, बस, फिर इन्हें दीन-दुनिया की सुध नहीं रहती', कैसे उसका यह सारा पुरुषोचित और किसी हद तक 'फूहड़' व्यवहार सह लेती है? जो शुभा घर पर युवा और सुन्दर स्त्रियोंवाले परिवारों का आना-जाना पसन्द या प्रोत्साहित नहीं करती— वही कुलवन्त के इन 'उच्छृंखल' व्यवहारों को कैसे इस आसानी से ग्रहण कर सकी, यह आज भी वह अपने को किसी तरह नहीं समझा पाया। अवतार तब नहीं आया था, लेकिन मचाचा-दर्शन का कार्यक्रम शुभा के साथ भी उसी उत्साह से चलता था, इसी नियम-बद्धता से वह कोका-कोला पीती थी, साँझ को घूमने जाती थी। लेकिन शुभा को मचाचों में कोई दिलचस्पी नहीं थी; बल्कि कुलवन्त की आदतें किसी और में होती

तो वह उन्हें 'छिछोरापन' ही कहती। उस जैसी सामाजिक स्थिति और अभिजात संस्कारोंवाली महिला में, नशे या पागलपन की हद तक की ये आदतें शुभा को चकित, आकृष्ट और एम्यूज अधिक करती थीं। उसके परिचय में एक बात और भी थी, जो आज नीता को बताने से पहले शायद ही कभी उसे याद आया हो, एच० एच० की कज़िन।' शुभा की छुट्टियाँ समाप्त हो गईं, इसलिए उसे जाना था। आग्रहपूर्वक कुलवन्त ने उसका पता लिया था, और वचन दिया था कि नीचे आई तो अपनी इस 'प्यारी चीज' से मिलने जरूर आएगी, अंग्रेजी में बोली थी, "चिन्ता मत करना, मैं वीरेश्वर को कड़ी निगरानी में रखूंगी…"

अक्सर कुलवन्त को याद तो आता ही रहता होगा। इन्हीं सड़कों पर कुछ दिनों पहले वह शुभा के साथ घूमने जाती थी, जैसे आज नीता के साथ जाती है! इन्हीं कुर्सियों पर उसने शुभा के साथ चाय-कॉफी पी है, उसे भी खाने-सिनेमा के लिए बुलाया है। वही सब अपनापन नीता को देते हुए, क्या कहीं भी उसके मन में कोई सवाल नहीं उठता? वीरेश्वर को नीता के साथ के इन सारे दिनों में लगातार एक बेचैनी होती रही, एक कील कसकती रही—कुलवन्त नीता को लेकर उससे कोई सवाल क्यों नहीं पूछ रही? कोई संकेत, कोई परिहास कुछ भी नहीं कि वह आखिर उसके और नीता के सम्बन्धों को लेकर क्या सोचती है? उसके मन में कोई जिज्ञासा भी नहीं उठती? वीरेश्वर के बारे में क्या उसकी राय अभी भी वही है जो नीता के आने से पहले थी या अब कुछ बदल गई है? परिचय में उसने छिपाया प्रायः कुछ भी नहीं था, "मिस नीता तायल…मेरे दोस्त की बहन।" उसके बाद कुलवन्त ने कुछ भी नहीं पूछा, और उसी आत्मीयता से बातें करती रही जैसे नीता को वह वर्षों से जानती हो…अलग से नीता से कुछ पूछा हो तो पूछा हो। बड़ी बेचैनी थी वीरेश्वर को कि आखिर कहीं तो वह जानने का अवसर देती कि नीता के बारे में क्या सोचती है, खुद वीरेश्वर उसकी नजरों में कितना उठ या गिर गया है? क्योंकि इस सारे हल्केपन के बावजूद वीरेश्वर के मन में कहीं कुलवन्त के लिए गहरी इज्जत थी। पहली बार जब वह उसकी कॉटेज पर खाने गया तो कुलवन्त की प्लेट में सामिष कुछ परोसने

लगा तो उसने जल्दी से हाथ बीच में फैलाकर कहा था, "नहीं वीरेश्वर, मैं यह सब नहीं खाती। छोड़ दिया···बस, बना देती हूँ, खिला देती हूँ।' उसके बाद से आज तक वीरेश्वर को लगता रहा कि इस सारे हल्केपन, बीयर-डान्स, सिगरेट, अश्लीलता की हृदों तक आ जानेवाले पुरुषोचित परिहासों के पीछे एक और जिन्दगी है जहाँ सुबह पूजा-पाठ और निरामिष भोजन और आधुनिक सज्जाओं वाली कॉटेज के पीछे की ओर एक निहायत सादा-सा कमरा है···लेकिन हो सकता है, यह सब उसका अपना ही भ्रम हो और सारी चीजें कुलवन्त को सूट न करती हों···और जो कुछ दीखता है उसके सिवा उसकी कोई जिन्दगी ही न हो।

और आज सुबह कुलवन्त उसी उन्मुक्त ढंग से कमरे में इधर से उधर टहल रही थी—अपने भाई की सफलता बखानती हुई। पहाड़ों पर रहने वाले अक्सर चढ़ाई के रास्तों के समय हाथ पीठ के पीछे की ओर लटकाकर उँगलियाँ आपस में फँसा लेते हैं, शायद थकान कम लगती है। और इस तरह चलना अब कुलवन्त की आदत हो गई थी। फूलोंवाले स्लीवलेस कुर्ते से निकली सुडोल बाँहों पर पतला-झीना-सा दुपट्टा सिमटकर गला कसता हुआ-सा पीछे की ओर लटक गया था, कुर्ते और दुपट्टे के बीच खुली छाती पर काली रेशमी डोरी से लटका बिनाकापेस्ट से निकला सुनहरा पान, टहलते-टहलते मुड़ने पर झटका लेकर झूल जाता था···उसकी यह बच्ची जैसी रुचियाँ, हरकतें···वीरेश्वर को हमेशा बच्चे की शैतानियाँ देखकर होने वाले आनन्द की गुदगुदी होती।

"हाँ, तो बिरेश्वर, कैन यू बीट इट, अवतार उस घण्टे-आध घण्टे में इसकी पूरी जनम-पत्री खोद ले गया है? कैसे बीमार है, कितने दिनों रहने का प्रोग्राम है, घर पर क्या होता है।···"

वीरेश्वर ने अपनी जानकारी दी, "होटलवाला शायद बता रहा था। लड़की का अपेण्डीसाइटिस का ऑपरेशन हुआ है, इसीलिए शायद दो-चार दिन और घूमना-फिरना बन्द रहेगा। दिल्ली में कुछ बिजनेस है···।"

"हाँ, यही सब अवतार बता रहा था।" फिर नीचे होंठ झटककर कहा, "अरे, एबॉर्शन-उबॉर्शन होगा, अपेण्डीसाइटिस बता दिया···हाँ,

सच्ची बात है वीरेश्वर, किसी को क्या पता ? बस, महीने-डेढ़ महीने बाद चले जाएँगे। कह देंगे, पहाड़ घूम आए ··वहाँ बिटिया की जरा-सी तबीयत खराब हो गई थी···।" वह उसी तरह टहलती रही।

"हा···हा···हा ?" वीरेश्वर को खुद अपनी हँसी बड़ी नकली, बनावटी, अनावश्यक और बेहूदी लगी। वस्तुत: वह भीतर से आतंक के मारे सिहर उठा···कैसी आसानी और अपनेपन में आकर कुलवन्त ने ऐसी भयंकर बात कह दी (कुलबन्त की अपनी भी तो बेटी है !), जैसे कह रही हो—'आज शायद ठण्ड ज्यादा रहेगी।' उसकी इस बात पर न जाने नीता क्या सोचे ? न चाहने पर उसकी निगाहें अचानक नीता के चेहरे पर जा पड़ीं। उसे लगा, जैसे वहाँ अपरिभाष्य निरीहता उमड़ आई, जैसे एक पल को लगा : बाहर कुर्सी पर गेंदे की क्यारियों के पास चीड़ के पेड़ के नीचे जिस लड़की को वह बैठे देख आया है···वह नीता ही है।

सच पूछा जाए तो कहीं यही शंका उसकी 'बीमारी' की बात होटल-वाले से सुनकर उसके खुद भी मन में आई थी; लेकिन इस समय कुलवन्त के मुँह से सुनकर ऐसा लगा जैसे कहीं कुछ क्रूर और क्रूड हो गया है···एक जीती-जागती चींटी कदमों के नीचे आकर कुचल गई है।

"तुम भी सच कुलवन्त···" मुँह से उसके केवल इतना ही निकला; लेकिन एक अजीब बेचैनी के एहसास से घुटकर वह उठ खड़ा हुआ··· और इस सबसे भाग निकलता-सा वह बोला, "होटलवाला चाय नहीं लाया···।" मन में सोचा, इतने दिनों में नीता कुलवन्त को पहचान तो गई होगी, और यह भी समझ गई होगी कि उसकी किस बात को कितनी गम्भीरता से लेना है। लेकिन उधर देखने का साहस नहीं हुआ—देखेगा तो एक निरीह और दयनीय चेहरा दिखाई देगा, जो पेड़ को इस तरह देख रहा होगा जैसे वहाँ किसी चिड़िया को देख रहा हो···उसने झटके से बात बदल दी, "अच्छा कुलवन्त, मिराण्डा-मचाचे को मारो गोली, यह बताओ इस समय तुम्हारा क्या प्रोग्राम है ?" उसकी इच्छा हुई, इस समय कुलवन्त यहाँ से चली जाए।

"अब ? अब तो यह चीज-'हेम' ले जा रही हूँ। सेंडविच बनेंगे···

तुम लोग एक से पहले ही पहुँच जाना···नीता, कपड़े-कुपड़े पहले ही ठीक कर जाना, ताकि फिर यह न कहो कि बस को देर होगी।" कुलवन्त को अचानक प्लास्टिक की डोल्ची का ध्यान आ गया, "अरे अब तो चलूँ भई, बहुत देर हो गई!" फिर वह उँगली माथे पर रखे खड़ी-खड़ी सोचती रही, "मुझे ऐसा लगता है, कुछ भूले जा रही हूँ···नीचे जाकर याद आएगा तो फिर नौकर को दौड़ना पड़ेगा।"

"मैं नहीं आ पाऊँगी। माफी चाहती हूँ।" नीता ने अचानक कहा, "मेरी तबीयत ठीक नहीं है···फिर आपने बस के सफर से इतना डरा दिया है कि सोचती हूँ कुछ न खाऊँ तो वही ज्यादा अच्छा है। वहाँ आप के यहाँ जाकर कुछ न खाना अच्छा नहीं लगेगा···वैसे भी···"

बात काटकर अत्यन्त ही स्नेह से कुलवन्त ने कहा, "तो दो दिन बाद चली जाना न···। तबीयत ठीक हो लेने दो। पहाड़ की हवा में तो यों ही दो-चार दिन रहकर आदमी चंगा हो जाता है। दो-चार दिन और रहोगी, तो पहले से ज्यादा अच्छी हो जाओगी।" फिर वीरेश्वर की ओर देखकर कहा, "रास्ते में और खराब हो गई तो?"

फिर कहीं कोई संकेत है क्या? वीरेश्वर को नीता की सीधी निगाहें अपने चेहरे पर महसूस हुईं, भीतर जैसे अस्त-व्यस्त-सा होने लगा; लेकिन ऊपर से बिना किसी आग्रह के कहा, "बात यह है कि चाहता तो मैं भी यही, था, लेकिन साथ में इनके भाई-भाभी भी तो आए हैं। वे उधर दूसरे पहाड़ चले गए हैं। वो भी आज की बस से चल दिए होंगे···स्टेशन पर इनकी राह देखेंगे। ऐसा ही शायद इन लोगों में तय है। वर्ना कह तो मैं भी यही रहा था कि कुछ और रह लो।" हालाँकि उसने नीता से आग्रह नहीं किया था।

नीता के उसके पास आने का यह एक झूठ कारण वीरेश्वर ने गढ़ा था, और इसे अन्त तक बनाए रखना चाहता था। बहुत ही बुझे-से स्वर में नीता ने भी कहा, "हाँ, यही बात है। अब उन लोगों का साथ तब भी है, वर्ना बाद में अकेले परेशानी होगी।" वीरेश्वर को लगा जैसे 'अकेले' शब्द सबके भीतर कहीं बजा।

"देख लो, तबीयत ठीक रहे तो आ जाना।" कुलवन्त ने बहुत ही

मुलायम और नरम स्वर में कहा, "अपने साथ किसी तकल्लुफ का तो सवाल ही नहीं है : फिर वीरेश्वर, तू ही अकेले आके क्या करेगा ? यहाँ तेरी फ्रेण्ड अकेली रह जाएगी···।"

"नहीं···नहीं, ये जाएँ।" नीता जल्दी से बोली, "मेरी वजह से ये क्यों रुकें ? मैं थोड़ी देर आराम भी कर लूँगी। रात को पता नहीं गाड़ी में सोने को मिले भी या न मिले···।"

"अच्छा देख लो। जैसा बने, वैसा कर लेना। तबीयत ठीक रहे तो आ जाना।" और झटके से डोल्ची उठाकर कुलवन्त चल दी, "मुझे जरा देखना भी होगा···वहाँ खानसामा बैठा जँभा रहा होगा।"

वीरेश्वर चाय के लिए आग्रह करता रह गया, लेकिन वह रुकी नहीं। सिर के ऊपर हाथ हिलाती चली गई, "फिर कभी पी लूँगी···।"

होटलवाला चाय दे गया। इस बीच देर तक वीरेश्वर को लगता रहा, जैसे कुलवन्त अभी भी कमरे में चहलकदमी कर रही है।

चाय ढालते-ढालते, जैसे शब्द टटोलती हुई नीता ने बिना उसकी ओर देखे ही इस तरह कहा मानो जोर-जोर से बोलती हुई सोच रही हो, "मुझे इस झूठ का निर्वाह अब कितने समय तक और करना होगा ? वीरेश्वर, तुम गलत मत समझना। यह झूठी और नकली जिन्दगी मेरे लिए अब असह्य हो गई है···। यहाँ फिर भाई-भाभी का झूठ···मेरे अहं और सम्मान के साथ तुम कितने दिनों खिलवाड़ और करोगे ? मेरे साथ चलने में तुम्हें शर्म आती है, तुम हाथ छोड़कर आगे-पीछे इस तरह चलने लगते हो जैसे अकेले हो। किसी नये आदमी के सामने यह बताने की तुममें हिम्मत नहीं है कि मैं तुम्हारी मित्र हूँ। आज भी दूसरों के सामने मैं तुम्हारे मित्र की बहन हूँ। तुम सोचते हो, सब लोग तुम्हारी इन बातों का विश्वास कर लेते हैं ?···सचमुच, मुझसे बर्दाश्त नहीं होता वीरेश्वर, मेरी ग़ैरत हर बार उकसाती है कि उसी समय तड़ाक्-से कह दूँ कि मेरे कोई भाई-भाभी नहीं आए, मैं इनके निमन्त्रण पर और इनके पास ही आई हूँ और मैं इनके मित्र की बहन नहीं—इनकी मित्र हूँ···सिर्फ तुम्हारा दयनीय चेहरा देखकर रुक जाती हूँ···।"

नीता से वीरेश्वर को यह पुरानी शिकायत थी कि बोलते वक्त या तैश में आकर अक्सर उसे बिल्कुल ख्याल नहीं रहता कि वह क्या कह रही है, किस लहजे में कह रही है और उसका परिणाम क्या हो सकता है। अभी तो उसका रिश्ता इतना 'कच्चा' है, मान लो आगे जाकर कभी पक्का हुआ तो अपनी इस जबान से तो वह उसका जीना मुहाल कर देगी···उसने करुण-याचना के स्वर में केवल इतना कहा, "जाते समय लड़कर ही जाना जरूरी है नीता ?"

"मैं खुद नहीं चाहती···लेकिन तुम मेरी मजबूरी और अपमान शायद कभी नहीं समझोगे।" और नीता फिर चुप हो गई। साफ लगा कि बात समाप्त नहीं हुई···टूट गई है और जो कुछ अनकहा रह गया है वही महत्त्वपूर्ण और निर्णायक है···शायद उसने ही उनकी दूरी को और भी अधिक बढ़ा दिया है। वह चुपचाप अपलक सोचती चाय पीती रही, दोनों हाथों में प्याला पकड़े। आखिरी घूंट भरकर कहा, "मुझसे यह सब चलेगा नहीं, और तुममें निर्णय ले सकने की हिम्मत नहीं है···।" फिर जैसे एक निर्णय के साथ वह उठकर खड़ी हो गई, सुस्ती उतारने के लिए अँगड़ाई लेने के बहाने खड़ी रही, फिर अन्दर चली गई।

वीरेश्वर ने बैठे-बैठे ही निगाहें उठाकर जाती हुई नीता को पर्दे के उठकर लौट आने तक देखा, इस नीता को वह सचमुच एकदम नहीं पहचानता, अंग-अंग के घनिष्ठ परिचय के बावजूद वे लोग आपस में एकदम-एकदम अजनबी हैं।

खाना-पीना, तैयारी सब चलती रही और यह अजनबी होने का एहसास जहाँ का तहाँ बना रहा। दोपहर को दोनों कुछ देर साथ-साथ लेटे भी; लेकिन जैसे ठण्डी और निर्जीव लाशें एक-दूसरे से सटी-लिपटी रहीं···

नीता को विदा करके कुलवन्त के साथ लौटते हुए वीरेश्वर के मन में बिछोह का दुख था और न अपराध-बोध। खीज जैसा एक अनजा और अनाम बोझ था। लगता रहा, जैसे सुबह जो कुछ नीता ने कहा था वह उसका गुस्सा नहीं, अनेक गहरी प्रतिक्रियाओं का एक समाहार था

जो उस समय और अब भी, निर्णय जैसा लगता है। सारी आत्मीयता और निकटता के बावजूद नीता का यह तीन दिनों का साथ बहुत प्रीतिकर नहीं लग रहा था। काश, उसके निमन्त्रण पर नीता न आती…तब शायद इस क्षण जैसा परायापन, बेगाना और दूर होने का एहसास तो उसकी रग-रग में जहर की तरह नहीं घुल-घुट रहा होता। लेकिन सारी कटुता, दूरी और परायेपन के बाद भी नीता एक दिन उसकी जिन्दगी में नहीं रहेगी, उससे कटकर भीड़ और दुनियादारी की बाढ़ में खो जाएगी और अचानक किसी दूकान, किसी रेस्तराँ, किसी स्टेशन, किसी मोड़ पर एक-दूसरे के सामने पड़कर वे चौंककर ठिठक जाएँगे, पहचानने की कोशिश करेंगे या ठण्डे स्वर में पूछेंगे, 'हलो, क्या हाल है ?' यह कल्पना ही उसे बड़ी बेधक लगती थी और किसी तरह भी स्वीकार नहीं थी।

दूर ऊँचाई पर बने बँगले की खिड़कियों-दरवाजों के शीशों पर सूरज की किरणें सीधी पड़ रही थीं और आँखों को चुभती थीं। कुलवन्त ने उसी तरह हाथों को पीछे लटकाकर उँगलियाँ आपस में उलझा ली थीं और दोनों चुपचाप चल रहे थे…एक-एक कदम नापते-से। कभी कोई परिचित मिल जाता (कुलवन्त आधे से ज्यादा निवासियों से परिचित थी) तो मशीनी मुस्कराहट के साथ 'सत् सिरी अकाल' कहकर फिर पतले-पतले होंठों को कस लेती। अचानक वीरेश्वर को लगा जैसे उसके मन में झुंझलाहट जैसा कुछ भरने लगा है और रह-रहकर एक दुर्निवार इच्छा होती है कि उसके दोनों सुडौल कन्धों को जोर से भींचकर पूछे, 'तुम मुझसे नीता के बारे में कुछ पूछती क्यों नहीं हो ? वह मेरी कौन है, क्यों आई थी, क्यों चली गई ?' और यह इच्छा कहीं उस पर इस तरह न सवार हो जाए कि वह बेबश हो जाए, इसलिए वीरेश्वर उसकी ओर न देखकर दूर-दूर देख रहा था…ढलानों पर देवदारु और चीड़ के पेड़ चुपचाप खड़े थे…और वीरेश्वर को भ्रम हुआ कि इस हँसती-छेड़ती, अनाप-शनाप बकती कुलवन्त के साथ नहीं, किसी सरो के पेड़ के साथ चल रहा है।

होटल के सामने कुर्सी पर वही मिराण्डा-मचाचा बैठा-बैठा तन्मय भाव से कुछ पढ़ रहा था। दोनों हाथों की सलाइयों पर बुनाई भी चल रही थी। उसे जैसे जानने की कतई इच्छा नहीं थी कि सामने से कौन गुजरता है, कौन नहीं।

"ऊपर तक घूमने तो चलेगा न? या कुछ काम है?" होटल के सामने रुककर नीचे देखते हुए जूते की टो से काल्पनिक कंकड़ को ठोकर मारती कुलवन्त ने पूछा।

सिनेमा के आँगन में लोगों का आना-जाना शुरू हो गया था और सिनेमा शुरू होने से आध घण्टे पहलेवाले रेकार्ड बजने शुरू हो गए थे। इस समय बज रहा था, "इस रूप के दो चोर हैं कित जाऊँ हाय रब्बा!" वीरेश्वर को बहुत थकान लग रही थी, एक बार मन में आया कि टिकट लेकर हॉल में जा बैठे।

"काम तो कुछ नहीं है। तुम्हें?"

"तो चल, ऊपर तक एक चक्कर लगाकर आते हैं। दोस्त के जाने से तू बहुत उदास हो गया है। यहाँ बैठकर घुटेगा ही···चल।" उसने वीरेश्वर के कन्धे पर हाथ रखकर कहा। कुलवन्त का यों जगह-बेजगह बेझिझक कन्धे पर हाथ रखना पहले तो उसे बड़ा अटपटा लगा था; लेकिन अब प्रायः इसका अभ्यस्त हो गया था और अक्सर प्रत्याशा करने लगता था। हालाँकि खुद लाख हिम्मत जुटाने के बाद भी वह न तो कभी कुलवन्त को 'तू' कह पाया और न यों कन्धा छू सका।

और फिर दोनों चुप हो गए। गाने के बोल पीछे टूटते रहे। वही परिचित मोड़, चढ़ाइयाँ, ढलानों और चढ़ानों पर चिपके बँगले, घाटियाँ···चढ़ाई के कारण साँसों के स्वर एक-दूसरे को सुनाई देते रहे और वीरेश्वर अपने को समझाता रहा, हाँफने के कारण शायद वे लोग आपस में नहीं बोल पा रहे हैं। उसे यह भी ध्यान था कि हाँफते हुए ही अक्सर दुनिया-भर की बातें करते चलने में कुलवन्त को कठिनाई नहीं होती। कल इस समय नीता भी साथ थी···इस समय जाने क्या सोचती हुई जा रही होगी···शुभा इस समय ऑफिस से घर आने के लिए क्यू में खड़ी होगी, रीगल स्टैण्ड के सामने···

रोज छतरी के सामने वाली बेंच पर आकर बैठा करते थे। आज भी जब बेंच के पास आकर वीरेश्वर ने रूमाल से बेंच की सीमेण्ट की सतह झाड़ी तो बड़ी अनपहचानी-सी अनुभूति हुई, जैसे तूफान में बेड़ा टूट जाने के बाद केवल वे ही दो अपरिचित किसी तरह बचे हैं और यह बच निकलना ही उन्हें आपस में बहुत निकट ले आया है।

सामने घाटी खाली-अंजुली की तरह खुलती उतरती चली गई थी और तलहटी में सपाट मैदान था। घनी हरियालियों के बीच कहीं से धुआँ उठ रहा था और पतली सड़क यहाँ-वहाँ पेड़ों के बीच लम्बे केंचुए की तरह झूल रही थी। एक जगह मकानों की छतों का लाल गुच्छा था और पहाड़ के दूसरी ओर कहीं ढोल बज रहे थे। सपाट मैदान के आखिरी सिरे पर चमकीली डोरियों जैसी नदियों के बहुत ऊपर बीचों-बीच आसमान में सूरज डूब रहा था। पहली बार धरती से इतने ऊपर बीच आसमान में सूरज का डूबना उसे अजब लगा था। अब नीचे के साँवले कोहरे को देखकर उदासी जागती थी।

कुलवन्त जान-बूझकर चुप है···'शायद मुझे अपने भीतर डूबे रहने और अपनी उपस्थिति से बाधक न होने का अवसर दे रही है।'··· वीरेश्वर ने सोचा। उसकी जिज्ञासा-हीनता के प्रति खीज, रास्ता चलने में अपने-आप घुल गई थी। शायद कुलवन्त समझती है, वह बहुत दुःखी है। उसे क्या पता, नीता और उसके बीच क्या घट चुका है ? कुलवन्त की गलतफहमी की कल्पना के बीच की यह चुप्पी बोझिल बेचैनी में बदलने लगी, तो जेब में सिगरेट टटोलते हुए उसने मुस्कुराने की कोशिश के साथ कहा, "मेरी तो खैर दोस्त गई है, सो चुप रहना समझ में आता है। तुम्हारा चुप रहना बड़ा अननेचुरल और भयानक लगता है।" सिगरेट जलाकर उसने माचिस हिलाकर दूर फेंक दी···मन में तैरा, शायद इसी तरह की किसी हरकत के कारण चीड़ के जंगल जल जाते होंगे।

कुलवन्त ने योंही झुककर एक छोटा-सा कंकड़ उठा लिया और घाटी में फेंकती हुई बोली, "बात यह है वीरेश्वर, तू जिन्दगी को बहुत ही बहुत गम्भीरता से लेता है।" जब वह कोई फूहड़ या बहुत गम्भीर बात कहती थी, तो अंग्रेजी का प्रयोग करती थी, "जियो और फिर उस जिये

हुए पर बैठकर कुढ़ो···ये दोनों काम अपने बस के नहीं हैं। एक ही काम हो सकता है। अब अवतार सन्देशा लेकर आया है कि दारजी ने बहुत जरूरी बुलाया है। कुछ जरूरी कागजों पर दस्तखत करने हैं। मैंने तो साफ कह दिया जो मन आये सो करो। अपने तों ये पहाड़ और अपनी कॉटेज ही वाहेगुरू की मेहर से बनी रही। अभी छुट्टियाँ होंगी। स्कूल के बच्चे आ जाएँगे दो-ढाई महीनों को, तो दिनों का पता ही नहीं चलेगा···तब तक मचाचे देखेंगे, कोकाकोला पिएँगे, हफ्ते में तीन-चार तस्वीरें देखेंगे, तू रहेगा तो तेरे साथ घूमेंगे, गप्पें लड़ाएँगे···।" और जिससे हँसी-खुशी दो-चार घण्टे कट जाएँ वो करेंगे···।"

इसी सड़क पर कहीं नीता की बस जा रही होगी, वीरेश्वर ने सूनी-सूनी निगाहों से नीचे सड़क पर टकटकी लगा ली थी···काश, उसके और नीता के बीच आ गए उस तनाव को बचाया जा सकता है किसी तरह ! दूरबीन होती तो जरूर बस को खोज निकालता। इस क्षण बस को देख लेना ही नीता को अपने निकट पा लेने से कम नहीं होता शायद···। नीता ऐसे बोलती नहीं है, शायद मन में कहीं बहुत-बहुत यन्त्रणा पा उठी थी···। भीतर से शायद कुलवन्त भी वह नहीं है जो दीखती है, जो कोकाकोला की तीली मुँह में लगाकर हँसते हुए कहे, आइ'म ए प्रैंक।' वह भी कहीं बहुत दुःखी होगी···। बेड़ा टूटने और किसी तरह एक साथ बच निकलकर किनारे लग जाने की बात फिर उसके मन में आई···लेकिन इस बार उसमें न तो पहले जैसी गहराई अनुभव हुई, न बच निकलने की वैसी अनुभूति। उसने पूछा, "नीता से तुम्हारी बहुत दोस्ती हो गई थी न···?"

"रब्ब दे बन्दे तों सबी चंगेएँ !" जैसे जवाब उसने सोच ही रखा था। फिर एक पाँव दूसरे पर रखा और हाथों की उँगलियाँ आपस में फँसाकर घुटने को पकड़े-पकड़े पीठ ढीली छोड़कर ज़रा आराम से बैठ गई, "फिर यह पहाड़ है वीरेश्वर। दो दिन का साथ है, लोग दो दिन को आते हैं, चले जाते हैं। हमें तो अकेले ही रहना है। जाड़ों में तो आदमी की शकल देखने को तरस जाते हैं।"

तब वीरेश्वर को सहसा जैसे उसका उत्सुकताहीन ़ष्टिकोण समझ

में आ गया। उसे लगा, कुलवन्त की उसके साथ मैत्री भी इस अकेलेपन को काटने का साधन ही है, और वह स्वयं एक निमित्त या माध्यम-भर है। उसकी जगह कोई भी हो सकता था। अपमान का एहसास, दंश का निश्चित आकार ले पाता कि खयाल आया, क्या कहीं, दूसरे शब्दों में यही शिकायत नीता आज दोपहर को उससे नहीं कर रही थी ? मैत्री, स्थायी हो या अस्थायी, अपना-अपना अकेलापन काटने का माध्यम नहीं तो और क्या है ? सोचकर बड़ी वीभत्स-सी बेचैनी होने लगी, और प्रबल इच्छा हुई कि वह भी उठकर उसी तरह टहलने लगे, जैसे सुबह कुलवन्त उसके कमरे में टहल रही थी ··कहीं उसे नीता के व्यवहार में इसीलिए तो अजनबीपना नहीं लगा था कि कुलवन्त उसे खुद अपने अकेलेपन से लड़ने का माध्यम बनाए है ! या तो यह स्थिति नीता को स्वीकार नहीं थी या स्वयं किसी का माध्यम होने के कारण वह नीता को समझ नहीं पाता था ? लेकिन यह शिकायत तो शुभा को होनी चाहिए, नीता को तो शायद अधिकार नहीं है···। अधिकार···? प्यार का अधिकार या अकेलेपन के पूरक होने का अधिकार ? वीरेश्वर के भीतर यह चलता रहा और वह ऊपर मानो अपने-आपसे बोलता रहा, "फिर भी कुलवन्त, कभी-कभी मैं सोचता हूँ, इस अकेलेपन से लड़ने के लिए आदमी कितनी उलझनें खुद अपने चारों तरफ बुन लेता है। जानता है कि यह सब ऊपरी है, निमित्त-भर है, किसी से लड़ने का हथियार है···।"

"देख, ये इण्टलेक्चुअल स्नॉबरी तो यहाँ बैठकर झाड़ मत ! ऊँची-ऊँची बातें अपनी समझ में नहीं आतीं। इतना हम जानते हैं कि हथियार ही सही, लेकिन एक-से-एक खतरनाक हथियार लेकर चलना आदमी की बड़ी स्वाभाविक, शायद आदिम इन्स्टिंक्ट है। इससे कहीं उसके भीतर का एडवैंचरिस्ट ईगो (दुस्साहसी अहं) सन्तुष्ट होता है।" घास का एक तिनका लेकर वह यों ही कान कुरदने की तरह उसके कान में घुमाती रही।

वीरेश्वर चुप हो गया, जिस रूपक को उसने शुरू किया था उसके माध्यम से कुलवन्त ने कोई गहरी बात कह दी है या यों ही जो मुँह में आया है बक दिया है, यह उसकी समझ में नहीं आया। अपना सूत्र

जोड़ता हुआ बोला, "लेकिन मैं जड़ हथियार की बात नहीं कहता। अकेलेपन से लड़ने का हथियार ऐसी आसानी से फेंका नहीं जा सकता न? वह लड़नेवाले से जवाब-तलब करता है और अधिकार माँगता है : और लड़नेवाला पाता है कि वह स्वयं अपने 'हथियार' का वैसा ही हथियार से। अजीब गोरखधन्धा है···हर जगह एक नयी कहानी के सिर निकल आते हैं···मैं···नीता···शुभा···अवतार···वह मिराण्डा-मचाचा···इन सबको देखकर नहीं लगता कि ये अलग-अलग सब एक-एक कहानी के शुरू या अन्त के सिरे हैं और समानान्तर चलने लगे हैं? हर सिरा एक-दूसरे को अपने अकेलेपन से लड़ने का हथियार बनाता है और बदले में दूसरे से उलझ जाता है···।"

बात कहकर खुद वीरेश्वर की समझ में नहीं आया कि वह कहना क्या चाहता है। लगा, किसी सीधी-सी बात को उसने जबर्दस्ती उलझा दिया है। कुलवन्त ने सहसा घुटना छोड़कर फिर उसके कन्धे पर हाथ मारा, 'मैं पूछती हूँ, ये सारी बातें आज ही करनी हैं क्या? अपना और मेरा दिमाग मत खराब कर···।"

वीरेश्वर ने झुककर अपनी गोदी में कोहनी टिका ली थी, और उँगलियों में सिगरेटवाली हथेली पर ही ठोड़ी रखे वह नीचे दूर तक देखता बोल रहा था; कान के पास ही, उसके और कुलवन्त के बीच सिगरेट धुआँ दे रही थी।

कुलवन्त ने अचानक उसकी उँगलियों से सिगरेट खींचकर अपने होंठों के बीच रखने से पहले कहा, "ला, दो-एक सुट्ट मुझे भी दे···।" फिर गहरा कश खींचकर वह होंठों को गोल करके धुएँ के छल्ले बनाने की कोशिश करने लगा। लेकिन दो-तीन बार की कोशिश के बावजूद एक भी छल्ला नहीं बना। बचे हुए धुएँ को किस्तों में उगलती हुई कहती रही, अंग्रेजी में, "ऐसा क्यों कहता है कि बहुत-सी कहानियों के सिरे एक जगह समानान्तर चल रहे हैं? क्या ऐसा नहीं हो सकता कि कहानी एक ही हो और उसे डोरी की तरह बीच-बीच में कैंची से काटकर एक जगह रख दिया हो, और हर हिस्सा कटे केंचुए की तरह अलग-अलग गुड़मुड़ाने लगा हो···!"

छल्ले बनाने के प्रयत्न में कुलवन्त के पतले-पतले होंठों के गोल सलवटोंवाली पंखुड़ियों जैसे व्यास को गौर से देखते हुए भी वीरेश्वर समझ नहीं पाया कि वहाँ कहीं हल्की मुस्कराहट भी है—चौंका वह तब, जब कहीं बहुत दूर से आता सम्बोधन उसने सुना, "ओए वीरेश्वर, ले न अपनी सिगरेट, कोई देखेगा तो कहेगा, सरदार तो सिगरेट छूते नहीं हैं और सरदारनी सुट्टे लगा रही है। एक बार किसी ने मुझसे यह बात कह दी थी, तब मैंने सीधे ही खींचकर तमाचा दिया था...कैन यू बीट इट ?"

चारों ओर घिरते अँधियारे को देखकर दोनों के मन में साथ ही खयाल आया कि अब लौटना है...

●●●